悪魔の星 上

ジョー・ネスボ
戸田裕之 訳

集英社文庫

悪魔の星　上

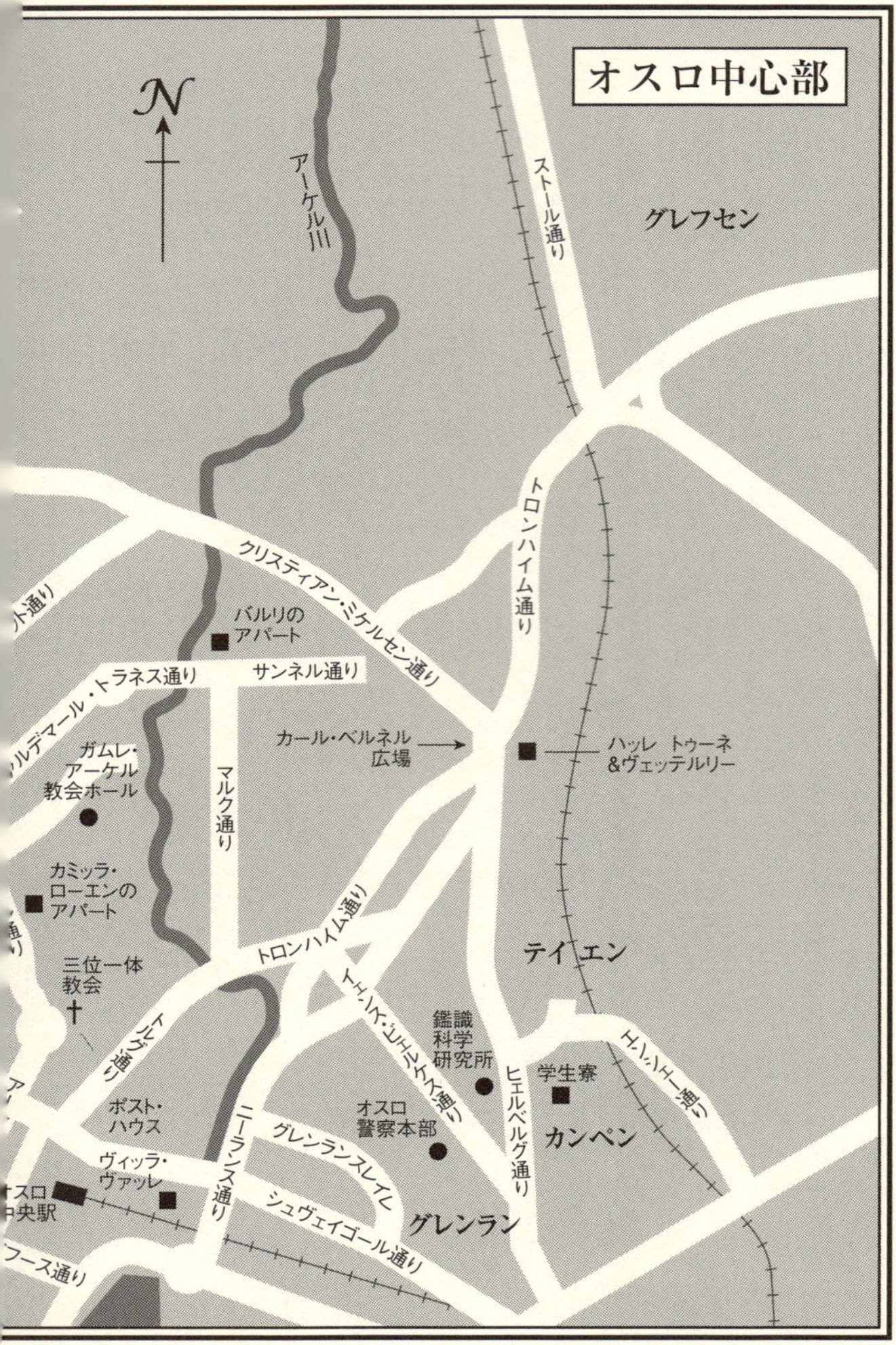
オスロ中心部
N
アーケル川
ストール通り
グレフセン
トロンハイム通り
クリスティアン・ミケルセン通り
バルリの
アパート
サンネル通り
トラネス通り
カール・ベルネル
広場
ハッレ トゥーネ
&ヴェッテルリー
ガムレ・
アーケル
教会ホール
マルク通り
カミッラ・
ローエンの
アパート
トロンハイム通り
三位一体
教会
テイエン
鑑識
科学
研究所
学生寮
ヒェルベルグ通り
ポスト・
ハウス
オスロ
警察本部
カンペン
ニーランス通り
グレンランスレイエ
ヴィッラ・
ヴァッレ
シュヴェイゴール通り
グレンラン
フース通り

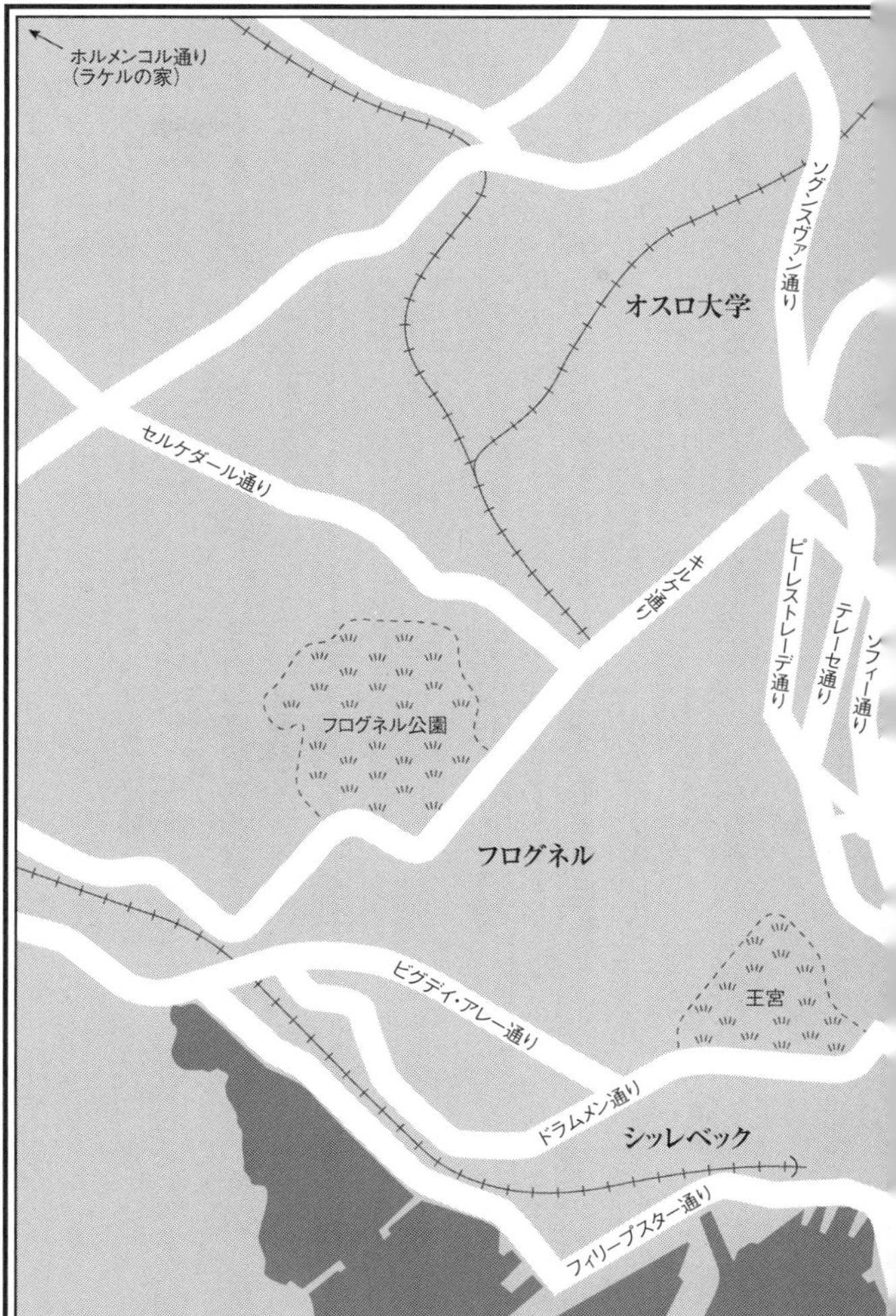
ホルメンコル通り
（ラケルの家）
ソグンスヴァン通り
オスロ大学
セルケダール通り
キルケ通り
ピーレストレーデ通り
テレーセ通り
ソフィー通り
フログネル公園
フログネル
ビグディ・アレー通り
王宮
ドラムメン通り
シッレベック
フィリープスター通り

主な登場人物

ハリー・ホーレ……………オスロ警察警部
トム・ヴォーレル……………オスロ警察警部
ベアーテ・レン……………オスロ警察鑑識課員
ビョルン・ホルム……………オスロ警察鑑識課員
ビャルネ・メッレル……………オスロ警察刑事部長
マグヌス・スカッレ……………オスロ警察刑事
エッレン・イェルテン……………オスロ警察刑事だったが殉職
ストーレ・アウネ……………刑事部付きの心理学者
カミッラ・ローエン……………広告代理店のデザイナー
ヴィーベケ・クヌートセン……………カミッラの階下の住人
アンネルス・ニーゴール……………カミッラの階下の住人
ヴィルヘルム・バルリ……………ミュージカル・プロデューサー
リスベート・バルリ……………ヴィルヘルムの妻
トーヤー・ハラン……………リスベートの姉
ルート……………バルリ家の隣人

バルバラ・スヴェンセン……………弁護士事務所の受付係
アンドレ・クラウセン………………弁護士事務所の訪問者
ニコライ・レーブ……………………ロシア正教会の司祭
オーラウグ・シーヴェルツェン……ヴィッラ・ヴァッレの住人
イーナ…………………………………オーラウグの同居人
スヴェン・シーヴェルツェン………オーラウグの息子
マリウス・ヴェーラン………………学生寮の住人
ローゲル・イェンネム………………〈アフテンポステン〉紙記者
オットー・タンゲン…………………盗聴・監視技術者
クラウス・トルキルセン……………テレノルの技術者
ラケル…………………………………ハリーのガールフレンド
オレグ…………………………………ラケルの息子
エイステイン・エイケラン…………ハリーの幼馴染み
スヴェッレ・オルセン………………エッレン・イェルテン殺害犯
ロイ・クヴィンスヴィーク…………スヴェッレ・オルセンの目撃者

第一部

1 金曜日 卵

一八九八年に粘土質の地盤の上に建てられたその家は、故に、西に面している側が少し沈んでいて、ドアの下の木の敷居から水が侵入している。水はベッドルームの床を横切り、樫の寄木張りを一本の条《すじ》となって濡らしながら西へ延びて、流れはくぼんだ部分で束の間停止したあとつづいてくる後ろからの流れに押され、神経質な鼠《ねずみ》のようにこそこそと幅木のほうへ逃れていく。水はそこで二方向へ枝分かれし、進むべき道を何とか探し出して進みつづけると、ついには木の床の突き当たりと壁のあいだに隙間を見つけ、幅木の下へ潜り込んでいく。その隙間にオーラヴ国王の顔と鋳造年――一九八七年――を浮き彫りにした五クローネ硬貨がある。その翌年に大工のポケットから転がり出てそのままになっているのだ。だが、あのころは恐ろしく景気がよく、大急ぎで屋根裏のある住居を造る必要があって、大工が落とした硬貨を探す手間をかける必要のない時代だった。

寄木張りの下の床を通り抜ける道を水が見つけるのにそれほどの時間はかからず、一九六八年――その年に屋根が葺《ふ》き替えられた――の水漏れがあったときを別にすれば、床板は手をつけられずにそこにあり、乾燥し、収縮して、一番奥の松材の床板の二枚のあいだには、いまや五ミリほどもある隙間ができている。水はその隙間の下の桁へ滴り、西へ流れつづけて外側の壁へと入り込むと、そこで漆喰《しっくい》とモルタルに染み込んでいく。その漆喰とモルタルは、百年前のやはり真夏に、煉瓦《れんが》職人の親方で五人の子供の父親だったヤーコブ・アンネルセンが練ったものだ。当時のオスロの煉瓦職人の例に漏れず、アンネルセンもまた、独自のやり方でモルタルと壁の漆喰を練っていた。生石灰と砂と水の配分に独特のものがあっただけでなく、ほかの職人にはない特別な材料――馬の毛と豚の血を混ぜ合わせていたのだ。ヤーコブ・アンネルセンの考えでは、馬の毛と豚の血は漆喰をしっかりとつなぎ合わせて強度を増す効果があった。そんなことがあるはずはないと疑う当時の仲間に彼が語ったところでは、それは彼自身が考えついたことではなく、スコットランドからきた祖父と父親が同じ材料――といっても、馬の毛と豚の血ではなく、両方とも羊から取ったものだったが――を使っていた。スコットランドの姓を捨てて新たな屋号を名乗っているとしても、六百年前の遺産に背を向ける理由は見つからなかった。煉瓦職人のなかにはそういう材料を使うことを不道徳と考える者もいたし、アンネルセンは悪魔の一味だと見なす者もいたが、大半は取り合わずに笑い飛ばしただけだった。新興のクリスチャニアの街に根付くことになったその話を広めたのは、後者の一人だったのかもしれない。

　グルーネルレッカのある馭者《ぎょしゃ》はヴァルムランドのいとこと結婚し、二人でセイルデューク通りの、一間にキッチンがついた部屋に引っ越した。ヤーコブ・アンネルセンも建てるのに力を貸したアパートだった。二人のあいだにできた最初の子供は、不運にもカールした黒髪と茶色の目を持っていた。馭者も妻も髪はブロンドで目は青く、男のほうは生まれついて嫉妬深くもあったから、ある晩遅く、妻を後ろ手に縛り上げると地下室へ引きずり降ろし、煉瓦を積んでそのなかに封じ込めてしまった。そこに拘束され、ほとんど隙間のない空間に立たされている彼女の悲鳴は、分厚い煉瓦の壁にさえぎられて、外へは聞こえないぐらいにくぐもっていた。酸素不足で窒息するはずだと夫は考えたのかもしれなかったが、煉瓦職人というのは換気に配慮するのが習い性だった。結局、哀れな妻は自分の歯で壁に立ち向かうことになった。それが徒労に終わらなかったのは、スコットランド系の煉瓦職人が、つなぎ材として馬の毛と豚の血を使えば高価な生石灰を節約できると考えたからかもしれない。そのせいで脆《もろ》くなってしまった煉瓦の壁は、最終的に、ヴァルムランドの女の頑丈な歯に攻め立てられて崩れ落ちた。しかし、悲しいかな、彼女の生への執着は結果として大量のモルタルと煉瓦を口に入れることになり、ついには噛み砕くことも呑み込むことも吐き出すこともできなくなった砂と砂利と粘土の破片が気管を塞いでしまった。そして、顔から血の気が失われ、鼓動が遅くなって、とうとう呼吸が停止した。

大半の人々が死と呼ぶであろう状態に陥ったのだった。

だが、神話によれば、豚の血の味は自分はまだ生きていると不運な女に信じさせる効果があった。というわけで、彼女は自分を縛《いまし》めていた縄をすぐにほどき、壁を抜け出して、ふたたび歩きはじめた。グルーネルレッカの老人の何人かは幼いころに聞いた、遅くまで遊んでいると首から上が豚の女が子供たちの首をはねようとナイフを持ってやってくるという話をいまも憶えている。自分が跡形もなく消えてしまわないためには、彼女は豚の血の味を口のなかに残していなくてはならないのだった。当時、その煉瓦職人の名前を知っている者はほとんどいなかったし、アンネルセンは特別な調合をした独自のモルタルを倦《う》むことなく造りつづけていた。三年後、彼はいまも水が漏れつづけているその家の建築現場で働いているときに足場から転落し、わずか百クローネとギター一本を遺すことになったのだが、それから百年後、煉瓦職人たちは人工的に造られた毛状の繊維をつなぎ材としてふたたび使うようになり、ミラノの研究所の研究者たちがエリコの壁が血と駱駝《らくだ》の毛で強化されていることを発見した。

しかし、水のほとんどは壁のなかに入るのではなく、そこを下っていた。なぜなら、水というのは臆病で意志薄弱な人間同様、必ず一番低いところへ向かう習性があるからだ。最初、水は梁《はり》のあいだのごつごつして肌理《きめ》の粗い断熱材に吸収されるけれども、そのうち間もなくして断熱材が飽和状態になり、水を吸収できなくなる。そうなると、水はそのまま流れていって、一八九八年七月十一日の日付のある新聞を濡らす。その新聞には、建築ブームはたぶんピークに達していて、無節操に不動産に投機する輩には間違いなく辛い時代になるだろうという予測記事が掲載されている。三面には、先週、若い看護婦が浴室で刺殺体となって発見された事件についての手掛かりは依然としてないという警察発表が載っている。五月にも同様の手口で刺殺された若い女性の死体がアーケル川の近くで発見されているが、この二件に関連性があるかどうかについても警察は言及していない、と記事が補足されている。

水は新聞を通過すると、その下の木の床板に入り込み、下の部屋の塗装された天井の貼布の内側を伝って流れていく。そこが一九六八年の水漏れを直す際に損傷したせいで、水はいくつもの穴を通って染み込み、滴となる。滴は徐々に大きくなっていき、ついには表面張力が重力に負ける。そして、三メートルと八センチの距離を落下したところで床に着き、行程を終えて、仲間の水と合流する。

ヴィーベケ・クヌートセンは深々と煙草を喫《す》うと、アパートの四階の開け放した窓から煙を吐き出した。暑い午後で、裏庭のアスファルトが陽に焼かれたせいで空気が上昇し、煙はライトブルーの家の正面を上に向かったあとで消えていった。屋根の反対側からは、いつもなら、交通量の多いウッレヴォール通りを行き交う車の音が聞こえているはずだった。しかし、いまはみんなが休暇で、街にはほとんど人気がなかった。窓台で一匹の蠅《はえ》が空に六本の脚を向けて仰向けになっていたが、暑さから逃れるという感覚をたぶん持っていなかったのだろう。アパートの反対側、ウッレヴォール通りに面したほうが涼しかったが、ヴィーベケはそこから見える景色が好きでなかった。救世主《ヴォール・フレルセルス》墓地である。そこは有名な人々、名のある死者で混雑していた。一階には店があり、看板では〝記念碑〟を売っていることになっていたが、つまりは墓石であった。〝マーケットに近接した立地〟と言えるかもしれない。

ヴィーベケはひんやりした窓ガラスに額を当てた。

暖かくなったときには嬉しかったが、その嬉しさはとうの昔にどこかへ行ってしまっていた。いまも、夜が涼しくなり、人々が街に戻ってくるのが待ち遠しかった。今日ギャラリーへきた客は、昼前に五人、そのあとは三人だった。退屈のあまり、すでに一箱と半分の煙草を消費していた。胸がどきどきして、喉が痛かった。実際、ボスが電話で様子を尋ねてきたときも、ほとんど話すことができなかった。それでも、家に帰ってじゃがいもを料理しはじめるや、ふたたび食欲が戻ってきた。

二年前、アンネルスと出会って、ヴィーベケは煙草をやめた。やめてくれと彼に頼まれたわけではない。それどころか、彼はグラン・カナリアで出会ったとき、煙草をねだったぐらいだった。もっとも、彼女を笑わせるためでしかなかったが。オスロへ戻ってほんのひと月しか経っていないのに一緒に住むようになり、そのときに彼が最初に言ったことの一つが、多少なら煙草を喫ってもたぶん自分たちの関係は維持できるはずであり、癌《がん》の研究者たちの主張は明らかに誇張されている、もう少しすれば自分も煙草の臭いが衣服につくのに慣れるはずだ、というものだった。翌朝、ヴィーベケは決心した。何日かあとの昼食のとき、煙草を手にしているきみをしばらく見ていないなと彼が言うと、元々それほど煙草が好きだったわけではないのだと答えた。アンネルスは微笑し、身を乗り出して、彼女の頬を撫でた。

「いいことを教えようか、ヴィーベケ？　ずっと考えてたことがあるんだ」

背後で鍋の湯が沸く音がしはじめ、彼女は煙草を見た。あと三服。最初の一服は何の味もしなかった。

また煙草を喫いはじめたのがいつだったか、ほとんど思い出せなくなっていた。去年、アンネルスが長期の出張で留守にしていたころかもしれなかった。それとも、新年を過ぎて、彼女がほとんど毎晩遅くまで残業しはじめたころだろうか？　わたしが不幸せだったからか？　わたしは不幸せだったのか？　喧嘩をしたことは一度もなかった。愛を交わすことも滅多になかったが、それはアンネルスの言うところでは仕事がとても忙しかったからであり、どんな話し合いもその一言で終止符が打たれた。彼女自身、肉体の交わりがないからといって特に寂しいわけではなかった。本当に久し振りにセックスをしようとしたときも、半分は上の空であり、彼もまた、心はここにないかのようだった。というわけで、彼女は自分が本当にここにいる必要はないのだということにも気がついた。

それでも、喧嘩はしなかった。アンネルスは大きな声が嫌いだった。

ヴィーベケは時計を見た。五時十五分。彼はどうしたんだろう？　普段なら、遅くなるときはそう言うのに。彼女は煙草を消して裏庭へ投げ捨てると、焜炉《こんろ》へ戻り、茹《ゆ》で具合を確かめようと一番大きなじゃがいもにフォークを刺した。ほとんど茹で上がっていた。小さな黒い塊がいくつか、湯のなかで浮き沈みしていた。妙だ。じゃがいもについていたものだろうか、それとも、鍋にこびりついていたのか？

この前、この鍋を使ったのは何のためだっただろう？　それを思い出そうとしたちょうどそのとき、玄関が開いた。廊下の向こうから、荒い息遣いと、急いで靴を脱ぐ音が聞こえた。アンネルスがキッチンに入ってきて、冷蔵庫を開けた。

「で？」彼が訊いた。

「肉のパイ皮包み揚げ《リッソール》よ」

「ふうん……？」語尾が上がって疑問形になった。ヴィーベケはその意味が何となくわかった。また肉か？　もう少し魚を食べるべきじゃないのか？

「いいじゃないか」彼が語尾を上げずに言い、鍋を覗き込んだ。

「何をしてたの？　汗びっしょりじゃないの」

「今夜は何のトレーニングもしなかったから、ソグンスヴァンまで自転車で往復したんだ。湯のなかの塊は何なんだい？」

「わからない」ヴィーベケは答えた。「わたしもいま気がついたの」

「わからない？　その昔、きみはコックか何かを仕事にしていたんじゃなかったっけ？」

アンネルスが人差し指と親指で器用に塊をつまみ上げ、口に入れた。ヴィーベケは彼の後頭部を見つめた。かつてはとても魅力的に思われ、いまは薄くなった茶色の髪は、長すぎず短すぎず、横分けにしてきちんと手入れされている。彼はとても洗練されて見える。将来がある人のようだ。二人分でも十分な将来が。

「どんな味？」彼女は訊いた。

「何の味もしない」彼はいまも鍋を覗き込んでいた。「卵かな」

「卵？　でも、わたし、鍋はちゃんと洗ったわよ……」

ヴィーベケがいきなり黙った。

アンネルスが向き直った。「どうした？」

「そこに……水滴が」ヴィーベケは彼の頭を指さした。

アンネルスが訝《いぶか》しげに後頭部に触った。そして、二人同時に、のけぞるようにして天井を見上げた。白い天井で大きな水滴が二つ、いまにも滴り落ちようとしていた。ヴィーベケは軽度の近視で、その水滴がきらめいているかどうかまではわからないはずだった。しかし、水滴はきらめいていなかった。

「カミッラの部屋で水が漏れているみたいだな」アンネルスが言った。「様子を見にいってくれないか。ぼくは管理人に連絡するから」

ヴィーベケは天井をうかがい、鍋のなかの塊に目を移した。

「大変だわ」彼女はささやいた。また胸がどきどきしはじめた。

「今度は何だ？」アンネルスが訊いた。

「管理人に連絡して、一緒にカミッラの部屋へ行ってみて。わたし、警察に通報する」

2　金曜日　休暇

オスロ警察本部はグレンランとテイエンのあいだの丘の頂きに位置し、市の中心部の東側を睥睨《へいげい》していた。一九七八年に完成したガラスと鋼鉄の建築物で、傾斜面は一切なく、完璧な左右対称をなしていた。設計したのは〈テリエ　トルプ&オーセン建築事務所〉で、彼らはこの建物の設計によって賞を受けていた。二つの横長のオフィス棟の七階と九階にケーブルを設置した電気技師は、足場から転落して腰を折ったときに社会保険の給付金を受け、父親から大目玉を食らった。

「おれたちは七世代にわたって煉瓦職人で、重力に引きずり下ろされないよう、天と地のあいだで何とかバランスをとっていたんだ。おれの祖父《じい》さんはその呪いから逃れようとしたが、北海を渡っても追いかけてこられて、振り切ることができなかった。だから、おまえが生まれた日、おれは自分に誓った。おまえが同じ運命に煩わされる必要がないようにするってな。そして、その誓いは果たされたと思っていた。電気技師なんだからな……それなのに、その電気技師が地面から六メートルも高いところで一体何をしてたんだ？」

中央管制室からの信号がまさにその息子が設置したケーブルの銅線を通り、工場生産のセメントで固められた階のあいだの仕切りを突っ切って、六階にある刑事部のビャルネ・メッレル部長のオフィスに到達した。そのとき、メッレルはそこに坐《すわ》って、ベルゲン郊外のオースの山小屋で家族と過ごすことになっている目前に迫った休暇を楽しみにすべきか、それとも、恐れるべきかを思案していた。七月のオースの天気は、十中八九、ひどいはずだった。予報によればオスロには熱波が襲来するらしく、それと多少の雨を交換するのはまったくやぶさかではなかったが、恐ろしくエネルギッシュな男の子二人をハートのジャックが欠けているトランプしかない状態で退屈させないのも難しそうだった。

メッレルは長い脚を伸ばし、耳の後ろを掻きながら、メッセージに耳を澄ませた。

「発見の経緯は？」彼は訊いた。

「一階下のアパートに水が漏れて落ちてきたために」管制室の声が答えた。「そこの住人が管理人を連れて上の階を訪ねたんですが、ドアベルを押しても返事がなく、ドアには鍵がかかっていなかったので、なかに入ってみたということです」

「わかった、こっちから二人を派遣する」

メッレルは受話器を置くとため息をつき、机の上のプラスティック製の勤務当番表を指で辿《たど》った。この時期は毎年そうなのだが、半分は休暇中だった。オスロの悪党どもが七月のささやかな休暇をありがたく思い、警官の数が少ないことに乗じてオスロ市民を特に危険な状態に陥らせるということもなかった。ともかく、刑事部が担当すべき犯罪に関する限り、数は確かに少なかった。

メッレルの指がベアーテ・レンの名前で止まり、ヒェルベルグ通りの鑑識課《クリムテクニスク》の番号をダイヤルした。だれも出なかった。メッレルは自分の電話が中央交換台につながるのを待った。

「ベアーテ・レンは研究所にいます」明るい声が返ってきた。

「刑事部長のメッレルだ。彼女を捕まえられるか？」

メッレルは待った。ベアーテ・レンを刑事部から引き抜いたのは、最近引退した鑑識課長のカール・ウェーベルだった。ウェーベルがそれをした唯一の動機は自分の遺伝子を保存するためであり、それはあの男が新ダーウィン主義者であることのさらなる証拠でもある。彼は明らかに、ベアーテ・レンがいくつもの遺伝子を自分と共有していると考えている。一見したところでは、カール・ウェーベルとベアーテ・レンはまったくの別物に見えるはずだ。ウェーベルは気難しくて怒りっぽい。一方、レンは小柄で色白で、物言わないモルモットさながら、警察学校を卒業しているというのに、だれかと口を利くたびに赤くなるほど内気だ。しかし、警察官としての遺伝子は同じであり、二人とも獲物の臭いを嗅ぎつけると熱くなるタイプで、ほかのすべてを擲《なげう》って鑑識的な手掛かり、状況証拠、録画、漠然とした人相書きだけに集中する能力を持ち合わせていて、最終的にはそこに何らかの意味を見出さずにはおかない。口の悪い連中に言わせれば、ウェーベルとレンが帰属しているのは研究所であって、人間の行動に関する捜査官の知見が足跡やジャケットから抜け落ちた糸屑《いとくず》よりも依然として重要である共同体ではなかった。

ウェーベルもレンも帰属しているのが研究所だということについては否定しなかったが、

捜査官の知見のほうが足跡や抜け落ちた糸屑より重要だという考えには同意しなかった。

「レンです」

「やあ、ベアーテ。ビャルネ・メッレルだ。邪魔をしたかな？」

「そうですね。どうしたんです？」

メッレルは手短に説明して、住所を教えた。

「こっちからも二人ほど派遣してきみと合流させる」彼は言った。

「その二人はだれですか？」

「これから探さなくちゃならないんだ。知ってのとおり、夏休み真っ盛りだからな」

メッレルは受話器を置くと、ふたたび勤務当番表を指で辿った。

その指がトム・ヴォーレルで止まった。

休暇の日付の欄が空白だった。そうであったとしても、メッレルは驚かなかった。トム・ヴォーレル警部が何であれ休みを取ることがあるのか、そもそも寝ているのだろうかと、ときどき不思議に思うことがあった。捜査官としての彼は刑事部にいる二人のスター・プレイヤーの一人であり、必ずそこにいて、必ずボールに触り、ほぼ必ず成果を上げる。もう一人のスター・プレイヤーとは対照的に、信頼できたし、だれもが尊敬する汚れのまったくない記録を持ってもいた。要するに理想の部下であり、リーダーシップについても議論の余地はなかったから、刑事部長としてメッレルの仕事を引き継ぐ日がくるのもあり得ないことではないと思われた。

メッレルの電話が貧弱な仕切りを貫いて届いた。

「ヴォーレルだ」よく響く声が応えた。

「メッレルだ。事件が――」

「ちょっと待ってもらえますか。いま、別の電話中なんです」

メッレルはテーブルを指で叩きながら待った。トム・ヴォーレルは刑事部で最年少の警部だ。トムにおれの責任を引き渡すことを考えてときどき落ち着かない気分になるのは、あいつの年齢のせいだろうか？　それとも、あの二件の撃ち合いのせいだろうか？　トム・ヴォーレルは逮捕に際して二度、拳銃を使ったことがある。警察で一、二を争う射撃技量の持ち主である彼は、二度とも標的を撃ち抜き、その命を奪った。十分に逆説的ではあるが、メッレルも知っているとおり、そのうちの一件がヴォーレルの警部昇進に最終的に一役買った可能性があった。警察の独立内部調査機関ＳＥＦＯは、トムの発砲が正当防衛でなかったことを示唆する何事も明らかにしなかった。実際、彼は二件とも正しい判断をし、寸秒を争う厳しい局面で素速い反応をしたと結論されていた。警部の仕事をするための候補者として、これ以上の信用証明があるだろうか？

「すみません、ビャルネ。手短に頼みます。何でしょう？」

「仕事だ」

「待ってました」

会話は十秒で終わった。あとは、もう一人に電話するだけでよかった。

最初に頭に浮かんだのはハルヴォルセンだったが、勤務当番表によれば、彼はステインヒェルの自宅で休みを取っていた。メッレルは勤務当番表を指で辿りつづけた。休暇、休暇、病欠。指が止まったとき、刑事部長はため息をついた。できれば避けたいと思っていた名前だった。

ハリー・ホーレ。

一匹狼、酔っぱらい、刑事部の異端児、そして、トム・ヴォーレルを別にすれば、六階で最も腕の立つ刑事。しかし、最も腕の立つ刑事でなければ、そして、ビャルネ・メッレルが長い年月をかけて自分のなかに育ててきた天の邪鬼な性向が、深刻な飲酒問題を抱えているこの警察官のために危ない橋を渡るよう自身に言いつづけていなければ、ハリー・ホーレはとうの昔に解雇の憂き目にあっていたはずだった。通常ならメッレルも真っ先に電話をして任務を与えただろうが、状況が通常ではなかった。

あるいは、いつもよりさらに通常ではないと言い換えるべきかもしれなかった。

重大な局面が訪れたのはひと月前、古い事件を調べ直すことにホーレが冬を費やしたあとだった。ホーレと仲のよかった同僚、エッレン・イェルテンがアーケル川の近くで殺された一件である。冬のあいだ、ホーレはそれ以外の事件にまったく関心を示さなかった。エッレン・イェルテン殺害についてはとうの昔に片がついていたが、ハリーは次第に執着の度合いを増して、メッレルが嘘も隠しもなく彼の精神状態を懸念するまでになった。決定的だったのは四週間前、ホーレが刑事部長室に現われて、メッレルの髪の毛が逆立つような謀議説を開陳したときだった。その仮説は基本的に、何の証拠もなく、空想的な疑いをトム・ヴォーレルにかけていた。

そのあと、ホーレは忽然《こつぜん》と姿を消した。数日後、メッレルはレストラン〈シュレーデルス〉に電話をし、恐れていたことが起きたと知った。ハリーはまたもや酒浸りになってしまっていた。欠勤をごまかすために、メッレルは今度もまた、ホーレが休暇を取っていることにした。これまでは一週間もすれば姿を見せるのだったが、今回はすでに四週間が過ぎ、休暇は終わっていた。

メッレルは受話器に目をやると、立ち上がって窓のところへ行った。五時三十分、警察本部の前の駐車場はまだがらがらで、暑さをものともしない奇妙な太陽崇拝者が一人いるだけだった。グレンランスレイレでは、二人の商店主が野菜を並べた天幕の下に坐っていた。車でさえ――ラッシュアワーでも何でもないのに――いつもよりのろのろと動いていた。メッレルは両手で髪を掻き上げた。禿《は》げを隠そうとしているのではないかと疑われるかもしれないからやめたほうがいいと妻に忠告されている、長年の癖だった。本当にハリー以外にはいないのか？　メッレルはグレンランスレイレをふらつきながら下っていく酔っぱらいを見つめた。たぶん〈琥珀亭《こはくてい》〉に向かっているのだろうが、そこでは一杯だって飲ませてはもらえない。結局は〈ボクサー〉へ流れ着くのが落ちだ。そこでエッレン・イェルテン事件にきっぱりと幕が引かれたのだ。そのときに、警察官としてのハリー・ホーレのキャリアにも幕が引かれたのかもしれない。メッレルは重圧を感じつづけていた。ハリーの問題をどうするか、そろそろ決めなくてはならない。だが、それはいますぐでなくてもいい。いま重要なのは、目の前の事件だ。

メッレルは受話器を上げ、自分がこれからやろうとしていることを一瞬ためらった。ハリー・ホーレとトム・ヴォーレルに同じ事件を扱わせるのか。この休暇の時期はまったく大変だ。電気信号が〈テリエ　トルプ&オーセン〉の造った記念碑を出発し、秩序ある社会へと向かっていき、ソフィー通りにある混沌が支配するアパートの電話を鳴らしはじめた。

3　金曜日　覚醒

彼女がふたたび悲鳴を上げ、ハリー・ホーレは目を開けた。

大儀そうに揺れるカーテンの隙間から陽光が眩《まぶ》しく射し込み、ピーレストレーデ通りをゆっくりと下る路面電車の耳障りな音が遠ざかっていった。ここはどこだ、とハリーは一瞬訝った。自分のアパートの居間に倒れていた。服を着たままだがきちんと着ているわけではなく、生者の土地ではあるが本当に生きているわけではなかった。

汗が化粧用の湿っぽくてひんやりした薄いシートのように顔を覆い、心臓はコンクリートの床に弾むピンポン球のように軽く、しかし緊張しながら打っているようだった。頭の感じはもっとよくなかった。

ハリーは束の間ためらい、腹を決めて息をしつづけることにした。天井も壁もぐるぐる回り、アパートには視線を留めておくべき絵も、天井の照明もなかった。視界の端では、イケアの本棚、椅子の背、中古家具店〈エレベーター〉で買った緑のコーヒー・テーブルが回転していた。少なくとも、もう夢は見ずにすむということではあった。

いつもと同じ、昔の悪夢だった。それはそこに根が生えたようで、動かすことができず、ハリーはなす術《すべ》もなく目をつぶって、音のない悲鳴を上げる彼女の大きく開いた歪んだ口を見まいとした。大きく見開かれた目がハリーを虚《むな》しく見つめ、やはり音のない非難を浴びせていた。ハリーが若いころは妹のシースであり、いまはエッレン・イェルテンだった。悲鳴は最初は無音だったが、いまは鋼鉄のブレーキが軋《きし》むような音を立てていた。どっちがまだましなのかもわからなかった。

ハリーはじっと横になったまま、カーテンの隙間の向こう、ビスレットの通りと裏庭を見下ろしている、眩しい太陽を見上げた。夏の静寂を破るのは路面電車だけだった。ハリーは瞬きもせずに太陽を見つめた。それはついに跳ねる黄金の心臓になり、乳青色の薄い膜を打ち破って熱さを噴き出した。幼いころに母親が教えてくれた――子供のときにまっすぐに太陽を見たら、熱さで視力が失われ、一日中ずっと、死ぬまでずっと頭のなかに陽光を抱え込むことになる。そして、頭のなかのその陽光がほかのすべてを焼き尽くしてしまう、と。アーケル川のそばの雪のなかに倒れていたエッレンの、粉砕された頭が目に浮かんだ。彼女の上に影が立ちはだかっていた。三年間、ハリーはその影の正体を突き止めようとして、いまだできないでいた。

ラケル……

ハリーは用心深く頭を上げ、電話機のほうを見た。留守番電話のランプは黒いままで、明るく瞬いてはいなかった。ノルウェー中央捜査局《クリポス》の局長と〈ボクサー〉で話し合ってから何週間経ったかはわからないが、まだ黒いままだった。それも陽光に焼かれてしまったのかもしれなかった。

くそ、ここは何て暑いんだ！

ラケル……

ハリーはようやく思い出した。夢のある時点で、女性の顔がラケルのそれに変わったのだ。妹、エッレン、母、ラケル。どれも女性の顔だ。心臓が一回打つたびに、必ずだれかと交代して、また出てくるかのようだった。

ハリーは呻《うめ》きながら、ふたたび頭を床に戻した。そのとき、頭の上のテーブルの端に危なっかしく載っている酒瓶がちらりと目に入った。ケンタッキー州クレアモントのジムビーム。中身はなくなっていた。蒸発し、気化したのか。ラケル。ハリーはふたたび目をつぶった。だれもいなかった。

いまが何時かすらわからなかった。わかっているのは遅いということだけだった。それとも、早いのか。何時であれ、目覚めるのにふさわしいときではない。いや、正確に言うなら、寝ているときではない。一日のこの時間は、それ以外の何かをするべきだ。たとえば、酒を飲むとか。

ハリーは起きようとして膝を突いた。

ズボンのなかで何かが振動した。そうか、とハリーはいま気がついた。目が覚めたのはこいつのせいだったんだ。蛾《が》が罠にかかり、必死で羽をはばたかせようとしていた。ハリーはポケットに手を突っ込み、携帯電話を引っ張り出した。

ハリーはサンクタンスハウゲン公園のほうへゆっくりと歩いていた。心臓が打つたびに、眼球の奥で頭が疼《うず》いた。メッレルが教えてくれた住所は歩いていくことのできる距離だった。まねごとのように顔を洗い、流しの下の戸棚でわずかに残っているウィスキーを見つけて飲み干し、歩けば頭がはっきりしてくれるのではないかと願いながら出発したのだった。

〈水面下《アンダーウオーター》〉の前を通り過ぎた。

午後四時から午前三時まで、月曜は午後四時から午前一時まで、日曜は休業。地元で行きつけの飲み屋なら通りを一本隔てて〈シュレーデルス〉があったから、ここにくることはそんなにはなかったが、大半の大酒飲みの例に漏れず、酒場が開いている時間の情報はハリーの脳にも自動的に蓄えられていた。

脂汚れした窓に映る自分を見て、ハリーは笑みを浮かべた。また今度な。

角を右に曲がり、ウッレヴォール通りを下った。ここを歩くのは嫌いだった。車のための通りで、歩行者のための通りではない。いいところを挙げるとしても、今日のような日に右側の歩道が多少の陰を提供してくれることぐらいがせいぜいだった。

メッレルが教えてくれた住所の前で足を止め、素速く品定めをした。

一階はコインランドリーで、赤い洗濯機が並んでいた。営業時間は八時から二十一時、年中無休、三十クローネの割引価格で二十分乾燥ができる、と窓に告知が貼ってあった。ショールを羽織った黒い肌の女が回転する洗濯槽の隣りに坐り、宙を見つめていた。コインランドリーの隣りは商店の窓で、その奥に墓石が並んでいた。さらに下ると、立食い軽食堂兼食料品店の上に〈ケバブ・ハウス〉と緑のネオン・サインが掲げられていた。ハリーは決してきれいとは言えないその建物の正面を観察した。古びた窓枠は塗料が剝がれかけていたが、元々は四階建てだったその最上階が新たに屋根裏形式に改造されたことを屋根窓が示唆していた。錆《さ》びた鉄の門の脇には、カメラ付きのインターフォンが新しく設置されていた。オスロのウェスト・エンドの金が、ゆっくりと、しかし着実に、イースト・エンドに流れ込んできているのだった。ハリーは一番上の、カミッラ・ローエンの名前の横のベルを鳴らした。

「はい」インターフォンが応えた。

メッレルから聞いてはいたが、それでも、ハリーはトム・ヴォーレルの声にぎょっとせずにはいられなかった。

ハリーは応えようとしたが声帯から声を押し出すことができず、咳払いをしてからもう一度試みた。

「ホーレだ。開けてくれ」

電子音がし、ハリーはざらざらした手触りの黒い鉄のドア・ハンドルをつかんだ。

「あら」

ハリーは振り返った。

「やあ、ベアーテ」

ベアーテ・レンは平均的な背丈より少し小さく、髪はダーク・ブロンドで目は青くて、美人とは言えなかったが、魅力がないとも言えなかった。要するに、取り立てて目を惹く部分はないということだが、服装だけは例外だった。白のつなぎを着た姿は宇宙飛行士のように見えなくもなかった。

ハリーが門を開けてやると、彼女は大きな金属容器を二つ持って入ってきた。

「いま着いたのか？」

彼女が通り過ぎるとき、ハリーは息をしないようにした。

「いえ、仕事の道具の残りを車に取りに戻っていたんです。わたしたちは三十分前に到着しました。どこかにぶつけたんですか？」

ハリーは鼻の傷を撫でた。

「そうらしい」

彼女につづいて次のドアを抜け、階段室へ入った。

「上はどんな様子だ？」

ベアーテがエレベーターの緑のドアの前に容器を下ろした。顔は依然としてハリーを見上げていた。

「まず自分で現場を見てから質問するのがあなたの流儀だと思ってましたけど」彼女がエレベーターのボタンを押しながら言った。

ハリーはうなずいた。ベアーテ・レンはすべてを記憶する人種に属している。おれがとうの昔に忘れた、彼女が警察学校に入学する前の事件でさえ、詳細に述べることができる。加えて、特異に発達した紡錘状回《フユージフォーム・ジャイラス》――顔の記憶を司《つかさど》る脳の部分――の持ち主でもある。

それを試され、心理学者を仰天させたことがあるほどだ。去年、オスロで連続した銀行強盗事件を一緒に担当したときに教えた数少ないことを憶えていてくれたのはありがたいと思うべきだろう。

「そうだ、犯行現場における自分の第一印象にできるだけ誠実でありたいんだ」そのときエレベーターがいきなり動き出し、ハリーは驚いてポケットを探った。煙草が欲しかった。

「だが、この件に関わるかどうかは疑問だな」

「なぜですか？」

ハリーは答えず、ズボンの左ポケットからくしゃくしゃになったキャメルの箱を取り出すと、潰れた煙草を一本抜いた。

「ああ、そうでした、いま思い出しました」ベアーテが微笑した。「この夏は休暇を取ることになっているんですよね。ノルマンディーへ行くんでしたっけ？　羨ましいわ……」

ハリーは煙草をくわえた。ひどい味がした。頭痛を緩和する役にも立ちそうになかった。役に立つものがあるとすれば、たった一つ――。ハリーは時計を見た。月曜は午後四時から午前一時。

「ノルマンディー行きもなしだろうな」彼は言った。

「そうなんですか？」

「いや、この件に関わらないだろうと言ったのは、それが理由じゃない。あいつが担当するからだ」

ハリーはゆっくりと煙草を喫うと、上へ向かって顎をしゃくった。

ベアーテが硬い表情のまましばらくハリーを見た。「彼に取り憑かれないように気をつけたほうがいいですよ。そろそろ忘れたらどうですか」

「忘れる？」ハリーは煙を吐き出した。「あいつは人を傷つけているんだぞ、ベアーテ。それはおまえさんも知っているはずだ」

ベアーテが赤くなった。「トムとはちょっとのあいだ付き合いがあっただけです。それだけですよ、ハリー」

「おまえさんが首に痣《あざ》を作ってうろついていたときか？」

「ハリー！　トムは絶対に……」

声が高くなっていることに気がついて、ベアーテが口を閉ざした。声は階段室を上へ向かって反響したが、下りてくるエレベーターの唸《うな》りに呑み込まれた。それは二人の前で低い音を短く立てて止まった。

「あなたは彼が好きじゃないから」彼女が言った。「色々と想像を逞《たくま》しくするんですよ。実際、トムにはあなたの知らないいい面がたくさんあるんです」

「ふむ」

ハリーは煙草を壁に押しつけて消し、ベアーテがドアを引き開けてエレベーターに入った。

「上へ行かないんですか？」彼女が訊いた。ハリーはいまだに外にいて何かを見つめていた。エレベーター。ドアの内側に引き開け式の門、簡単な鉄の格子がついている。それを開けてなかに入って閉めると、エレベーターを操作できる。またあの悲鳴が聞こえた。無音の悲鳴。全身に汗が噴き出すのがわかった。ウィスキーを一口すすったぐらいでは足りなかった――足りないどころではなかった。

「どうかしましたか？」ベアーテが訊いた。

「何でもない」ハリーは不明瞭な声で答えた。「この時代遅れのエレベーターが嫌いなだけだ。階段で行く」

4 金曜日 統計

その家には屋根裏部屋が二つあり、その一方のドアは開け放されていたが、警察のオレンジ色のテープが張られて立入り禁止を告げていた。ハリーは百九十二センチの長身を折り曲げてテープをくぐると、素速く一歩を踏み出してバランスを取りながら向こう側へ出た。いま立っているのは、床が樫の寄木張りで天井が傾斜し、屋根窓のある部屋の中央だった。小振りで、浴室のように暑く、調度もミニマリスト風に少なかった。ハリーのアパートに似ていたが類似しているのはそこまでで、ここには〈ヒルメルス・フース〉の最新のソファ、〈r.o.o.m〉のコーヒー・テーブル、フィリップスの十五インチの小型テレビ、そして、テレビのアイスブルーの半透明のプラスティックに色を合わせたステレオ・システムがあった。ドア口の向こうにキッチンと寝室を見通すことができたが、それがすべてで、しかも、妙に静かだった。制服警官が一人、腕組みをして、足を踏み換えながらキッチンの入口に立っていた。汗を掻き、訝しそうに上げた眉の下からハリーをうかがったが、ハリーが身分証を見せると、首を振って意味ありげな笑みを浮かべた。

この厄介者を知らないやつはいないけれども、厄介者のほうはだれも知らないというわけだ、とハリーは顔を拭きながら思った。

「現場検証班はどこだ？」

「バスルームに」警官が寝室のほうへ顎をしゃくった。「レンとウェーベルがいます」

「ウェーベル？　いまや年金生活者まで呼び出さなくちゃならなくなってるのか？」

警官が肩をすくめた。「休暇の時期ですからね」

ハリーは周囲を見回した。

「いいだろう、入口と玄関を封鎖しろ。だれでも自由にこの建物に出入りしているぞ」

「ですが――」

「よく聞けよ、それが現場検証には絶対に不可欠なんだ。わかったか？」

「わかりました」と答えた警官の声が尖《とが》っていた。ハリーはその返事を聞いて、警察のなかにまた敵が一人増えたことを知った。敵の隊列はもう何キロにも延びている。

「ですが、私は明確な指示を受けていて……」警官がつづけた。

「……そこでしっかり見張っていろという指示をな」寝室から声がした。

トム・ヴォーレルが入口に現われた。

黒いスーツを着ているにもかかわらず、豊かな黒髪の生え際にはさして汗が滲《にじ》んでいるようにも見えなかった。トム・ヴォーレルは美男子だった。魅力的ではないかもしれないが、左右が完全に対称をなす顔を持っていた。ハリーほど背は高くなかったが、同じぐらいだと思っている者がほとんどだった。それは姿勢がいいからかもしれず、あるいは、当たり前のように滲み出ている自信のせいかもしれなかった。近くで仕事をする者の大半が、彼を気に入るだけでなく、その自信が伝染して緊張がほぐれ、気づいてみると平常心でいるのだった。外見がいいという印象は肉体からも発せられていた。スーツの上からでも、週に五日の空手の稽古とウェイト・トレーニングの成果を見て取ることができた。

「だから、そこで見張りをつづけさせてやってくれ」ヴォーレルが言った。「さっき部下をエレベーターで下へやって、何であれ必要な封鎖をするようにさせたところだ。抜かりは一切ないんだよ、ホーレ」

最後の言葉にはまったく抑揚がなく、宣言なのか質問なのか判然としなかった。ハリーは咳払いをした。

「彼女はどこにいるんだ?」

「ここだ」

ヴォーレルが脇に寄ってハリーを通しながら、心にもない気遣いを口にした。

「どこかにぶつけたみたいだな、ホーレ?」

寝室の調度は質素だったが、趣があり、ロマンスの気配を感じさせた。一人用の——といっても、二人でも寝られる——ベッドが接している支柱には、なかに三角形を封じ込めたハートのようなものが彫られていた。恋人の印だろうか。ベッドの上の壁には裸の男の写真が三点、額に入れて掛けてあった。いずれもエロティックな絵葉書で、ソフト・ポルノと個人的な芸術の中間のような代物だった。見える限りでは、彼女自身の写真も個人的な物品もなかった。

バスルームは寝室と一続きで、洗面台とトイレ、カーテンのついていない、カミッラ・ローエンを入れるのが精一杯の広さしかないシャワースペースがあった。彼女は出入口のほうへ首を捻《ねじ》るようにしてタイルの床に倒れていたが、顔は上を向いて、湯を浴びるのを待っているかのようにシャワーを見上げていた。

裸の身体にまとっているびしょ濡れの白いバスローブの前身頃が開いていて排水口を塞ぎ、ベアーテが入口に立って写真を撮っていた。

「死亡推定時刻はわかったのか？」

「検死官がこっちへ向かっているところですが」ベアーテが答えた。「死後硬直も始まっていないし、完全に冷たくなってもいません。長くても死後二時間ぐらいじゃないでしょうか」

「階下の住人と管理人が発見したとき、シャワーは出しっぱなしだったのか？」

「そうです」

「それが湯であれば、体温の低下と死後硬直を遅らせた可能性があるな」

ハリーは腕時計を見た。六時十五分。

「死んだのは五時ごろだろう」

トム・ヴォーレルの声だった。

「根拠は？」ハリーは訊いた。振り向きもしなかった。

「死体が動かされた形跡がない。だとすれば、シャワーを浴びている最中に殺されたと推定できる。見てわかるとおり、死体とバスローブが排水口を塞いでいる。それが階下への水漏れの原因だ。管理人によればシャワーは全開になっていて、それを彼が止めたんだ。水圧を確認してみたが、屋根裏のアパートにしてはかなりのものだった。この狭さを考えれば、水が敷居を越えて寝室へ流れ込むのにそう長くはかからないし、階下のアパートへ流れていく道筋を見つけるのも時間の問題だ。下の部屋の女性によれば、水漏れに気づいたのはきっかり五時二十分だったそうだ」

「つい一時間前じゃないか」ハリーは言った。「そして、おまえさんは三十分前にここに着いた。ここの全員が異常なほど素速く反応したみたいだな」

「そうかな、全員じゃないんじゃないか？」

ハリーは応えなかった。

「おれが言ってるのは検死官のことだよ」ヴォーレルがにやりと笑みを浮かべた。「そろそろやってきてもいいころなんだが」

ベアーテが写真撮影を終え、ハリーと視線を交わした。

ヴォーレルが彼女の腕に触れた。

「何かあったら呼んでくれ。二階で管理人に話を聞いているから」

「わかりました」

ハリーはヴォーレルが出ていくのを待った。

「いいかな……？」彼は訊いた。

ベアーテがうなずいて脇へどいた。

ハリーの靴が濡れた床を踏んで音を立てた。バスルームの壁は湯気のせいでできた結露が伝い落ちて条《すじ》だらけで、鏡は泣いていたかのようだった。腰を屈《かが》めると、よろめかないよう、壁に手を突かなくてはならなかった。鼻で息をしようとしたが、石鹸《せっけん》の匂いがするだけで、そこにあるに違いないとわかっているほかの臭いは一切感じられなかった。刑事部常駐の心理学者であるストーレ・アウネから借りた本によれば、嗅覚異常《ディスオズミア》、何らかの臭いを認識することを脳が拒否する状態で、しばしば感情的トラウマが原因となると定義されているものだった。ハリーにはそうだという確信はなく、死体の臭いを嗅いで感じることができないとわかっているだけだった。

カミッラ・ローエンは若かった。二十七歳から三十歳ぐらいか。美人でもあったし、肢体も豊満だった。肌は滑らかで日焼けしていたが、その下は死体が常にそうであるように、血の気を失って蒼白になっているはずだった。黒い髪は乾いたら必ずもっと明るくなるはずで、葬儀屋が仕事をしたらすぐに見えなくなってしまうはずの小さな穴が額にあいていた。葬儀屋がほかにすることはほとんどなく、あるとすれば、腫れているように見える右目を化粧でごまかしてやることぐらいだった。

ハリーは額に丸くあいている黒い穴に集中した。せいぜい一クローネ硬貨の中央の穴ほどの大きさしかなく、こんなちっぽけな穴があいただけで人の命が失われることに、彼はいつも驚かされた。ときどき弾丸が入っていった傷を皮膚が覆い、それで騙《だま》される場合があり、今回使われた銃弾の口径はこの穴より大きかったはずだとハリーは推定した。

「彼女が水中にいたのが残念です」ベアーテが言った。「そうでなかったら、遺体に残された犯人の指紋とか糸屑とかＤＮＡを採取できたかもしれないのに」

「ふむ。いずれにせよ、額は水の上に出ていたんだ。だから、シャワーを浴びすぎてもいないはずだ」

「そうなんですか？」

「射入孔の周囲に血がこびりついて黒くなっていて、皮膚に銃弾が発射されたことによる火傷がある。このちっぽけな穴がいくつかのことを教えてくれるかもしれんぞ。拡大鏡はあるか？」

ハリーはカミッラ・ローエンに目を向けたまま手を伸ばし、ドイツ製の光学機器のしっかりした重みを手に感じると、銃創の周辺を観察しはじめた。

「何がわかるんですか？」

耳元でベアーテの声がささやいた。彼女は常に向学心旺盛だな、とハリーは思った。おれが教えることはすぐにもなくなってしまうだろう。

「火傷を示す灰色の部分が、銃弾は至近距離から発射されているが、直射ではないことを示唆している」ハリーは言った。「おれの推測では、五十センチくらい離れていたはずだ」

「なるほど」

「火傷の痕が対称でないことが、犯人は彼女より背が高く、ある程度の角度をつけて下へ向かって撃ったことを示している」

ハリーは遺体の顔を用心深く回転させた。額はまだ完全に冷たくなっていなかった。

「銃弾が出ていった傷がない」彼は言った。「これで、角度をつけて下へ向かって引鉄《ひきがね》が引かれたという仮説が裏付けられる。彼女は犯人の前にひざまずいていたのかもしれない」

「犯行に使われた銃の種類はわかりますか？」

ハリーは首を横に振った。「その特定は検死官と弾道分析班に任せるよ。だが、火傷の痕が徐々に薄くなっていっているからな、そこから考えると、短銃身のもの、たとえば拳銃ではないのかな」

ハリーは手順よく全身を調べていった。すべてを記憶しようとしたが、アルコールの残滓《ざんし》が頭を鈍らせ、あとで自分が使えるはずの情報が漏れ落ちていってしまうような気がした。いや、使うのは自分ではない、あいつらだ。これはおれの事件ではないんだ。手を調べているとき、何かがなくなっていることに気がついた。

「ドナルドダックか」ハリーはつぶやき、腰を屈めて目を凝らした。

ベアーテが怪訝《けげん》な顔でハリーを見た。

「漫画ではこんなふうに描かれているだろう」ハリーは言った。「指は四本なんだ」

「わたし、漫画は読まないんです」

人差し指がなくなり、その跡には細く糸のように凝固した黒い血液と、腱《けん》の先端がぎらついているだけだった。きれいに平らに切断されているようで、ハリーは白く輝いているピンク色の肉の部分を慎重に指で触ってみた。切断された骨の表面は滑らかでまっすぐに感じられた。

「鋏《はさみ》だな」彼は言った。「あるいは、尋常でなく鋭いナイフか。指は見つかったか？」

「いえ」

ハリーは不意に目眩《めまい》を感じて目をつぶり、深呼吸を何度かしてから、ふたたび目を開けた。被害者の指を切り取るのには多くの理由が考えられる。すでに考えた線をもう一度辿り直す理由はない。

「強請《ゆすり》の可能性はないでしょうか」ベアーテが訊いた。「あいつらは鋏が好きですよ」

「そうだな、そうかもしれん」ハリーはつぶやいて腰を伸ばしたが、そのとき、自分の靴の下の床が白いことに気がついた。ピンク色のタイルだとばかり思っていたのだった。ベアーテが腰を屈め、死んだ娘の顔を撮影した。

「大量に出血したに違いありませんね」

「片方の手が水に浸かっていたからだ」ハリーは言った。「水は血液の凝固を妨げるからな」

「切断された指からの出血だけなんでしょうか？」

「そういうことだ。それが何を示しているかわかるか？」

「わかりません。でも、もうすぐわかるような気はしています」

「カミッラ・ローエンの指が切断されたのは彼女の心臓がまだ動いているあいだだということ

とだ。言い換えれば、射殺される前、だ」

ベアーテが顔をしかめた。

「階下の住人とちょっとおしゃべりをしてくる」ハリーは言った。

「わたしたちが引っ越してきたときには、カミッラはもうここに住んでいました」ヴィーベケ・クヌートセンが言い、すぐにパートナーを見た。「ほとんど交流はありませんでした」

そこは屋根裏のアパートの真下、四階の彼らの居間だったが、だれが見てもそこの主はハリーであるかのようだった。ヴィーベケと彼女のパートナーは背筋を伸ばしてソファに浅く坐り、ハリーはアームチェアの一つにどっぷりと沈み込んでいた。

二人は奇妙なカップルだった。どちらも三十代のようだが、アンネルス・ニーゴールは針金のように痩せていてマラソン・ランナーを思わせた。ライトブルーのシャツはアイロンを当てたばかりで、勤め人なのか、髪は短かった。唇は薄く、休みなく身体を動かしていた。顔は童顔で開けっぴろげで、ほとんど無邪気と言っていいぐらいではあるが、質素と禁欲が滲み出ていた。赤毛のヴィーベケ・クヌートセンは見落としようのない深いえくぼがあり、豊満な身体はぴったりと貼りついた豹柄の上衣《うわぎ》でさらに強調されていた。つましく生きている印象で、口元の皺《しわ》はヘビー・スモーカーであることを、目の周りの皺はよく笑うことを示唆していた。

「彼女は何をしていたんですか？」ハリーは訊いた。

ヴィーベケがちらりとパートナーに目を走らせたが、彼が黙っているので、自分で答えた。

「わたしが知っている限りでは、広告代理店に勤めていたようです。デザインとか、何かそんなことだったようですけど」

「何かそんなこと、だったと」ハリーは自分の前に置いたノートにメモを取った。が、それは形だけでしかなかった。

事情聴取をするときに使う手の一つであり、視線を向けられなければ、質問されている相手が余計な緊張をしなくてすむからだった。それに、自分の話にさして関心がないのだと思わせることができたら、話し手は聞き手が注目する発言をしようと自動的に考えるものであった。おれも新聞記者ならよかったのに、とハリーは思った。新聞記者なら、二日酔いで仕事に出てきても警官ほど白い目では見られないだろう。

「ボーイフレンドは？」

ヴィーベケが首を横に振った。

「恋人は？」

ヴィーベケが神経質に笑い、パートナーから目を逸《そ》らした。

「自分たちの時間を盗み聞きに使ったりはしていませんからね」アンネルス・ニーゴールが言った。「犯人は恋人だと考えておられるんですか？」

「わかりません」ハリーは答えた。

「そうなんでしょう、あなたを見ていればわかります」

ハリーは彼の声に苛立《いらだ》ちがあることに気づいた。

「ただ、ここに住んでいる私たちは、これが個人的なことなのか、それとも、頭のおかしい人殺しがこのあたりをうろついている可能性があるのか、それを知りたいんです」

「頭のおかしい人殺しがこのあたりをうろついている可能性はあります」ハリーはペンを置いて返事を待った。

ヴィーベケ・クヌートセンがぎょっとするのがわかったが、ハリーはアンネルス・ニーゴールに集中した。

人は怯えると癇癪《かんしゃく》を起こしやすくなる。これは警察学校の一年目に教えられたことだった。入学早々、怯えた人々を不必要に興奮させてはならないと戒められたのだが、その逆のほうがはるかに有効であることを、ハリーはいまや知っていた。むしろ興奮させるべきなのだ。人というのは腹を立てると、思ってもいなかったことを、もっと正確に言えば、言うつもりのなかったことを口に出す場合がしばしばあった。

アンネルス・ニーゴールが無表情にハリーを見た。

「しかし、犯人は恋人である可能性のほうが高いでしょうね」ハリーは言った。「恋人か、彼女と関係を持っていただれか、あるいは、彼女に拒絶されただれかでしょう」

「そう考える理由は何です？」アンネルス・ニーゴールがヴィーベケの肩に腕を回した。

彼の腕がとても短く、彼女の肩がとても広かったから、なかなか面白い図ではあった。

ハリーは椅子に背中を預け直した。

「統計ですよ。煙草を喫ってもいいですか？」

「ここでは煙草を喫わないようにしているんです」ニーゴールが薄い笑みを浮かべた。

ズボンのポケットに煙草の箱を押し戻そうとしたハリーは、ヴィーベケがそれを見て目を伏せたことに気がついた。

「統計とはどういう意味ですか？」ニーゴールが訊いた。「こういう事件で統計が有効だと考える根拠は何なんですか？」

「そうですね、あなたの二つの質問に答える前にお訊きしますが、統計について、あなたはどのぐらいご存じですか？　ガウス分布、有意性、標準偏差？」

「知りません、しかし――」

「いいんですよ」ハリーはさえぎった。「この件に関しては、知っている必要はありませんからね。世界じゅうの何百年にも及ぶ犯罪統計が、単純で基本的なことを一つ、われわれに教えてくれているんです。それは彼女が典型的な被害者だということです。あるいは、彼女が典型的な被害者でないとしても、犯人がそう考えるタイプだということです。これが一つ目の質問の答えです。そして、二つ目の質問ですが」

ニーゴールが鼻を鳴らし、ヴィーベケの肩から腕を離した。

「あなたの言ったことはまったく非科学的です。あなたはカミッラ・ローエンについて何もご存じないでしょう」

「ええ」ハリーは答えた。

「それなら、どうしてそんなことを言うんです？」

「あなたに訊かれたからですよ。これ以上は質問がないのであれば、私のほうの質問をつづけさせてもらってかまいませんか？」

ニーゴールは何か言いたそうにしていたが、やがて思い直したと見えて、テーブルを睨《にら》みつけた。間違っているかもしれないが、ハリーはヴィーベケのえくぼのあいだに小さな笑みが浮かぶのを見たような気がした。

「カミッラ・ローエンはドラッグをやっていたと思いますか？」ハリーは訊いた。

いきなりニーゴールの顔が上がった。「どうしてわれわれが考えなくてはならないんですか？」

ハリーは目を閉じて返事を待った。

「いいえ」ヴィーベケが答えた。その声は低く穏やかだった。「わたしたちはそう思いません」

ハリーは目を開け、ヴィーベケに感謝の笑みを向けた。アンネルス・ニーゴールが驚いたような顔で彼女を見た。

「彼女のアパートは鍵がかかっていなかったんですね？」

ニーゴールがうなずいた。

「妙だと思いませんでしたか？」ハリーは訊いた。

「特には思いませんでした。だって、彼女は在宅していたんですから」

「ふむ。あなた方のこのアパートの玄関には簡単な鍵がついていて、あなたは……」ハリーはヴィーベケのほうへ顎をしゃくった。「……私を迎え入れたあと、その鍵をかけましたよね」

「いま、彼女はちょっと神経質になっているんです」ニーゴールが言い、彼女の膝を優しく叩いた。

「オスロはもう昔のオスロではありません」ヴィーベケが言った。

一瞬、その視線がハリーと交錯した。

「確かにおっしゃるとおりです」ハリーは言った。「カミッラもあなたと同じ考えだったようですね。彼女のアパートは二重に鍵がかかるようになっていて、内側にはドア・チェーンもついていました。玄関の鍵をかけないでシャワーを浴びるような女性には、私には思えないんですがね」

ニーゴールが肩をすくめた。「ピッキングの可能性だってあるんじゃないですか?」

ハリーは首を横に振った。「それは映画のなかだけです」

「だれかがすでにアパートに一緒にいたとか?」ヴィーベケが言った。

「それはだれです?」

ハリーは黙って返事を待ち、だれも沈黙を破りそうにないと判断した時点で立ち上がった。

「だれかがまた事情聴取をお願いするはずですが、私のほうはとりあえず終わりです。ありがとうございました」

そして、廊下へ出たところで振り返った。

「ところで、警察へ通報したのはどなたでしょう？」

「わたしです」ヴィーベケが答えた。「アンネルスが管理人を呼びにいっているあいだに、わたしが通報しました」

「死体を発見する前に？　どうしてわかったんです……？」

「鍋に血が滴り落ちていたんです」

「ほう？　どうして血だとわかったんです？」

アンネルス・ニーゴールが聞こえよがしに大袈裟《おおげさ》なため息をつき、ヴィーベケの首筋に手を置いた。「赤かったんだよな？」

「そうだとしても」ハリーは言った。「赤いのは血だけではないでしょう」

「そうですけど」ヴィーベケが言った。「色だけではありませんでした」

ニーゴールが意外そうに彼女を見た。ヴィーベケは微笑したが、ハリーは彼女がパートナーの手を逃れようとしていることに気がついた。

「昔、料理人と一緒に暮らして、小さな食堂をやっていたことがあるんです。そのときに、食べ物についていくつか学びました。その一つが、血にはアルブミンが含まれていて、六十五度以上のお湯と混じったら凝固して軟らかい塊になるということです。ちょうど、卵を茹でていて殻にひびが入ったときのように。アンネルスがその塊を食べて卵のような味がすると言ったときに、血だとわかりました。それに、何かとんでもなく恐ろしいことが起こったんだということも」

ニーゴールの口があんぐりと開き、日焼けした肌の下から血の気が失せた。

「口に合いましたか」ハリーはつぶやき、アパートをあとにした。

5　金曜日〈水面下《アンダーウオーター》〉

ハリーは特定の何かを売りにしているパブが嫌いだった。アイリッシュ・パブ、トップレス・パブ、珍奇なものを売りにするパブなどである。なかでも最悪なのが、名のある常連客の写真を壁に並べて、有名人が集まることを売りにしているパブだった。〈水面下〉の売りは、ダイビングと昔の木造船のロマンティシズムという、漠然とした海にまつわる混ぜ合わせだった。しかし、ハリーは四杯目のビールに深入りしたある時点で、緑色の水が水槽に注ぐ音やダイビング用のヘルメット、材木が軋む荒削りな内装が次第に癇に障るようになっていて、それはさらに悪化する恐れがあった。この前きたときには、客がいきなりお気に入りの歌を歌い出して、ハリーは一瞬、とうとうミュージカルが現実に追いついたかのような錯覚にとらわれたのだった。今日はあらかじめ客の様子を確かめたのだが、四人の誰一人としていきなり歌い出したりしそうにないとわかって、いくらか安堵した。

「みんな、休暇なのか？」ハリーはビールを置いてくれた、カウンターの向こう側にいる女の子に訊いた。

「まだ七時よ」彼女が百クローネ札で払った釣りを渡しながら言った。もっとも、ハリーが渡したのは二百クローネだったが。

　できれば〈シュレーデルス〉へ行っていただろうが、出入り禁止になったというぼんやりした記憶があった。それが本当かどうかを確かめに行く勇気もなかった――少なくとも今日のところは。火曜のことは断片的に憶えていた。いや、水曜だったか？　おれがテレビに出たときのことをだれかが蒸し返し、シドニーで拳銃を持った悪党を射殺した〝ノルウェー警察の英雄〟だと持ち上げた。何人かがそれについて批評めいたことを口にし、名指しでおれの悪口を言いやがった。結局、殴り合いになったのか？　それはあり得ないことではないが、もちろん、目が覚めたときにできていた拳と鼻の傷はドヴレ通りの敷石に激突したせいでできた可能性だって十分にある。

　携帯電話が鳴った。ハリーは番号を見た。ラケルではなかった。

「もしもし」

「ハリーか？　いまどこにいるんだ？」ビャルネ・メッレルが懸念する声で訊いた。

「〈水面下《アンダーウオーター》〉です。どうしました？」

「水《ウオーター》？」

「水《ウオーター》です。真水《フレッシュ・ウオーター》、塩水《ソルト・ウオーター》、トニック・ウォーター。何だか……何と言えばいいんだろうな……ぴりぴりしてるように聞こえますよ」

「酔ってるのか？」

「酔ってるってほどじゃありません」

「何だって？」

「何でもありません。バッテリーが心細いんですよ、部長」

「現場検証班の一人が、きみのことを報告書に書くと私を脅したんだ。きみは到着したとき、はっきりわかるほど酔っていたと、そいつが言っているんだ」

「どうして〝脅している〟ではなくて、〝脅した〟なんですか？」

「私が彼を説得したからだ。酔ってたのか、ハリー？」

「もちろん、酔ってなんかいませんでしたよ、部長」

「いま言っているのは絶対に本当のことなんだな、ハリー？」

「絶対に本当に知りたいいんですか？」

電話の向こうでメッレルの呻き声が聞こえた。

「これをつづけるのは無理だ、ハリー。不本意だが、中止するしかないだろうな」

「わかりました。手始めに、おれをこの件から外してください」

「何だって？」

「聞こえたでしょう。あの馬鹿野郎と一緒に仕事をしたくないんです。だれかほかのやつを当ててください」

「人手が足りないんだ……」

「それなら、おれを馘《くび》にしてもらいましょうか。そんなの、屁とも思ってませんから」

ハリーは携帯電話を内ポケットに戻した。振動がかすかに乳首に感じられ、メッレルの声が聞こえた。実際、まったく愉快だった。ハリーはビールを飲み干すと、ストゥールを下りて、暑い夏の夕刻へよろよろと出ていった。ウッレヴォール通りで三台目のタクシーが停まって乗せてくれた。

「ホルメンコル通りまで頼む」ハリーは行き先を告げると、後部座席のひんやりした革に汗ばんだ首筋を落ち着かせた。窓の外に目をやると、何羽もの燕《つばめ》が餌を求めて淡い青空を切り裂いていた。そろそろ虫が地表に出てきているころで、これから日没までのいまが燕たちの好機、生きていくためのチャンスの時間だった。


タクシーが黒い板張りの大きな家のある坂の下で停まった。

「上っていきますか？」運転手が訊いた。

「いや、ちょっとここで待ってくれ」ハリーは言った。

家を見上げると、窓の向こうにラケルの姿が垣間見えたような気がした。たぶん、オレグはもうすぐベッドに入るのだろう。もう少し起きていたいと騒ぎ立てているに違いない。なぜなら……

「今日は金曜だよな？」

運転手が用心深い目でルームミラーを見上げ、小さくうなずいた。

何日か、何週間か。まったく、子供というのはあっという間に成長するものだな。ハリーは顔を擦《こす》り、ずっと着けていた青白いデスマスクに多少なりと生気をよみがえらせようとした。去年の冬はそんなに悪くなかった。比較的大きな事件を二つ解決し、エッレン・イエルテンの件では証人に立ち、禁酒もつづいていて、ラケルと外出して何度か愛を交わし、家族の行事を一緒にしたりもした。そして、それが気に入っていた。週末の旅も、子供たちと一緒にいるのも好きだった。バーベキューもした。父親と妹と一緒に日曜に食事をするのも、ダウン症の妹に会うのも、九歳のオレグと遊ぶのもよかった。何よりもいいのは、彼らがそれをとても喜んでくれることだった。ラケルは一緒に住むのもいいかもしれないというようなことをほのめかすようにさえなっていた。この家は、自分とオレグと二人だけで住むには大きすぎるというのが論拠だった。ハリーが反論するのはそう難しくなかった。

「エッレン・イエルテンの件の片がついたら考えよう」と、彼は言った。ノルマンディーへ予定している休暇旅行――古い農場で三週間、川船で一週間――が、一緒に暮らす準備ができているかどうかを見る試金石のようなものになるはずだった。

そのあと、色々なことが起こりはじめた。

ハリーはその冬を丸々エッレン・イエルテンの件に費やした。そこまでやるかというぐらい徹底的に調べ直したのだが、それ以外のやり方はあり得なかった。エッレン・イエルテンは同僚であるだけでなく、親友であり、同志だった。二人して〝プリンス〟という暗号名を頼りに武器密輸犯を追い、彼女が野球のバットで撲殺されてから三年が過ぎていた。アーケル川のそばの犯行現場に残されていた証拠はスヴェッレ・オルセン、警察でも有名な、古参のネオナチを指していた。残念なことに、ハリーたちは彼の言い分を聞くことができなかった。逮捕されるに際してトム・ヴォーレルに発砲しようとし――そうだと言われているだけで、確実な証拠があるわけではなかった――、逆に頭を撃ち抜かれて死んでしまったからである。それでも、あの殺人の黒幕は〝プリンス〟だとハリーは確信し、単独で捜査させてくれるようメッツレルを説得した。それは個人的なことであり、したがって、彼らが所属している刑事部の方針にまったく反していたが、メッツレルはこれまでのハリーの功績に免じてといったような理由でそれを許可した。そしてこの前の冬、とうとう突破口が見つかった。あの殺人事件の当夜、犯行現場から数百メートルしか離れていないグルーネルレッカで、そこに駐まっていた赤い車にスヴェッツレが一緒に乗っているのを見たという人間がいたのである。その目撃者はロイ・クヴィンスヴィークという逮捕歴のある元ネオナチで、ペンテコステ派からフィラデルフィアン派に転向して間がなかった。言うところの理想的な証人では必ずしもなかったが、ハリーが見せた写真を時間をかけてじっくりと観察し、そうだ、これがスヴェッツレと一緒に車にいた人物だと答えた。ハリーが見せたのはトム・ヴォーレルの写真だった。

トム・ヴォーレルを疑い出したのはずいぶん前ではあったが、それでも、実際にそうと確認されると平静ではいられなかった。それが警察内部にさらにスパイがいるに違いないことを意味しているとあれば尚更《なおさら》だった。そういう助けがなければ、プリンスがあれほど広範なネットワークを操れるはずがない。逆に言うと、ハリーがだれも信用できないことを意味してもいた。というわけで、ロイ・クヴィンスヴィークが話してくれたことについては口を閉ざしつづけた。チャンスは一回こっきりしかなく、その一回こっきりのチャンスを確実にものにして、薄汚れた真実を残らず白日の下にさらさなくてはならないとわかっていたからである。それに、根こそぎにできるという絶対の確信がなくてはならなかった。それができなかったら、返り討ちにあうことになる。

だから、ヴォーレルを追い詰めるべき鉄壁の態勢を作ることを密《ひそ》かに始めなくてはならなかった。しかし、話しても大丈夫な相手がわからなかったから、作業は想像以上に難しかった。まずはみんながその日の仕事を終えて帰ったあとで文書保管庫を渉猟《しょうりょう》し、警察内部のコンピューター・ネットワークを覗き、ヴォーレルと関係があるとわかっている職員のeメールと電話の通話記録をプリントアウトした。午後にはヨングストルゲ広場の近くに車を駐めて、〈ヘルベルト・ピッツァ〉を見張った。ハリーの仮説では、そのピザ屋に頻繁に出入りするネオナチは、武器の密輸にも手を染めていた。その仮説が何の手掛かりも生み出さないとわかると、今度はトム・ヴォーレルと彼の仲間――特に、エーケルンの射撃訓練場で多くの時間を過ごすとわかっている連中――の尾行を開始した。気づかれない距離を保ってあとを尾《つ》け、彼らの家の前に張り込み、彼らが家のなかで眠っているあいだは車のなかで寒さに震え、早朝、疲労困憊《こんぱい》してラケルの家へ戻った。何時間か眠り、また、仕事に戻った。しばらくすると、二交代制で仕事をするときには、夜は自分のアパートで寝てもらえないかとラケルに頼まれた。夜の仕事は記録されないし、タイムレコーダーにも残らないし、上司も知らないし、ほとんどすべてがないことになっていることを、ハリーは彼女にも教えていなかった。

やがて、ハリーはさらに脇道に範囲を広げて漁《あさ》りはじめた。まず、ある日の夕方、〈ヘルベルト・ピッツァ〉へ立ち寄り、客とおしゃべりをし、ビールを奢《おご》ってやる。そして、また同じことをする。もちろん、彼らはハリーが何者か知っているが、無料《ただ》のビールの霊験はあらたかで、それを飲んだ者はにやりと笑い、口を閉ざしたままでいてくれた。彼らが何も知らないことは徐々にわかっていったが、それでもハリーはそこへ通いつづけた。その理由は自分でもよくわからなかったが、何かに、龍の塒《ねぐら》に近づいているような気がしているからかもしれなかった。必要なのは忍耐だけ、龍が出てくるのを待つことだけだった。しかし、ヴォーレルも彼の知り合いも、一人として姿を現わさなかった。だから、ヴォーレルが住んでいるアパートの監視に戻った。

零下二十度のある晩、通りにはまるで人気がなく、丈の短い薄手のジャケットの男がふらふらと、ジャンキー特有の歩き方でハリーの車のほうへ向かってきた。そして、ヴォーレルのアパートの建物の入口の前で足を止めると、左右を検《あらた》めてから、バールで鍵を壊しはじめた。ハリーは何もしないでそれを見ていた。言われるまでもないことだが、手出しをしたら正体がばれる恐れがあった。おそらくバールが深く食い込みすぎたのだろう、男がそれを押し下げると、大きな木の塊が弾けるような音を立ててドアから引きちぎられた。男はその勢いでアパートの前の雪の上に仰向けに倒れ込むと、その場に引っくり返ったままとなった。何もいくつかの窓が明るくなり、ヴォーレルの部屋のカーテンが動いた。ハリーは待った。何も起こらなかった。零下二十度。ヴォーレルの窓は明るいままだった。ジャンキーは身じろぎもしなかった。ハリーはそのあと、自分はどうすべきだったのだろうかと何度も考えた。携帯電話のバッテリーは寒さのせいで機能不全に陥っていて、救急医療室へ通報しようにもできないだろうと思われた。ハリーは待った。時間は刻々と過ぎていった。血塗《ちまみ》れのジャンキー。零下二十一度。忌々しいジャンキー。もちろん、救急医療室へ車を飛ばして怪我人がいると知らせることはできる。そのとき、入口で何かが動いた。ヴォーレルだった。ドレッシングガウンにブーツ、帽子《キャップ》にミトンという滑稽な格好で、ウールの毛布を二枚持っていた。ハリーが目を疑ったことに、ヴォーレルがジャンキーの脈と瞳孔を調べ、毛布にくるんでやった。そして、自分の身体に巻きつけた腕を叩いて寒さを防ぎながら、ハリーのいる車のほうをうかがった。数分後、救急車がアパートの前に停まった。

　その夜、ハリーは家に帰ると、ウィングチェアに坐って煙草に火をつけ、ラガ・ロッカーズとデューク・エリントンを聴いた。それから、四十八時間着たきりの服を着替えもせずに出勤した。

　四月のある夜、ラケルと初めて喧嘩をした。週末に予定していた旅行をハリーが土壇場で中止し、ずいぶん短いあいだなのに約束を破るのはこれが三度目だと彼女が指摘したのだった。オレグに約束したじゃないの、と彼女は言った。ハリーはオレグを方便に使うなとラケルを非難し、きみが本当に欲しているのはエッレンの命を奪った犯人を見つけることより自分が必要としていることをおれが優先させることなんだと咎《とが》めた。それに対してラケルは、エッレンはもうこの世にいない亡霊なのだ、あなたは自ら望んで死体に取り憑かれている、そんなのは普通じゃない、あなたは悲劇にすがって生きている、それは死体愛だ、あなたを駆り立てているのはあなた自身の復讐欲であってエッレンではない、と反論した。

「あなたは傷ついているわ」彼女は言った。「復讐を果たすためなら、ほかのことはすべてどうでもよくなっているのよ」

ハリーは腹を立てて家を飛び出した。そのとき、階段の手摺《てす》り越しに、パジャマ姿のオレグと充血した目がちらりと見えた。

それ以降、ハリーはエッレン殺しに関わった者の追及に直接関係のないことは一切しなくなった。光量を落としたテーブル・ランプの下でeメールを読み、一戸建ての住宅やアパートの暗い窓を見つめて、現われることのない人間が現われるのを待ち、ソフィー通りのアパートへ戻って何時間か仮眠するのだった。

昼が徐々に長くなり、明るさを増していったが、ハリーのほうにはまったく進展がなかった。ある晩、子供のころの悪夢がいきなりよみがえった。妹のシースの長い髪が引っかかり、その顔が恐怖で歪んでいた。ハリーは恐ろしくて身動きができなかった。悪夢は次の夜も、また次の夜も繰り返された。

ハリーの幼馴染《おさななじ》みで、タクシーの運転をしていないときはマリクの店で飲んでいるエイステイン・エイケランが、くたびれ果てているように見えると言って、安物の覚醒剤《スピード》を勧めてくれた。ハリーは断わった。疲労困憊し、腹を立てながら、執拗に調べをつづけた。

すべてが明らかになるのは時間の問題に過ぎなかった。不払いの請求書のように平凡なものが、引鉄《ひきがね》を引くのに必要なすべてだった。五月の終わり、ラケルとは何日も話していなかった。オフィスの椅子で眠っているところを電話のベルで起こされた。ラケルの声が、ノルマンディーの農場への支払いがまだだと旅行代理店が知らせてきたと告げた。一週間待つけれども、それまでに支払いがなされなかったら、ほかの客に貸すことになると言ってきた、と。

「金曜が期限よ」というのが、電話を切る前のラケルの最後の言葉だった。

ハリーは洗面所へ行って冷たい水で顔を洗い、鏡に映っている自分と向かい合った。短く刈り込んだ濡れた金髪の下で目が充血し、その下に黒い隈《くま》ができて、頬がこけていた。ハリーは笑顔を作ろうとした。黄色い歯がにやりと笑い返した。自分だとは思えなかった。ラケルの言うとおりだ、とハリーは悟った。そろそろ期限だ。おれとエッレンにとって、おれとトム・ヴォーレルにとって。

その日、ハリーは最も近しい上司であり、オスロ警察で百パーセント信頼できる唯一の人物であるビャルネ・メッレルを訪ねた。ハリーの望みを聞きながら、彼はうなずくか、首を横に振るか、どちらかを繰り返した。幸いにもそれは私の仕事ではないから、とメッレルは言った。きみが直接警視正に訴えるしかない。さすがのハリーもクリポスの局長に訴えるのは二の足を踏むだろう、というのがメッレルの考えだった。ハリーはメッレルの四角いオフィスを出ると、クリポスの局長の楕円形のオフィスへ直行した。そして、ノックしてなかに入り、自分が言うべきことを言った。トム・ヴォーレルがスヴェッレ・オルセンと一緒にいるところを目撃した者がいること、オルセンを逮捕するときに彼を射殺したのはほかのだれでもないトム・ヴォーレルであること。以上。それが刻苦精励した五カ月、尾行の五カ月、狂気の瀬戸際の五カ月の成果だった。

トム・ヴォーレルがエッレン・イェルテンを殺す動機は何だと思うかと、クリポスの局長はハリーに訊いた。

エッレンが危険な情報を持っていたからです、とハリーは答えた。殺された日の夜、彼女はハリーの留守番電話にメッセージを残していた――〝プリンスの正体がわかった〟。武器密輸の首謀者であり、オスロの犯罪共同体を制式拳銃で完全武装させた張本人の名前を、彼女は突き止めていたのだ。

「残念なことに、私が折り返し電話するのが遅すぎたんです」ハリーは警視正の表情を読もうとしながら言った。

「それで、スヴェッレ・オルセンは？」警視正が訊いた。

「われわれが足取りをつかんだときには、エッレン殺しの犯人の名前をオルセンが明らかにできないよう、プリンスは彼を殺していました」

「では、それで、きみの言うところのプリンスは……？」

ハリーがトム・ヴォーレルの名前を繰り返すと、警視正は黙ってうなずいたあとで言った。

「当時のわれわれの仲間の一人であり、最も尊敬された刑事捜査官の一人だ」

それからの十秒、ハリーは自分が空気のない、音もしない真空のなかにいるような気がした。自分の警察官としてのキャリアが、いま、この場で終わってしまうかもしれなかった。

「いいだろう、ホーレ。まずはきみの言うところの目撃者に会って、それからわれわれが次にどうするかを決めよう」

警視正が立ち上がった。

「わかっていると思うが、さらなる知らせがあるまでは、この件はきみと私のあいだだけのことに留めておかなくてはならないからな」


「いつまでここにいるんですか？」

タクシーの運転手の声に、ハリーははっとして目を開けた。眠っていたのだった。

「戻ってくれ」ハリーは言い、最後にもう一度、板張りの家を見た。

キルケ通りを引き返しているとき、携帯電話が鳴った。ベアーテだった。

「凶器を発見したようです」彼女が言った。「あなたがおっしゃったとおり、拳銃でした」

「そうであれば、おれもそうだが、おまえさんもよくやったということだ」

「まあ、見つけるのはそんなに難しくありませんでしたけどね。流しの下のごみ箱にありましたから」

「種類と製造番号は？」

「種類はグロック23です。製造番号は削り取られていました」

「現時点でオスロで最も多く押収されている小型火器と同じかどうかということなら、同じです」

「発射痕は？」

「わかった」ハリーは携帯電話を左手に持ち替えた。「わからないのは、どうしておまえさんがいちいちおれの携帯電話を鳴らすのかということだ。おれはその一件の担当じゃないんだぞ」

「でも、本当にそうなんですか、ハリー？　メッレルが言うには……」

「メッレルも糞オスロ警察も、丸ごと地獄へ堕《お》ちればいいんだ！」

奥歯を嚙み締めて吐き捨てた自分の言葉に、ハリーはわれながらぎょっとした。運転手が何事かと眉をVの字にしてルームミラーを見上げていた。

「すまん、ベアーテ。ちょっと……まだそこにいるか？」

「ええ、まあ」

「ちょっと調子が悪いんだ」

「いまでなくてもいいんですけど」

「何がいまでなくてもいいんだ？」

「急ぎではないということです」

「言ってみろ」

ベアーテがため息をついた。

「カミッラ・ローエンの片方の瞼《まぶた》が腫れていたのに気づきましたか？」

「もちろんだ」

「犯人に殴られたか、倒れたときにぶつけたかだろうとわたしも考えたんですが、実は腫れではなかったんです」

「ほう？」

「検死官がそこを押してみたら、石のように硬かったんですよ。それで、瞼を開けてみたんですが、眼球の上に何があったかわかりますか？」

「わからんな」ハリーは言った。

「星の形にカットされた小さな宝石です。ダイヤモンドだと思われます。あなたの考えを聞かせてもらえますか？」

ハリーは息を吸い、時間を確かめた。〈ソフィー〉が閉まるまでにまだ三時間あった。

「その件はおれの担当じゃないんだ」ハリーは言い、電話を切った。

6　金曜日　水

日照りではある。だが、おれはあの警官が飲み屋から出てくるのを見た。喉の渇きを癒す水。雨水。川の水。羊水。

やつはおれを見なかった。ふらふらとウッレヴォール通りへ出ていくと、タクシーを止めようとした。乗せたがるタクシーはなかった。安息することのない魂たちの一人のように此《し》岸《がん》をさまよいつづけた。彼岸へ渡してくれる渡し守もいなかった。それがどんな気分か、おれにも多少の経験がある。満ち足りているおまえたちに追いかけられる経験だ。人生で一度でも拒絶されれば、助けを必要とするのはその本人だ。侮辱されているとわかり、侮辱し返す相手がいないとわかったとき、自分が何をしなくてはならないかを黙って考えるときだ。おまえを気の毒がるのがタクシーの運転手で、彼の喉を掻き切るのがおまえだというのは、もちろん不合理だ。

7　火曜日　解雇

ハリーは店の裏へ回ると、ミルク保存用冷蔵庫のガラスドアを開けて汗ばんだTシャツの前をまくり、身を乗り出して目を閉じた。肌に当たる冷気が心地よかった。

天気予報は熱帯夜になると言っていて、店にいる数人の客が欲しがっているのは火を通した食べ物とビールかミネラルウォーターだった。

ハリーは髪の色で彼女だとわかった。彼に背を向ける格好で肉売り場のカウンターの前にいた。豊かな尻にジーンズがぴったり貼りついていて、非の打ち所がなかった。振り向いた彼女を見て、着ているのが縞馬《しまうま》模様の上衣だとわかった。豹柄の上衣と同じで、やはり身体にぴったりと貼りついていた。ヴィーベケ・クヌートセンは考えを変えたと見えて、すぐに調理できるようになっている牛肉を元へ戻すと、買い物用のカートを冷凍食品のカウンターのほうへ押していって、鱈《たら》のフィレを二パック手に取った。

ハリーはTシャツを下ろすと、ガラスのドアを閉めた。ミルクに用はなかった。肉も鱈も欲しくなかった。基本的に、食べられるものだけをほんの少し食べればよかった。空腹だからではなく、胃袋のためだった。昨夜から腹の具合がおかしく、経験から、いまきちんとしたものを食べておかなくては、胃袋が一滴のアルコールも受け付けないとわかっていた。彼のカートには全粒粉パンが一塊、ここへくる途中に酒類専売公社《ヴィンモノポール》で買った酒瓶の入った茶色の紙袋が乗っていた。そこへ鶏を半羽、ハンサ・ビールの六本セットを足してから、せかせかと果物の売り場を迂回《うかい》して、レジ・カウンターの列に並んだ。ヴィーベケ・クヌートセンの真後ろだった。意図したわけではなかったが、まったくの偶然でもないかもしれなかった。

彼女が半分振り向いたが、ハリーを見たわけではなく、どこかから強い臭いが漂ってきているかのように鼻に皺を寄せた。そのどこかが自分である可能性を完全には排除できないとハリーは思った。彼女はレジ係の女の子に二十本入りの煙草〈プリンス・マイルド〉を一箱頼んだ。

「やめようとしておられるんだと思っていましたが」

ヴィーベケがぎょっとして振り返り、ハリーを透かし見るようにしてから、三種類の笑みを浮かべた。最初は反射的な一瞬の笑み、二番目はハリーだとわかった笑み、三番目は——そのときには支払いを終えていた——好奇心の笑みだった。

「そのお買い物の様子だと、パーティでも開くんですか？」

ヴィーベケが自分の買い物をビニールの袋に入れた。

「まあ、そんなところです」ハリーは曖昧に答えて笑みを返した。

彼女が首をかしげた。縞馬模様が動いた。

「お客さんは大勢いらっしゃるの？」

「数人です。だれも招待しているわけじゃないんですがね」レジ係の女の子が釣り銭を渡そうとしたが、ハリーは救世軍の募金箱のほうへ顎をしゃくった。

「でも、迎え入れるかどうかを玄関で選別できるんでしょ？」笑みは目まで到達していた。

「それはそうなんですが、そう簡単に引き下がってくれる連中ではないんですよ」

ハリーが袋を持ち上げると、ジムビームのボトルがビールとぶつかって嬉しそうな音を立てた。

「そうなんですか？　昔の飲み友だちとか？」

ハリーは名残り惜しそうな顔でちらりとヴィーベケのほうを見た。彼女は自分が何を言っているのかわかっているようだった。それを見て、ハリーはますます奇妙に思った。なぜなら、彼女が一緒に住んでいる人物はかなり禁欲的なタイプのように見えたからである。あるいは、もっと正確には、あんなに禁欲的な人物が彼女と一緒に住んでいるのを奇妙に思ったと言うべきか。

「何であれ友だちはいません」ハリーは言った。

「それなら、きっと女の人たちね。簡単には引き下がらないタイプの」

ハリーは彼女のためにドアを開けて押さえてやろうとしたが、自動ドアだとわかった。そこで何百回も買い物をしているというのに、いまのいままで気にも留めたことがなかった。

二人は店を出て、歩道で向かい合った。

ハリーは何と言っていいかわからなかった。だから、一緒に出てきたのかもしれなかった。

「女性が三人です。私がたっぷり飲んでいるとわかれば退散してくれるかもしれません」

「はい？」

彼女が太陽をさえぎろうと目の上に手をかざした。

「失礼、何でもありません。考えていることが口に出ただけです。いや、考えるのではなくて、いずれにしても声に出してやるつもりなんですがね。つまらんことを言いました、もしかしたら私は……」

ハリーは彼女が依然としてそこにいる理由がわからなかった。

「あの人たち、週末ずっとわたしたちのアパートの階段を駆け上がったり駆け下りたりしていたんですよ」

「あの人たちって？」

「警察だと思うけど」

そうだった、とハリーはようやく気がついた。おれがカミッラ・ローエンのアパートに行ったのは週末の前だったんだ。彼は店の窓に映る自分の姿を見ようとした。週末が丸々過ぎたのか？　いまのおれはどんなふうに見えるんだろう？

「あの人たち、何一つ教えてくれないんですよ。新聞には、手掛かりは何も見つかっていないってありましたけど、そうなんですか？」

「あれは私の担当案件ではないんですよ」ハリーは言った。

「そうなんですか」ヴィーベケ・クヌートセンがうなずき、微笑した。「でも」

「何でしょう？」

「実はそれもいいことかもしれませんよ」

二秒ほどして彼女の言わんとしている意味がわかり、ハリーは笑い出した。その笑いは咳の発作に変わっていった。

「これまでこの店で一度も会っていないなんておかしいですね」発作が治まると、ハリーは言った。

ヴィーベケが肩をすくめた。「それはどうかしら。またすぐに会うかもしれませんよ？」彼女はハリーに微笑して歩き出した。ビニールの袋と彼女の尻が左右に揺れた。

そうだな、あんたとおれと……あり得ないか。

ハリーは猛然と考えていて、一瞬、それが声になって外に聞こえていないかと心配になった。

上衣を肩に引っかけた男が片手を腹に押し当てて、ソフィー通りのアパートの正面入口の階段に腰を下ろしていた。シャツの胸と脇の下に黒い汗染みができていた。彼はハリーを見ると立ち上がった。

ハリーは一つ息を吸って心の準備をした。男はビャルネ・メッレルだった。

「どうしたんだ、ハリー」

「あなたもどうしたんです、部長？」

「自分がどんなふうか、見てみたか？」

ハリーは鍵を取り出した。「絶好調に見えませんか？」

「週末はあの殺人事件の応援をするよう言ってあったのに、現場できみを見た者は一人もいない。今日は出勤すらしていないじゃないか」

「寝過ごしたんですよ、部長。あなたが考えているかもしれないことと、事実はそんなにかけ離れてはいませんがね」

「金曜日にようやく出勤してきたときも、何週間も寝過ごしたあとだったんだろうな？」

「たぶんね。第一週が終わったあとで少し元気になったんで、仕事をしようと署に電話をしたんです。そうしたら、おれは休暇を取っていることになっていると教えてくれたんですよ。その手続きをしてくれたのはあなたじゃないんですか？」

ハリーが玄関に入ると、メッレルがぴたりとあとにつづいた。

「そうする以外にどんな方法があったと言うんだ」メッレルが言い、腹を押さえて呻いた。

「四週間だぞ、ハリー！」

「まあ、四週間なんて宇宙じゃほんの一瞬でしかない……」

「それに、どこにいるか、一言ぐらいあってしかるべきだろう！」

ハリーは何とか鍵を挿し込んだ。「いま教えますよ、部長」

「何を？」

「どこにいたかをです。ここですよ」

アパートのドアを開けると、出迎えてくれようと立ち上がったビールと煙草の吸い殻、腐りかけたごみの臭いがつんと鼻を突いた。

「知らないほうがまだしも気分がよかったんじゃないですか？」

ハリーがなかに入ると、メッレルがおそるおそるといった様子であとにつづいた。

「靴は脱がなくていいですよ、部長」ハリーはキッチンから叫んだ。

メッレルがいやはや呆れたと言わんばかりに目をぐるりと回し、空き瓶、吸い殻でいっぱいの灰皿、古いレコードの散らかる居間を用心深く横切っていった。

「四週間もここに坐って飲みつづけていたのか、ハリー？」

「ときどき休憩しましたよ。長い休憩をね。考えてみれば、おれは休暇中だったんです。そうでしょ？　先週はほんの一滴口にしたかしないかです」

「きみに知らせがあるんだ、ハリー」メッレルが叫び、掛け金を外して大急ぎで窓を押し開けようとした。窓は三度試みてようやく開いた。メッレルが呻き、ベルトを緩めて、ズボンの一番上のボタンを外した。振り返ると、ハリーが居間の入口に立っていた。手には栓を開けたウィスキーのボトルがあった。

「悪い知らせなんでしょうね」ハリーは刑事部長がベルトを緩めているのに気づいて言った。

「それは鞭《むち》打ちの準備ですか、それとも、おれの尻を犯すってことですか？」

「消化不良だということだ」メッレルが言った。

「ふむ」ハリーはウィスキーのボトルに栓をし直した。「消化不良ってのは面白い言い方でですよね。おれもこのところ腹の具合が悪いんで、色々読んで調べてみたんですよ。食べたものが消化されるには十二時間から二十四時間かかるんだそうです。だれであろうと何であろうと例外はありません、全員です。痛みはつづくかもしれませんが、腸はこれ以上の長さを必要としていないんです」

「ハリー……」

「グラスはどうします、部長？　まあ、きれいだとは限りませんがね」

「もう終わりだということを伝えにきたんだ、ハリー」

「辞めるんですか？」

「もうたくさんなんだ！」

メッケルが力任せにテーブルを殴りつけて空のボトルを跳び上がらせると、緑のアームチェアに沈み込んで顔を撫でた。

「私がきみを救うために何度自分の仕事を危うくしてきたと思う、ハリー？　私にはこの人生できみより近しい人たち、助けなくてはならない人たちがいるんだ。これが限界だ、ハリー。きみを助けることはもうできない」

「わかりました」

ハリーはソファに坐ると、グラスの一つにウィスキーを注いだ。

「助けろとだれに言われたわけでもないんですからね、部長。ともかく、感謝します。よくここまでやってもらえたと思いますよ。乾杯《スコール》」

　メッレルが深く息を吸って目を閉じた。

「いいことを教えてやろうか、ハリー。ときとしてきみはこの星のろくでなしのだれよりも傲慢になるし、わがままになるし、頭が悪くなるぞ」

　ハリーは肩をすくめると、一気にグラスを空にした。

「きみの解雇書類を作ってある」メッレルが言った。

　ハリーはウィスキーを注ぎ直した。

「局長の机に置いてある。欠けているのは彼のサインだけだ。私の言おうとしていることがわかるか、ハリー？」

　ハリーはうなずいた。「帰る前に、本当にちょっとだけどうです、部長？」

　メッレルが立ち上がり、居間の出口で束の間立ち止まった。

「こんなふうなきみを見たら私の心がどれほど痛むか、ハリー、きみはわかっていない。ラケルと仕事がきみにあるすべてだったのに、まずラケルを侮辱し、いまは仕事を侮辱しようとしているんだぞ」

　おれがその両方を侮辱したのは正確には四週間前だ、とハリーは内心できっぱりと宣言した。

「本当に残念だよ、ハリー」

　メッレルが部屋を出て静かにドアを閉め、帰っていった。

四十五分後、ハリーはソファで眠ってしまった。訪問者があった。訪ねてきたのはいつもの三人の女性ではなく、クリポスの局長、正確には四週間と三日前のことだった。

警視正自らが〈ボクサー〉で会いたいと言ってきた。そこは警察本部のすぐ近くの、何歩かよろめいたらどぶにはまる、喉が渇いてたまらない者たちのための飲み屋だった。そこで、彼とハリーとロイ・クヴィンスヴィークの三人だけで会うことになっていた。彼がハリーに説明したところでは、公式な決定が下されない限り、自分が動く余地を残しておくためにはすべてをできるだけ非公式にするほうがいいとのことだった。

ハリーが動く余地については一言も口にしなかった。

約束の時間より十五分遅れてハリーが〈ボクサー〉に着いてみると、警視正は店の奥のテーブルにビールを前にして坐っていた。ハリーは見られていることを意識しながら腰を下ろした。細い横柄な鼻を挟んで、深い眼窩《がんか》の奥の青い目が輝いていた。豊かなグレーの頭髪で、背筋を伸ばして座った姿は、年齢の割には痩せて見えた。六十代のように見えたが、若いときがあったことを、あるいは実際に老いつつあることを、まるで想像できなかった。刑事部では彼のことを〝大統領《プレジデント》〟と呼んでいたが、それはオフィスが楕円形であり、大統領のように話す——とりわけ公の場合に——からだった。しかし、これは〝できるだけ非公式〟なものと見なされていた。警視正の唇の薄い口が開いた。

「一人か」

ハリーはウェイトレスにファリスのミネラルウォーターを注文し、テーブルの上のメニューを手に取って最初のページを見ながら、あたかもどうでもいい情報であるかのようにさりげなく言った。

「気が変わったんです」

「目撃者の気が変わったのか？」

「そうです」

クリポスの局長がビールに口をつけた。

「五カ月前から証人として出ていくと言っていたんですが」ハリーは言った。「それも一昨日まででした。ここの豚足はうまいですか？」

「彼は何と言ったんだ？」

「今日、フィラデルフィアン派の会合のあとで会うことにしていたんですが、おれが行くと、考えが変わった、いずれにせよ、スヴェッレ・オルセンと一緒にあの車に乗っていた男はトム・ヴォーレルではないという結論に達したと言ったんです」

警視正は正面からハリーを見据えていたが、やがて、コートの袖を押し上げて時計を見た。会合が終わったことを示す仕草だろうとハリーは受け取った。

「では、きみの目撃者が見たのはトム・ヴォーレル以外のだれかだったと考えるほかないということになるな。それとも、何か考えているのか？」

ハリーは唾を呑み、さらにもう一度唾を呑んだ。そして、メニューを見つめた。

な」
「よろしい。私は行かなくちゃならんが、代金は私につけておいてくれてかまわないから
「豚足です。豚足を考えています」

ハリーは短く笑った。「大変にありがたいんですが、警視正、正直なところ、形はどうであれ、支払いを任されるのはあまりぞっとしないんですよ」

警視正が眉をひそめ、口を開いたときには声が苛立ちに震えていた。

「本当に率直に言わせてもらってかまわないかな、ホーレ。きみとヴォーレル警部がお互いを嫌っているのは周知のことだ。きみが今度の荒っぽい告発を持ってやってきたまさにそのときから、きみが個人的な反感で判断を曇らせているのではないかと、私はずっと疑ってきた。いまこの瞬間、その疑いが当たっていたことが確認された」

警視正は飲みかけのビールのグラスをテーブルの端からどかして立ち上がり、コートのボタンを留めた。

「というわけだから、手短に、できればはっきりと言わせてもらうが、ホーレ、エッレン・イエルテン殺しはすでに片がついて、いまや終わっている。それに、きみであろうとほかのだれであろうと、さらなる捜査を認めるに足るしっかりした新事実を提供し得ていない。あの件をふたたび蒸し返そうとしたら、命令に逆らったと見なされて、私自身がサインしたきみの解雇書類が直ちに警察人事委員会に送られることになるぞ。これを言っているのは、警察官が堕落するのを見て見ぬ振りをしたいからではなくて、警察の士気をそれなりのレベル

で維持する責任が私にあるからだ。理由もなしに狼がきたと叫ぶ警察官を置いておくわけにはいかないんだ。ヴォーレル警部に対する告発をきみがやめようとしない気配がわずかでもあるとわかったら、きみはすぐさま厳しく停職を命じられて、一件はSEFOの手に委ねられることになるからな」

「どの一件でしょう？」ハリーは小声で訊いた。「ヴォーレル対イェルテンですか？」

「ホーレ対ヴォーレルだ」

警視正が店を出ていったあと、ハリーは半分残っているビールを見つめた。もちろん、クリポスの局長が何を言おうとしたかははっきりわかっている。だが、だからといって何が変わるというのか。何があろうと、おれはもう終わっている。失敗して、警察にとって危険なお荷物になってしまっているんだ。妄想に取り憑かれた反逆者、すでに作動しはじめている時限爆弾。チャンスさえあればいますぐにでも排除されるはずの存在なんだ。そして、そのチャンスを与えるのはおれ自身でしかない。

ファリスのミネラルウォーターを持ってきたウェイトレスが、料理は、あるいは飲み物はどうかと訊いた。ハリーは唇を舐めた。色々な思いが互いにぶつかり合った。チャンスを提供するのはおれでしかない。つまり、それ以外はほかの連中がやるということだ。

ハリーはミネラルウォーターのボトルを脇へ押しやり、ウェイトレスに答えた。それが四週間と三日前、すべてが始まり、そして、終わったときだった。

第二部

8　火曜日と水曜日　チャウチャウ

火曜、オスロの気温は日陰でも二十九度を示し、サラリーマンは三時にはフークやヴェルヴェンボクタの浜へ向かっていた。観光客はアーケル・ブリッゲやフログネル公園のオープンカフェを大挙して襲い、モノリッテンの写真を義務的に撮ったあと、汗に濡れながら噴水へと、そこから噴き上げられる水が細かな霧となり、微風に乗って涼を運んでくれるのではないかと期待して下っていった。

観光客が行かないところは静かで、そこでささやかに活動している者の動きもきびきびしているとは言えなかった。道路工事の作業員は上半身裸で機械に覆い被さり、煉瓦職人は王国病院《リクスホスピタル》周辺の建築現場の足場の上から人気のない通りを見下ろし、タクシーの運転手は日陰を見つけて車を駐めて、ウッレヴォール通りの殺人についての話に花を咲かせていた。アーケル通りだけは活動が活発になりそうな気配があった。大事件を求めているにもかかわらず夏枯れで痩せ細っていた新聞が、ここぞとばかりに貪欲に最新の殺人事件を煽《あお》り立てようとしていた。同僚の多くが休暇を取っていることもあって、編集長はジャーナリズム専攻の学生や失業中の政治コメンテーターまでその事件に投入し、難を逃れたのは文化部の記者だけだった。

それでも、普段より静かだった。それは〈アフテンポステン〉紙が市の中心へ下っていくアーケル通り――その新聞は昔からそこを本拠にしていた――からポスト・ハウスへ移ったからかもしれなかった。ポスト・ハウスとも、アフテンポステン・ハウスとも、ポスト・シーロ・ビルディングとも呼ばれていたが、呼び名はどうあれ小都市版の醜い摩天楼であることは否定できず、それが雲一つない青空を指して聳《そび》えていた。ビョルヴィーカの建設現場の最上端が金褐色の巨大な建物は化粧を終えていたが、当座の犯罪担当記者であるローゲル・イェンネムのプラータ市場前広場の見方は一つしかなかった。つまり、麻薬中毒者《ジャンキー》のマーケット広場である。そこはジャンキーが小屋の陰に集い、素晴らしき新世界に出会えるのではないかと期待して注射を打っているところでもあった。ローゲルはときどきそこへ行ってトーマスがいるかどうかを確かめていたが、トーマスは去年の冬に警察官のアパートに押し入ろうとして未遂で捕まり、いまはウッレルスモー刑務所に服役していた。よくもあんな馬鹿なことができたものだ。それとも、よほど自暴自棄だったのだろうか？　いずれにせよ、過剰摂取してぶっ倒れた弟をいきなり見下ろすはめになるのではないかと心配する必要はないはずだった。

〈アフテンポステン〉は公式には新しい犯罪担当編集長を置いていなかった。前任者は規模縮小の一部として早期退職を勧められ、退職金の割り増し提示をいそいそと受け容れて辞めてしまっていた。そのとき以来、犯罪部門は一般報道部門の傘下にあるに過ぎず、実際には、ローゲルが犯罪担当編集長にならざるを得ないことを意味したが、給料は新聞記者の基本的なそれのままだった。彼は机に向かい、指をキイボードに、目をスクリーンセイバーとして取り込んだ笑顔の女性に置いていた。頭のなかでは、その女性が荷物を整理してセイルデュークの通りの彼のアパートを出ていった――三度目だった――様子を再現していた。今度はデヴィも戻ってこないだろうし、そろそろ前に進む潮時でもあるとわかっていた。ローゲルはコンピューターのコントロール・パネルを開き、スクリーンセイバーを消去した。ここから始めよう。ヘロインがらみの事件にかかっていて、それを脇へ置いていたのだ。いいじゃないか、おれはドラッグについて書くのが大嫌いなんだ。それはトーマスのせいだ、とデヴィはしつこく言い張った。ローゲルはデヴィも弟も頭から閉め出そうとした。そうしなくては、これから書くことになっている記事に集中できなかった。

彼はウッレヴォール通りの殺人事件の詳細を要約しているところで、新たな展開があるのを、新証拠が出てくるのを、容疑者が一人でも二人でも浮かび上がってくるのを待ちながら、その間の休憩を楽しんでいた。簡単な仕事だとしか思えなかった。どこから見ても痴情がらみの事件で、犯罪担当記者ならだれでも欲しがる材料の大半が揃っていた。被害者は二十八歳の女性、独身、自分のアパートのシャワールームで、金曜の午後に射殺。アパートのごみ箱で発見された拳銃が凶器と判明。近隣の住人で何かを目撃した者も、周辺をうろついている不審者を見かけた者もいないが、銃声らしき音を聞いた者が一人いる。押し入った形跡がないので、警察はカミッラ自身が犯人を部屋に入れたものと考えて捜査を行なっているが、彼女の友人知己は全員にしっかりしたアリバイがあり、容疑者たり得る人物はいない。カミッラ・ローエンがグラフィック・デザイナーとして仕事をしている〈レオ・ブルネット〉を四時十五分に退勤し、〈芸術家の館〉《クンストネルネスフース》の前で六時に友人二人と会うことになっていたという事実からすると、彼女がだれかを家に呼んでいたということは非常に考えにくい。だれかがカミッラ・ローエンのアパートの建物の入口のドアベルを押し、正体を偽ってなかに入り込んだ可能性も、彼女がアパートの正面入口のインターフォンについているカメラで訪問者を確認したはずだということを考えると、同じぐらいないと言わざるを得ない。

速報記事や最新ニュースを担当するニュース・デスクが〝変質者の犯行か〟とか〝近隣の住人、血を口にする〟といったような見出しを公にする可能性があるのに、別の二つの見出し――〝カミッラ・ローエンの指は切断されていた〟と〝瞼の下から赤いダイヤモンドの星が見つかる〟――を掲げて第一面を波立たせるのもまずかった。

ローゲル・イェンネムは現代史上の有名な事件を引き合いに出してドラマティックな効果を出そうとしたが、今回の場合はその必要がないとわかって、ここまで書き進めていた記事原稿をすべて消去した。そのまま頭を抱えて坐っていたが、しばらくしてスクリーン上の〝ごみ箱〟のアイコンをダブルクリックし、〝ごみ箱を空にする〟の文字の上にカーソルを置いてためらった。彼が唯一持っている彼女の写真だった。アパートにあった彼女の痕跡はすべて消してあった。彼女によく貸してやり、彼女の匂いが残っているそれを着るのが好きだったウールのジャンパーまで洗濯してしまっていた。

「お別れだ」彼はささやきながらクリックした。

書き出しの部分を読み直し、〝ウッレヴォール通り〟を〝救世主墓地〟に変更した。そのほうが耳ざわりがよかった。そして書きはじめたが、今度は順調に進んでいった。

七時、人々は渋々浜をあとにして自分の家へ向かいはじめたが、太陽はまだ雲一つない空にあって力強かった。八時になり九時になったが、サングラスをした人々は依然として外でビールを飲んでいて、テラスのないレストランではウェイターが無聊《ぶりょう》をかこっていた。九時三十分、ウッレーンの丘の上で赤かった太陽がいきなり沈んだ。が、気温はそうはならなかった。熱帯夜で、人々はレストランやバーから自宅へ帰り、ベッドに横になったまま眠れぬ夜を汗まみれで過ごすことになるのだった。

アーケル通りでは締切が迫っていて、第一面をどうするか、編集者たちが最後の会議を開いていた。警察は新たな発表をしていなかった。情報を出し渋っているのではなく、事件から四日が経っても発表すべきことがないかのようだった。しかし、警察が何も言わないということは、イェンネムと彼の同僚にとっては憶測が許される余地が大きくなるということでもあり、いまこそ創造性を発揮すべきときだった。

ほぼ同時刻、ウップサールにある林檎《りんご》の果樹園のなかの黄色い板張りの家で電話が鳴った。ベアーテ・レンはシーツの下から腕を伸ばしながら、階下に住んでいる母が電話の音で目を覚ましたのではないかと心配した。たぶん、そのはずだった。

「寝てたか？」しわがれた声が訊いた。

「起きてましたけど」ベアーテは言った。「だれですか？」

「よし。おれもいま起きたところだ」

ベアーテは身体を起こしてベッドに坐り直した。

「状況は？」

「どうなんでしょう？　まあ、そうですね、よくはないと、言えるとしたらそのぐらいだと思いますけど」

沈黙。ハリーの声が遠く聞こえるような気がするのは電話の接続のせいではなかった。

「鑑識は新事実を見つけたのか？」

「新聞に載っているようなことだけです」ベアーテは答えた。

「どの新聞だ？」

ベアーテは嘆息した。「あなたがもう知っていることだけですよ。現場で指紋とDNAを採取したんですが、いまのところ、殺人犯との繋《つな》がりははっきりしないようです」

「計画的な殺意があったかどうかもわかっていないわけだ」ハリーは言った。「殺人鬼にな」

「殺人鬼ですか」ベアーテは欠伸《あくび》をした。

「ダイヤモンドの出所はわかったか？」

「いまやっているところです。すでに複数の宝石商に当たっているんですが、赤いダイヤモンドは珍しくないけれども、ノルウェーではほとんど需要がないに等しいから、そのダイヤモンドはノルウェーの宝石商を経由したものではないのではないかとのことでした。外国から持ち込まれたのだとしたら、犯人が外国人である可能性が増すことになります」

「ふむ」

「何なんですか、ハリー」

ハリーが大きな咳払いをした。「最新情報を収集しようとしているだけだ」

「あなたはこの事件の担当を降りたんですよね？」

「そうだ」

「だったら、何の用なんですか？」

「いや、悪い夢を見て目が覚めたんだ」

「わたしに寝かせつけにきてほしいとでも？」

「まさか」

ふたたびの沈黙。

「見ていたのはカミッラ・ローエンと、それにおまえさんたちが見つけたダイヤモンドの夢だ」

「そうなんですか？」

「そうだ。それで、その夢のなかに何かがあるような気がするんだ」

「どういう意味です？」

「自分でもよくわからないんだが、昔、埋葬する前に遺体の目の上に硬貨を置く習慣があったのを知ってるか？」

「いえ、知りません」

「渡し守が魂を死者の王国へ運ぶ渡し賃だ。そこへ運んでもらえなければ、魂は平安を見つけられないというわけだ。それを考えてみてくれ」

「教えてもらってありがたいんですけど、ハリー、わたしは霊魂《ゴースト》が実在するとは信じていないんです」

答えはなかった。

「ほかにも何か？」

「あと一つだけ、ささやかな質問がある。今週、局長が休暇を取るかどうかを知ってるか？」

「ええ、そのはずです」

「その……いつ仕事に復帰するかまではさすがに知らないよな？」

「二週間後ですけど。あなたはどうなんです？」

「おれの何がどうなんだ？」

ライターの音が聞こえた。ベアーテはため息をついて訊いた。「あなたはいつ復帰するんですか？」

ハリーが煙を吸い込み、息を止め、ゆっくりと吐き出す気配がした。

「幽霊《ゴースト》が実在するとは信じていないと、たったいま言ったんじゃなかったか？」

ベアーテが受話器を戻そうとしているころ、ビャルネ・メッレルは腹の痛みで目を覚ました。眠れないまま輾転反側《てんてんはんそく》していたが、六時になったところで諦めてベッドを出た。ゆっくりと時間をかけて朝食をとると——コーヒーは飲まなかった——、すぐに気分がよくなった。八時過ぎに警察本部へ着いたときには、驚いたことに、痛みはまったくなくなっていた。エレベーターでオフィスへ上がり、浮き浮きしながら両脚を机の上に放り出すと、今日最初のコーヒーを一口飲んでから朝刊を手に取った。

〈ダーグブラーデ〉は笑顔のカミッラ・ローエンで一面を飾り、その下に〝秘密の恋人？〟と見出しを打っていた。〈ヴェルデンス・ガング〉は写真は同じだったが、見出しが違っていた——〝千里眼、嫉妬を見通す〟。〈アフテンポステン〉だけが現実に関心があるようだった。

メッレルは首を振り、時計を一瞥《いちべつ》してからトム・ヴォーレルの番号をダイヤルした。この事件に関する担当者たちとの朝の会議を終えたばかりのはずだった。

「まだ突破口は見えません」ヴォーレルが言った。「近隣を一軒一軒虱潰《しらみつぶ》しに当たり、近くの店も残らず訪ねて回っているところです。該当する時間帯にそのあたりにいたタクシーも調べ、情報源とも話をして、前科のある古い友人のアリバイも確認しました。疑わしい人物は出てきていないと、現時点ではそう言っておきます。正直なところ、今回の犯人はわれわれの知っているやつだとは思えないんですよ。性的暴行の痕跡なし。金にも貴重品にも手をつけていないし、われわれが知っている特徴もない。心当たりのあるやつがまったく浮かんでこないんです。たとえば、指とダイヤモンドですが……」

メッレルの腹が鳴った。空腹のせいであってほしかった。

「では、とりあえずはいいニュースはないわけだ」

「マイヨルストゥーア署から応援が三人きたので、戦略的な側面から捜査に当たっているのが十人になりました。それから、クリポスの技術者たちもアパートで見つかったものを分析するためにベアーテに手を貸してくれています。休暇の時期であることを考えれば、人手はまずまずと言えるでしょう。どうです、いいニュースにはなりませんか？」

「ありがとう、ヴォーレル。そうありつづけてくれることを祈ろう。人手に関して、ということだけどな」

メッレルは電話を終えると、窓のほうへ顔を向けた。そのあと新聞に戻るつもりだったのだが、そのまま不本意にもさらに首を捻《ひね》って、警察本部の前の芝生に目を釘付けにすることになった。グレンランスレイレをゆっくりと上がってくる姿があった。きびきびと歩いているとは言えないが、いずれにしてもそれなりにまっすぐ進んでいるように見えたし、どこを目指しているかも疑いの余地はなかった。その人物は警察本部のほうへ向かっていた。

メッレルは立ち上がって廊下へ出ると、すぐに追加のコーヒーとカップを持ってくるようイェンニーに頼んだ。そして、オフィスへ戻って机に向かうと、引き出しの一つから急いで古い文書を取り出した。

三分後、ドアがノックされた。

「入れ！」メッレルは大声で応えたが、書類から顔を上げることはしなかった。その書類とはシッペル通りの犬猫病院が間違った薬を処方し、そのせいで二頭のチャウチャウが死んだという、飼い主からの十二ページに及ぶ苦情申し立ての手紙だった。ドアが開き、メッレルはぞんざいに手を振って入室を促した。目は依然として犬の飼育がどういうものであるか、ドッグ・ショウでいくつもの賞を獲得したこと、二頭ともありがたいことにとても賢かったことを、連綿と訴える文章を追いつづけていた。

「どういうことだ？」メッレルはようやく顔を上げて言った。「きみなら解雇されたはずだがな」

「いや、おれの解雇書類はまだ局長のサインがされないまま彼の机の上にあって、少なくとも二週間はそのままなんだそうです。それで、その間は仕事に戻ったほうがいいんじゃないかと考えたというわけです、部長」

ハリーはイエンニーが持ってきたポットから自分でコーヒーを注ぐと、そのカップを持ってメッレルの机を回り、窓のところへ行った。

「ですが、カミッラ・ローエンの件をやるという意味ではありませんからね」

メッレルは首を回してハリーを見つめた。ある日には死んだも同然の状態なのに、まさにその次の日にはラザロのように生き返り、目を充血させてよろよろと歩きまわることがどうしてできるのか？　これまで何度も目にしたことではあるが、それでも、メッレルはいまもそのたびに驚くしかなかった。

「解雇がはったりだと考えているのなら、ハリー、それは間違っているぞ。それに、警告でもない。決定なんだ。きみが指示に従わなかったとき、いつも寛大な処置にとどまるよう骨を折ってきたのは私だ。そしてそれ故に、私も自分の責任を逃れることができないんだ」

メッレルはハリーの目に何かが表われるのではないかとうかがったが、何も見て取ることができなかった。幸いにも、と言うべきだった。

「そういうことだ、ハリー。終わったんだ」

ハリーは応えなかった。

「それから、忘れないうちに言っておくが、きみの銃所持免許は即時効力を発する形で取り消された。標準的な手続きだ。いますぐに武器保管庫へ行って、何であれきみが今日持っている武器を返すんだ」

ハリーはうなずいた。刑事部長はじっと彼をうかがった。いきなり横面を張られて困惑した小学生のようなかすかな気配があったようでもあり、なかったようでもあった。メッレルはシャツの一番下のボタン穴に手を当てた。ハリーを理解するのは簡単ではなかった。

「最後の何週間かでも自分が役に立てると考えて仕事に戻りたいというのなら、私には何の異存もない。きみは停職処分になっているわけではないから、いずれにしても月末までの給料は払わなくてはならないからな。そして、きみの仕事がここで大人しくしていることだというのはわかっているな？」

「いいでしょう」ハリーは呻くように応えて、立ち上がった。「おれのオフィスがまだあるかどうか確かめるとしますか。何であれ手助けが必要なら言ってくださいよ、部長」

メッレルが一瞬鷹揚《おうよう》な笑みを浮かべた。

「いいだろう、ハリー、そうしよう」

「たとえば、そのチャウチャウの件なんかどうです？」ハリーは言い、廊下へ出て静かにドアを閉めた。

ハリーは共用オフィスの入口に立ち、そこの様子をじっくりと観察した。休暇中できれいに片づけられ、何も載っていないハルヴォルセンの机がハリーの机と向かい合っていた。壁際のファイリング・キャビネットの上には、ハルヴォルセンの椅子に坐っていた当時の、エッレン・イエルテン刑事の写真があった。別の壁はほとんど完全にオスロ市街図に覆われていた。その市街図はピンが刺され、線が引かれ、時間が記されて、殺人があった時間にエッレン、スヴェッレ・オルセン、ロイ・クヴィンスヴィークがどこにいたかがわかるようになっていた。ハリーはその壁のところへ行って市街図の前に立つと、一気にそれを引き剝がしてファイリング・キャビネットの引き出しの一つに突っ込んだ。そして、上衣のポケットから銀のスキットルを取り出して一口呷《あお》り、金属製のキャビネットの冷たい表面に額を押し当てた。

このオフィスで十年以上仕事をしてきた。六〇五号室。六階のレッド・ゾーンで最も狭いオフィス。上層部が何を血迷ったのか警部に昇進させてくれたときも、ハリーはこのオフィスにとどまると言い張って譲らなかった。六〇五号室には窓が一つもなかったが、彼はここから世界を観察していた。この三メートル四方のなかで仕事を覚え、勝利を祝い、敗北に苦しみ、ささやかな洞察力を獲得して人の心を覗くことができるようになった。この十年を超える時間のあいだに、ほかに何をしただろう。何もないということはあり得ないはずだ。毎日、八時間から十時間仕事をしただけか。いずれにせよ、十二時間以上ということはない。まあ、週末にも仕事はしたが。

ハリーはくたびれた仕事用の椅子にどすんと腰を落とした。疲れ切ったスプリングが嬉しそうに悲鳴を上げた。ありがたいことに、あと二週間はこの椅子に坐っていられるということだった。

午後五時二十五分、普段のビャルネ・メッレルなら自宅に帰っていて、妻や子供もそこにいるはずだった。だが、妻も子供も祖母を訪ねていっていたから、心穏やかに過ごせるはずの休暇の数日を利用して、これまで手をつけられずにいた書類を少しでも処理することにした。予定はウッレヴォール通りの射殺事件のせいでかなり狂っていたが、それで生じた遅れを何としても取り戻すつもりだった。

管制室からの電話を受けたとき、メッレルは苛立ちを声に表わして、刑事部は失踪人捜しを初動で担当する部署ではないから制服警官に連絡しろと応えた。

「すみません、部長。パトロール警官がグレフセンの火事の対応で忙しいものですから。それに、失踪人は犯罪の被害者だと言い切っているんです」

「こっちもウッレヴォール通りの射殺事件で出払っているんだ。だから……」メッレルは言いかけて途中でやめた。「いや、ちょっと待ってくれ。ちょっとでいいんだ、いますぐ調べるから……」

9　水曜日　失踪人

巡査が渋々ブレーキを踏み、パトカーはアレクサンデル・ヒェッラン広場の脇の赤信号で停まった。

「それとも、サイレンを鳴らして突っ切りますか？」巡査が助手席を見て訊いた。

ハリーは上の空で首を振った。目は向こうの公園を見ていた。以前は芝生が敷かれ、そこに置かれた二つのベンチで酔っぱらいたちが車の音に負けじと歌い、罵声を浴びせつづけていた。しかし、何年か前、市当局は数百万クローネを投入して作家の名前を持つその広場を再整備することにした。公園はきれいにされ、木が植えられ、アスファルトの小径ができ、鮭用魚梯《ぎょてい》のような巨大な噴水が造られた。大声で歌をがなり立てたり罵声を浴びせたりするよりはるかに背景としてふさわしいことは疑いの余地がなかった。

パトカーは右折してサンネル通りを突っ切ると、アーケル川に架かる橋を渡り、メッレルがハリーに教えた住所の前で停まった。

勝手に帰るから待たなくていいと巡査に告げると、ハリーは歩道に降りて腰を伸ばした。通りの向かい側はできたばかりのオフィス・ビルで、まだだれも借りていなかった。新聞によれば、しばらくはその状態がつづくのではないかとのことだった。窓にはハリーが教えられた住所のアパートの建物が映っていた。四〇年代ごろの白い建物で、機能的であるとは必ずしも言えなかったが、何となくそれらしくは見えていた。ファサードはだれかの縄張りを示す落書きだらけだった。そこのバス停では黒い肌の若い女性がガムを嚙み、腕組みをして、通りの反対側に掲げてある衣料ブランド〈ディーゼル〉の大きな広告を見ていた。ハリーが探している名前は一番上のドアベルの横にあった。

「警察です」彼は告げると、階段を上がる覚悟を決めた。

見慣れない格好の人物が最上階の入口に立ち、ハリーが息を切らせて階段を上がってくるのを待った。ふさふさの爆発した長髪、赤黒い顔には黒い髭が密生して、首からサンダル履きの足元までチュニックのような服で覆われていた。

「よかった、こんなに早くきてもらえるとは」男がごつい手を差し出した。

男が実際、ごついとしか言いようのない大きな手でハリーの手をすっぽりと包んでしまいながら、ヴィルヘルム・バルリだと自己紹介をした。

ハリーも自己紹介を返して握手の手を引っ込めようとした。男との肉体的な接触は好きではなかったし、この握手はどちらかと言えば抱擁の領域に属していた。が、ヴィルヘルムは死んでも放さないと言わんばかりだった。

「リスベートがいなくなったんです」男がささやいたが、その声は驚くほどはっきり聞こえた。

「そのようですね、そう連絡を受けました。なかへ入れてもらってかまいませんか？」

「もちろんです」

ハリーはヴィルヘルムのあとについてなかに入った。屋根裏のアパートに過ぎなかったが、カミッラ・ローエンのアパートが狭くて調度も極端にミニマリスト風なのと対照的に、ここは広くて装飾も派手で贅沢だった。新古典主義の寄せ集めのように見えたが、トーガ・パーティの背景もかくやと思わせるほどぎりぎりまで誇張されていて、普通のソファや椅子の代わりに古代ローマのハリウッド版のようなリクライニング式のものが置かれ、木の梁はドーリア式だかコリント式だかの柱に見えるように漆喰が被《き》せられていた。ハリーにその区別がつくはずもなかったが、廊下の白い壁に直接彫られているレリーフが何であるかはわかった。小さいころ、母に連れられて妹のシースとコペンハーゲンの美術館へ行ったとき、ベルテル・トルヴァルセンの『イアーソンと黄金の羊毛』を見ていたのだ。アパートは最近改装されたことが明らかで、木材は塗装し直されたばかりだったし、マスキング・テープの断片が残っていて、溶剤の気をそそる香《かぐわ》しい匂いが残っていた。

居間には二人用のロウ・テーブルが置かれていた。ハリーはバルリについて階段を上がり、タイル敷きの広いルーフ・テラスに出た。そこからは四方がアパートの建物に囲まれている中央区画を見下ろすことができた。外装は現代ノルウェー風だった。グリルの上で三枚のポークチョップが焦げて煙を上げていた。

「こういう屋根裏のアパートは午後になるとひどく暑いんですよ」バルリが申し訳なさそう

に言い、白いプラスティックのバロック風の椅子を指さした。

「それは先刻承知です」ハリーは応え、テラスの端へ行って中央区画を見下ろした。

普段は高いところが取り立てて怖いわけではないのだが、しばらく酒浸りだったからか、それほどの高さではないというのにいきなり目眩がした。眼の下十五メートルに、年老いたバイクが二台と、回転式物干しハンガーに掛けられて風にはためいている白いシーツが見えた。ハリーは急いで顔を上げた。

中庭を挟んだ向かい側、鉄の手摺りがついているバルコニーで、二人の住人が挨拶代わりにビールのボトルを挙げた。彼らの前のテーブルの半分が茶色のボトルで覆われていた。ハリーはうなずいて挨拶を返した。下の中庭は風が吹いていて、上では吹いていないのはどういうことだろう、とハリーは訝った。

「赤ワインでも一杯どうです?」

バルリはすでにグラスを満たしはじめていた。ボトルは半分空いていて、ハリーはバルリの手が震えていることに気がついた。ラベルを見ると〝ドメーヌ・ラ・バスティード・シ〟までは読むことができた。もっと長い名前だったが、震える手が残りの部分を破り取ってしまっていた。

ハリーは腰を下ろした。「ありがたいんですが、勤務中は飲まないことにしているんですよ」

バルリが眉をひそめ、急いでボトルをテーブルに戻した。

「それはそうですよね、申し訳ない。心配のあまり冷静さを失ってしまいました。私も飲んでいる場合じゃないんですがね」

そう言いながらもグラスを口へ運んで飲みはじめ、こぼれたワインがチュニックに赤い染みを作っていった。

ハリーは時計を見た。そうすれば、いつまでも用件に入らずにいるわけにはいかないのだと、バルリも気づくはずだった。

「彼女は肉に添えるポテト・サラダを買いに出ただけだったんです」バルリが喘《あえ》いだ。「つい二時間前には、いまあなたが坐っているところに坐っていたんです」

ハリーはサングラスを調節した。「奥さんが行方不明になったのは二時間前ですか」

「そうです、いや、いまとなっては時間は確信を持てないんですが、角を曲がったところにあるスーパーのキーウィへ行って戻ってくることになっていたんです」

太陽の光が向かいのバルコニーのビール瓶に反射した。ハリーは眩しさをさえぎろうと手をかざし、その手が汗で濡れていることに気づいた。どこか拭くところはないだろうか。焼けるように熱くなっているプラスティックの椅子の腕に指先を当てると、汗がゆっくりと乾いていくのがわかった。

「近所のお友だちや知り合いには電話をしてみましたか？　スーパーマーケットまで行って確かめましたか？　だれかとたまたま出会ってビールでも飲んでいるのかもしれませんよ。もしかしたら――」

「いや、それはない。あり得ません！」バルリが指を広げた両手を胸の前に上げた。「彼女はそんなことはしません！　そんな女ではないんです」

「そんなとは、どんな？」

「買い物に行って寄り道をするような、そんな女ではないということです」

「なるほど……」

「まず彼女の携帯電話にかけてみましたが、当然と言えば当然のことながら、ここに置いていっていました。そのあと、彼女が出くわす可能性のある人たちに電話をし、キーウィに電話をし、警察本部、三つの警察署、全部の救急医療室、ウッレヴォール病院、王国病院《リクスホスピタル》に電話をしました。手掛かりはまったくありませんでした」

「ご心配なのはよくわかります」

バルリがテーブル越しに身を乗り出した。髭のなかで、濡れた唇が震えていた。

「心配なんてものじゃありません、気が変になるぐらい怯えているんです。肉を焼いているあいだに、ビキニの上下に五十クローネ札を一枚持っただけでそこまで買い物に出かけただれかが、絶好のチャンスだとばかりに逃げ出したなんて話を聞いたことがありますか？」

ハリーはためらった。結局ワインを一杯もらおうと決めたのだが、その瞬間にバルリがボトルの中身を自分のグラスに全部注いでしまった。それなら、と立ち上がり、あなたのように失踪を訴えて通報してくる人は数え切れないぐらい大勢いるけれども、事件でも何でもないことがほとんどだと安心させ、就寝時間までに奥さんが戻ってこなかったらまた連絡してほしいと言い残して引き上げてもいいのではないか。それなのに、なぜそうしないのか？　もしかしてビキニの上下と五十クローネ札という些細なことが気になっているのか？　それとも、少なくともこれが、おれが起こるのを一日じゅう待っていた何か、アパートへ戻ったらまたしてでかすであろうこと――酒を飲むこと――を先延ばしするチャンスかもしれないからか？　だが、最大の理由はバルリが明白かつ不合理に怯えているからだ。過去に直感を過小評価したことがあり、それは他人のものだったことも自分自身のものだったこともあるが、そのたびに、例外なく代償を支払わされてきた。

「電話を何本か、かけさせてください」ハリーは言った。

午後六時四十五分、ベアーテ・レンはサンネル通りのヴィルヘルムとリスベートのアパートに着いた。十五分後、警察犬係がジャーマン・シェパードを連れて到着した。警察犬係はイーヴァンと名乗り、犬もイーヴァンだと付け加えた。

「たまたまですよ」警察犬係が言った。「こいつは私の犬じゃないんです」

イーヴァンが何か気の利いたコメントを待っているのがわかったが、ハリーには持ち合わせがなかった。

ヴィルヘルム・バルリが最近のリスベートの写真と犬のほうのイーヴァンに匂いを嗅がせるための衣服を寝室で探しているあいだ、ハリーはベアーテと人間のほうのイーヴァンに小声で、手短に状況を説明した。

「よし、彼女はまったくどこにいても不思議ではない。彼を捨てたのかもしれないし、急に気分が悪くなったのかもしれない、どこか別のところへ行くと教えたのに彼が聞き違えたのかもしれない。可能性は無数にあるが、いまこの瞬間にも、ビキニ姿を見て興奮した四人組のがきに薬物を注射され、レイプされて、車の後部座席に転がされていないとも限らない。特定の方向に目を向けるんじゃなくて、とにかく捜してくれ」

ベアーテとイーヴァンがわかったとうなずいた。

「間もなくパトカーがやってくる。ベアーテ、おまえさんは彼らを迎えて、近隣の聞き込みをやらせてくれ。とりわけスーパーマーケットにいた連中の話を聞くように言うんだ。彼女はそこへ行くことになっていたんだ。そのあと、おまえさんはアパートのこちら側の住人に当たってもらいたい。おれは向かいの建物のバルコニーにいた住人のところへ行く」

「彼らが何か知っていると考えているんですか？」ベアーテが訊いた。

「あそこからはこのアパートがはっきり見えるんだ。それに、ビールの空き瓶の数からして、結構な時間、あそこにいたと考えられる。夫のバルリによれば、リスベートはずっとここにいたそうだ。彼らがテラスにいる彼女を見たかどうかを知りたい。見ていたとしたら、その時間もな」

「どうしてですか？」人間のイーヴァンが犬のイーヴァンのリードを引っ張りながら訊いた。

「ビキニ姿のレディがテラスに出ないでこの糞暑い室内にいつづけたとしたら、おれとしては不審に思わないわけにはいかないからだ」

「確かにそうですね」ベアーテがささやいた。「夫を疑っているんですか？」

「おれの主義としてはそうなるな」ハリーは答えた。

「どうしてですか？」警察犬係が繰り返した。

わたしはわかっている、とベアーテが微笑した。

「常に夫なんだ」

「〝ホーレの第一法則〟ですね」彼女が言った。

人間のイーヴァンがハリーを見、ベアーテを見て、またハリーを見た。

「しかし……妻の失踪を通報した当人ではないんですか？」

「そうだ、彼が通報してきた」ハリーは答えた。「それでも、常に夫なんだよ。だから、おまえさんとおまえさんと同名の犬に、外の通りを調べるのではなく、ここを調べてもらいたいんだ。必要とあらば言い訳をひねりだしてもらってもかまわないが、おれとしてはまずアパートの室内と物置に使われているロフトと地下室を調べてほしいんだ。そのあとで、外の調べをつづけてくれ。いいな？」

人間のイーヴァンが肩をすくめて同名の犬を見下ろし、犬は諦め顔で同名の人間を見返した。

向かいのバルコニーにいた二人は、ハリーがバルリのテラスから見たときに推測したような若い男ではないことがわかった。成熟した女性が壁にカイリー・ミノーグの写真を貼り、前髪を垂らした同年配の、〝トロンハイム・イーグルス〟のロゴをプリントしたTシャツを着ている女性と一緒に暮らしているからといって、それが必ずしも同性愛者であることを意味しないことはハリーもわかっていたが、ともあれ、とりあえずはそうだろうと考えることにした。ハリーは二人の女性と向かい合う形でアームチェアに身を沈めていたが、それは五日前のヴィーベケ・クヌートセンとアンネルス・ニーゴールのときとまったく同じだった。

「せっかくバルコニーにおられたのに、なかに入ってもらって申し訳ありませんね」ハリーは言った。

ルートと名乗ったほうが口に手を当ててげっぷを抑えた。

「いいんです、そろそろ飽きてきたところだったから。そうよね？」彼女が言った。

そして、パートナーの膝を叩いた。男っぽいなとハリーは思い、すぐに警察の心理学者のアウネが言ったことを思い出した――固定観念は自然に強固なものになっていく、なぜなら、人は無意識のうちにそれが間違っていないことを確認するための何かを求めているからだ。だから、警察官は――いわゆる経験に基づいて――すべての犯罪者は頭が悪いと考え、犯罪者はすべての警察官は頭が悪いと考えるのだ、と。

手早く事情を説明すると、二人が驚きを顔に表わしてハリーを見つめた。

「これはすぐに解決します、それは間違いありません。ですが、警察としては標準的な手続きを怠るわけにいかないんですよ。いまのところは、あったことを時系列に沿ってはっきりさせようとしているだけなんです」

二人が真面目な顔でうなずいた。

「ありがとうございます」ハリーは言い、ホーレの笑みを浮かべようとした。いずれにしても、それは彼が嬉しさや愛想のよさを示そうと浮かべるたびにエッレンが〝しかめ面〟と呼んだものだった。

自分たちは午後ずっとバルコニーにいたとルートが明言した。二人とも、リスベートとヴィルヘルムはテラスにいたが四時半ごろになかに入ったのを目撃していた。その直後に、ヴィルヘルムがバーベキューの準備を始め、ポテト・サラダがどうとか叫んで、アパートのなかからリスベートが応えた。そのあとヴィルヘルムがなかに入り、二十分ぐらいして、ステーキ用の牛肉（豚肉だったとハリーは訂正した）を持ってふたたび出てきた。それからしばらくして――五時十五分で二人の意見が一致した――、ヴィルヘルムが携帯電話をかけているのが見えた。

「こういう四方が閉じられている空間だと、音がよく通るんですよね」ルートが言った。

「アパートのなかの電話の呼出し音も聞こえるんです。バルリは明らかに苛立っていました。少なくとも、テーブルに叩きつけるように電話を置いたことは確かです」

「奥さんにかけようとしていたらしいですね」ハリーは言った。

二人がすぐに視線を交わしたのに気づいて、ハリーは〝らしい〟という言葉を使ったのを後悔した。

「角を曲がったところにあるスーパーマーケットへポテト・サラダを買いにいくとして、往復でどのぐらいの時間がかかりますか？」

「キーウィですか？　行列さえできていなかったら、五分もあれば行ってこられますけど」

「リスベートは走ったりしなかったけどね」パートナーが小声で言った。

「ということは、彼女をご存じ？」

ルートとトロンハイム・イーグルが答えを同じにしようとするかのように顔を見合わせた。

「いいえ。でも、だれであるかは間違いなく知っていましたよ」

「本当に？」

「ええ。〈ヴェルデンス・ガング〉に載った見開き広告は、きっとご覧になっていますよね。この夏、ヴィルヘルム・バルリが国立劇場で監督するミュージカルの広告ですけど」

「あれはたった五行の広告だったわよ、ルート」

「いいえ、そんなことはないわ」ルートが突っぱねた。「そのミュージカルでリスベートが主役をつとめることになっていたんです。大きな写真付きのすごい広告だったから、見ていらっしゃらないはずはないと思いますよ」

「ふむ」ハリーは応えた。「この夏は……あまり新聞を読む機会がなかったもので」

「でも、ずいぶん話題になったと思いますけど。夏に国立劇場で芝居をするのはけしからんと、一流の文化人が例外なく非難したんですから。ところで、何ていうミュージカルだったかしらね？　『マイ・ファット・レディ』？」

「『マイ・フェア・レディ』よ」トロンハイム・イーグルがつぶやいた。

「では、演劇を追っかけておられるわけですか？」ハリーは二人に割り込んだ。

「追っかけるというほどではないけど、ときどきね。ヴィルヘルム・バルリはそういう仕事が途切れることがないんですよ、レビューとか映画とかミュージカルとか……」

「彼はプロデューサーで、彼女は歌手なんです」

「そうなんですか？」

「ええ。きっと結婚する前の、ハランと呼ばれていたころのリスベートなら憶えていらっしゃるんじゃないですか？」

　ハリーが残念そうに首を振ると、ルートがため息をついた。

「当時、彼女は姉と一緒に〈スピニン・ホイール〉というバンドで歌っていたんです。リスベートは本当に魅力的で、ちょっとシャナイア・トゥエインみたいでした。素晴らしい声の持ち主だったんです」

「彼女はそこまで有名じゃなかったわよ、ルート」

「でも、ヴィーダル・レン・アルネセンの番組で歌っていて、レコードもたくさん売れたのよ」

「カセットよ、ルート」

「モーマルケーデ・カントリー・フェスティバルで〈スピニン・ホイール〉の歌を聴いたけど、知ってる？　かなりよかったわよ。絶対にナッシュヴィルでレコーディングするべきだったんだけど、その前にバルリに見出されたの。バルリは彼女をミュージカル・スターにする気でいたんだけど、ずいぶん時間がかかったのよね」

「八年だったかしら」トロンハイム・イーグルが言った。

「いずれにせよ、リスベート・ハランは〈スピニン・ホイール〉で歌うのをやめて、バルリと結婚した。美女とお金、以前にどこかで聞いたことがないかしら？」

「それで、車輪《ホイール》は回転《スピニン》をやめた？」

「はい？」

「バンドのことを訊いてらっしゃるのよ、ルート」

「ええ、そうです。姉はソロ・シンガーになったけど、リスベートは本物のスターでした。いまはリゾート・ホテルやデンマークのフェリーで公演しているんじゃないかしら。きっとそうですよ」

ハリーは立ち上がった。

「最後にお定まりの質問を一つさせてください。ヴィルヘルムとリスベートの夫婦生活がどんなだったか、何かご存じではありませんか？」

トロンハイム・イーグルとルートがまた顔を見合わせ、無言の意思疎通を図った。

「さっきも言いましたけど、こういう四方を囲まれた空間では音がよく通るんです」ルートが言った。「お二人の寝室も中庭のほうを向いているんですよ」

「喧嘩の声も聞こえると？」

「いえ、喧嘩じゃありません」

二人が意味ありげな目でハリーを見た。二秒ほど経ったところでハリーはその意味を理解し、不本意なことに自分が赤くなっていることに気づいた。

「では、あなた方の印象だと、あの二人の夫婦生活は格別にうまくいっていたと？」

「あの人たちのテラスのドアが夏のあいだずっと、少しだけど開け放しになっていたんです。それでわたし、この人に冗談を言ったんですよ。こっそり屋根に上がって中庭の上を迂回し、あのテラスに飛び降りて」ルートがにやりと笑みを浮かべた。「あの二人を覗き見するのはどう？　って。難しくはないんですよ、ここのバルコニーの手摺りの上に立って雨樋《あまどい》に足をかけ……」

トロンハイム・イーグルがルートの脇腹をつついた。

「でも、本当はそんな必要はなかったんです」ルートが言った。「だって、リスベートはプロの……何て言ったかしら？」

「伝達者よ」トロンハイム・イーグルが教えた。

「そう、それよ。ご存じかしら、あらゆる偉大な心象は声帯から生まれるんです」

ハリーは首筋を撫でた。

「本当に迫真の叫びですもの」トロンハイム・イーグルが言い、ためらいがちな笑みを浮かべた。

ハリーが戻ってみると、人間のイーヴァンと犬のイーヴァンはまだアパートを調べていた。

人間のほうは汗を掻き、ジャーマン・シェパードのほうは口を開けて、ＶＩＰ歓迎用の茶褐色の絨毯《じゅうたん》のような舌をだらりと垂らしていた。

ハリーはリクライニング式の寝椅子のようなものの一つに用心深く腰を下ろすと、最初からすべてを話してくれるようヴィルヘルム・バルリに頼んだ。午後の何時に何をしていたかをバルリが明らかにし、それはルートとトロンハイム・イーグルの話と一致していた。

夫の目には純粋な絶望があり、もしこれが犯罪だとしたら、今回の犯人は統計から外れた例外ということになるかもしれないとハリーは考えはじめた。しかし、それ以上に、リスベートはもうすぐ姿を現わすはずだという確信のほうが強くなった。犯人が夫でないのなら、犯人はいない。統計的にはそうだ。

ベアーテが戻ってきて、このアパートの建物で留守でなかったのは二軒しかなく、そこの住人は階段室でも外の通りでも何も聞いていないし、見てもいないと報告した。

ドアにノックがあり、ベアーテが開けると、パトカーでやってきた制服警官の一人が立っていた。ハリーはすぐにあの警官だとわかった。ウッレヴォール通りで見張りに立っていた男である。巡査はベアーテを見たが、ハリーがそこにいることに気づいた素振りも見せなかった。

「通りとキーウィで話を聞き、入口と中庭を調べましたが、何も出てきませんでした。ですが、いまは休暇の季節ですから、通りにはほとんど人気がありません。だれにもまったく気づかれずに女性を車に引きずり込もうと思えば簡単にできるでしょう」

ハリーは隣りに立っているヴィルヘルム・バルリが息を呑むのを感じた。

「このあたりに店を出しているパキスタン人が何人かいるんですが、彼らも調べてみるべきかもしれません」巡査が言い、小指で耳をほじった。

「彼らを調べるべき明確な根拠があるのか？」ハリーは訊いた。

巡査はようやくハリーを見て言った。「犯罪統計に目を通しておられないんですか、警部？」〝警部〟という部分がわざとらしく強調された。

「通しているとも」ハリーは答えた。「おれの記憶にある限りでは、店の経営者というのはずいぶん下位にランクされているがな」

巡査が小指を見つめた。

「あなたと同様、私もイスラム教徒について多少の知識がないわけではないんです、警部。彼らにとって、ビキニ姿で現われた女性というのは自分の身の安全を放棄しているも同然なんです」

「そうなのか？」

「彼らの宗教がまさにそういう宗教なんです」

「その話を聞く限りでは、おまえさんはイスラム教とキリスト教を混同してるようだな」

「ここの調べが完了しました」警察犬係が同名の犬を連れて階段を下りてきた。

「ごみ箱で豚肉の塊がいくつか見つかっただけです。ところで、最近、ここにイーヴァン以外の犬がいたことがあるんでしょうか？」

ハリーに見られてヴィルヘルムは黙って首を横に振ったが、声にならなかったことを表情が示唆していた。

「イーヴァンが入口で、あたかもそこにほかに犬がいるような反応を示したんですが、きっと別の何かだったんでしょう。これからロフトと地下室の調べにかかります。だれか同行してもらえますか？」

「もちろんです」ヴィルヘルムが立ち上がった。

二人と一頭が出ていき、パトカーの巡査は戻ってもいいかとベアーテに訊いた。

「それはボスに訊いて」彼女は言った。

「おやすみのようなんですがね」

巡査がローマ風のリクライニング式の寝椅子を試しているハリーのほうへ、馬鹿にしたように顎をしゃくった。

「巡査」ハリーは目をつぶったまま小声で言った。「こっちへきてくれないか」

警官はハリーの前へくると、両脚を広げ、親指をズボンのベルトに突っ込んで立った。

「何でしょう、警部」

ハリーは片目を開けた。

「今度トム・ヴォーレルに言われておれに関する報告書を提出したら、保証してやるが、おまえさんは警察官としてのキャリアをパトロール警官で終わることになるぞ。わかったか、巡査」

巡査の顔がひくひくと引きつった。その口が開くのを見て、ハリーは相手が癇癪玉を破裂させて罵声を浴びせるに違いないと覚悟したが、返ってきたのは抑制された低い声だった。

「まず言っておきますが、私はトム・ヴォーレルなんて人物を一人も知りません。二つ目、酒に酔って仕事場に現われ、その人物が自分だけでなく同僚を危険にさらした場合、関係部局へ報告するのは義務であると私は考えています。三つ目、私はどこであろうとパトカー以外で仕事をする望みを持っていません。失礼してよろしいですか、警部」

ハリーは片目のままで巡査を見つめ、その目もつぶって、唾を呑んでから言った。

「よろしい」

玄関のドアが叩きつけられるように閉まる音を聞いて、ハリーは呻いた。酒が必要だった。しかも、大至急。

「一緒にきますか？」ベアーテが訊いた。

「いいから行ってくれ」ハリーは応えた。「おれはここにいて、ロフトと地下室の調べが終わり次第、イーヴァンが通りを嗅ぎ回る手伝いをするよ」

「ほんとですね？」

「ほんとだとも」

ハリーは階段を上がってテラスへ出た。燕を眺め、中庭に向かって開いた窓から入ってくる音に耳を澄ませた。テーブルから赤ワインのボトルを取り上げた。ほんの少し残っているだけだった。それをすぐさまきれいに空にして、結局のところ飽きていなかったらしいルートとトロンハイム・イーグルに手を振ってから、ふたたびなかに入った。

ハリーは寝室のドアを開けたとたんにそれを感じた。それに気づくことはよくあるのだが、他人の寝室の静けさの出所がわかったことは一度もなかった。

だれかがここを飾ろうとしていた痕跡がまだ残っていた。

内側に鏡のついたワードローブの扉がわずかに開いたままになっていて、きちんと整えられたダブルベッドの横にある道具箱は蓋が開け放されていた。ベッドの向こうにヴィルヘルムとリスベートの写真があった。ヴィルヘルムがパトカーの警官に渡した写真をハリーはよく見ていなかったが、いま、ルートが正しかったことがわかった。リスベートは本当に魅力的で、髪はブロンド、青い目はきらきら輝いて、身体つきはほっそりとして儚《はかな》げであり、ヴィルヘルムより少なくとも十歳は若いはずだった。写真のなかの二人は日焼けして幸せそうで、外国で休暇を楽しんで最近帰ってきたのだろうと思われた。背景に、堂々とした建物と騎士の像を辛うじて認めることができた。フランスのどこかかもしれなかった。ノルマンディーか。

ハリーはベッドの端に腰掛けたが、それが動いたのでびっくりした。ウォーターベッドだった。横になると、身体の形に沈み込んでいくのがわかった。ひんやりしたキルトの上掛けが剝き出しの腕に素晴らしく心地よかった。身体を動かすたびに、ゴムのマットレスの内側で水がぴちゃぴちゃと音を立てた。ハリーは目を閉じた。

ラケル。二人は川の上にいた。いや、運河だ。二人の乗っているカナル・ボートは小さく上下に揺れ、舷側《げんそく》に当たる水がキスするような音を立てていた。二人は船室にいて、ベッドに大人しく横になっていた。彼がささやくと、彼女が低く笑った。いま、彼女は眠った振りをしている。彼女のそんな様子が好ましかった。二人のゲームの一種だ。ハリーは身体の向きを変えて彼女を見て、視線がベッドの全景を映すワードローブの扉の鏡に落ちた。開け放しの道具箱を見る。一番上に緑色の木の取っ手のついた短い鑿《のみ》が置いてある。それを持ち上げる。軽くて小さく、錆の浮く様子もなく建築用の漆喰の細かい粉に覆われている。

鑿を道具箱に戻そうとしたとき、手が凍りついた。切断された肉体の一部が道具箱のなかにあった。犯行現場で同じものを見たことがあった。切断された性器。一瞬の間があって、肌色で本物そっくりのペニスは張り形《ディルド》に過ぎないとわかった。

ハリーはふたたびベッドに横になった。鑿は手にしたままだった。そして、大きく息を吸い込んだ。

これほど長い年月この仕事をし、人の私物や日々の暮らしぶりを見てきた人間としては、張り形など何ほどのことでもなかった。息をした理由はそれではなかった。

ここ――ベッドの上にいることだった。

いま、一杯飲む必要があるだろうか？

四方を囲まれた空間では音がよく通る。

ラケル。

考えまいとしたが、遅かった。彼女の身体の感触があった。

ラケル。

勃起した。ハリーは目をつぶった。彼女の手が動くのが感じられた。眠っている人間の恣意的な動きだった。その手が彼の腹で止まった。もうどこへも行くつもりがないかのようにそこにとどまりつづけた。唇が彼の耳に触れ、温かな寝息が何かが音を立てて燃えているように聞こえた。ハリーが彼女に触れるや、彼女の唇が動き出した。小さくて柔らかい胸の感じやすい乳首が、ハリーが息を吹きかけただけで硬くなった。彼女の性器が開き、彼を貪り尽くした。彼の喉の奥で爆発が起こった。絶叫したいと言わんばかりだった。

下の階でドアが閉まる音がし、ハリーはぎょっとした。すぐさま起き上がり、上掛けを元どおりに直して立ち上がると、鏡を見て身繕いをした。そして、両手で強く顔を擦った。

犬のイーヴァンが何かの匂いを検知するかどうか知りたいから自分も外にいる、と言ってヴィルヘルムは譲らなかった。

彼らがサンネル通りへ出ると、赤いバスがゆっくりと、音もなくバス停を離れていった。後方の窓越しに少女がハリーを見つめていた。彼女の丸い顔が次第に小さくなり、バスはローデレッカのほうへ見えなくなっていった。

彼らはキーウィへ歩いていき、犬が何の反応も示さなかったので引き返した。

「だからといって、あなたの奥さんがここにいなかったということではありません」人間のイーヴァンが言った。「車や人が多くて混雑する通りでは、一人の人間の匂いを特定するのは難しいんです」

　ハリーは周囲を見渡した。だれかに見られているような気がしたが、通りに人気はなく、軒を連ねる家の正面の窓に見えるのは暗い空と太陽だけだった。アルコール依存症の人間の妄想か。

「そうだとしても」ハリーは言った。「いまのところ、これ以上のことはできないだろう」

　ヴィルヘルムが絶望の目でハリーを見つめた。

「きっと大丈夫ですよ」ハリーは言った。

「そんな、大丈夫なはずがないでしょう」ヴィルヘルムがラジオの天気予報のような抑揚のない声で言った。

「こっちへくるんだ、イーヴァン！」人間のイーヴァンが叫んでリードを引っ張った。犬は路肩に近いところに駐まっているフォルクスワーゲン・ゴルフのフロント・バンパーの下に鼻を突っ込んでいた。

　ハリーはヴィルヘルムの強い視線を避けて彼の肩を叩いた。

「知らせは全パトカーに届いています。奥さんが夜半までに姿を現わさなかったら、われわれは捜索隊を組織します。いいですね？」

　ヴィルヘルムは答えなかった。

　犬のイーヴァンがゴルフに向かって吼《ほ》え、リードを引っ張った。

「ちょっと待ってください」人間のイーヴァンが言った。

そして四つん這いになると、アスファルトに顔を近づけて、片方の腕を車の下に伸ばした。

「何か見つかったか？」ハリーは訊いた。

振り向いた人間のイーヴァンの手に、女性物のハイヒールの片方があった。背後で泣き出したヴィルヘルムに、ハリーは尋ねた。「奥さんのものですか？」

「大丈夫なんかじゃない」ヴィルヘルムが言った。「大丈夫であるはずがない」

10　木曜日と金曜日　悪夢

木曜日の午後、赤い収集バンがローデレッカの郵便局の前で停まり、ポストのなかのものをすべて袋に移して慎重に後部に積み込むと、ビスコプ・グンネルス通り一四番地――オスロではポスト・ハウスと呼ばれるほうが多かった――の郵便物集配センターへ向かった。センターへ集められた郵便物はその日の夜のうちに大きさごとに分類されるというわけで、その詰め物をした茶色の封筒は最終的にC５判のほかの手紙と一緒にトレイに載せられた。そのあと、何人かの手を経るのだが、当然のことながらだれからも特に気にされることもなく、宛先の地域ごとに分類されてまずエストランのトレイに載せられ、そのあと郵便番号００３２のトレイに移されたときも、それは同じだった。

その手紙が配達されるべく郵便袋に入れられ、赤いバンの後部に最終的に載せられたのは、翌朝といっても未明、オスロの人々の大半が眠っている時間だった。

「大丈夫だよ」少年は言い、丸顔の少女の頭を優しく叩いた。細くて長い髪が指にまつわりつくのがわかった。静電気のせいだった。

少年は十一歳、少女は彼の妹で七歳、入院している母に会ってきたところだった。

エレベーターがやってきて、ドアが開いた。白衣の男性が格子扉を引いてエレベーターから出てくると、兄妹にちらりと笑みを浮かべて去っていった。二人はエレベーターに乗り込んだ。

「このエレベーター、どうしてこんなに古いの？」妹が訊いた。

「建物が古いからだよ」兄は答え、格子扉を閉めた。

「ここって病院なの？」

「正確にはそうじゃない」兄は答え、一階のボタンを押した。

「とても疲れている人たちが少し休むところなんだ」

「ママは疲れてるの？」

「そうだ、だけど元気になるさ。ドアに寄りかかるなよ、シース」

「え？」

エレベーターががくんと動き出し、シースの長いブロンドの髪が動いた。静電気だ、と兄は思った。見ていると、彼女の髪がゆっくりと立ち上がった。すぐに妹が頭を押さえ、悲鳴を上げた。細くて鋭い悲鳴に、兄は動くことができなかった。彼女の髪が格子扉の反対側に絡まっていた。エレベーターのドアにも絡まっているに違いなかった。彼は動こうとしたが、自分も何かに絡め取られているかのようだった。

「パパ！」妹が絶叫して爪先立ちになった。

しかし、パパは車を取りに、一足先に駐車場へ行ってしまっていた。

「ママ！」シースがふたたび絶叫した。爪先が宙に浮いた。しかし、ママは生気のない笑みを浮かべてベッドに横たわっていた。

彼女が髪を握り締め、必死に脚を振り回した。彼が動くことができさえすれば……。

「助けて！」

ハリーははっとしてベッドに起き上がった。心臓が大太鼓を叩いているように激しく打っていた。

「くそ」

自分のしわがれ声を聞きながら、ふたたび枕に頭を落とした。

カーテンの隙間から灰色の光が射し込んでいた。ベッドサイド・テーブルの赤いデジタル数字を透かし見た。4：12。夏の夜は地獄だった。悪夢は地獄だった。

ベッドを出てトイレへ行き、小便をしながら遠くを見つめた。眠りに戻れないことはわかっていた。

冷蔵庫にあるのは低アルコールのビールだけで、しかも、それが買い物籠に最終的にとどまった原因はハリーの目が霞《かす》んでいたからだった。ユニット式キッチンの上の戸棚を開けると、ビールとウィスキーのボトルが直立不動で林立し、黙ってハリーを見下ろしていた。が、すべて空だった。不意に怒りの発作に襲われ、空き瓶の林を根こそぎにした。宙を飛んだ空き瓶が落下して喧《やかま》しい音を立て、ハリーはしばらくしてから戸棚を閉めた。もう一度時間を確かめた。金曜日の朝だった。酒類専売公社《ヴインモノポール》が開くまで五時間待たなくてはならなかった。

ハリーは居間の電話の横に腰を下ろすと、エイステイン・エイケランの携帯電話の番号をダイヤルした。

「オスロ・タクシー」

「車の流れはどうだ？」

「ハリーか？」

「こんばんは《グッド・イブニング》、エイステイン」

「よかない《グッド》さ。三十分も客がつかまらないんだ」

「休暇の時期だからな」

「そんなのおれの知ったことか！　社長はクラーゲレーの丸太小屋へ出かけて休暇を楽しみ、おれはここに残されてオスロ一のおんぼろ車を走らせなくちゃならない。ひょっとしてこの街は北ヨーロッパのどこよりも人がいないんじゃないのか？　まるで中性子爆弾でも落とされたみたいだ」

「汗まみれであくせく仕事をするのは嫌いだったんじゃなかったか？」

「もう豚のように汗まみれだよ。あのけちのろくでなしの野郎、車に空調をつけてないんだ。仕事がすんだら、失われた水分を補給するために糞駱駝のように水を飲まなくちゃならないんだからな。それに、片方の腕と脚がえらい目にあうんだ。昨日なんか、丸一日ハンドルを握っていたのに、いくらにもならなかった」

「心の底から同情するよ」

「暗証番号破りをやめるべきじゃなかったかな」

「ハッキングのことか？　ノルウェー銀行でそれをやろうとしてしくじり、六カ月の執行猶予付きの判決を食らったじゃないか」

「そのとおりだが、あんなへまをしたことはそれまでなかったんだ。だから……ところで、社長は自分の勤務時間を短縮しようと考えているのに、おれの勤務時間は十二時間で、ずっとそれがつづいてる。あげく、これ以上は運転手を増やせないと抜かしやがる。おまえ、ちょっとやってみる気はないかな、ハリー？」

「ありがとう、考えておこう」

「これからどうするんだ？」

「寝るための何かが必要だな」

「医者へ行けよ」

「行ったさ。睡眠導入剤を処方されたが効かなかった。もっと強いのをもらえないか頼んだんだが、断わられた」

「かかりつけの医者にロヒプノールをもらおうというときに酒の匂いをさせて行くってのはまずいだろう、ハリー」

「医者によれば、強い睡眠薬を使うにはおれは若すぎるんだそうだ。おまえ、いくらか持ってないか？」

「ロヒプノールか？　おまえ、頭がどうかしたんじゃないのか？　あんなものをこっそり持ってたら非合法だろうが？　だけど、フルニパムなら持ってるぞ。効き目は同じで、半錠も服《の》んだらあっという間に眠っちまうこと請け合いだ」

「いいだろう。いまはちょっと手許不如意だが、月末には必ず払う。それは夢も排除してくれるのか？」

「何だって？」

「夢を見なくてすむのか？」

　回線が一瞬静かになった。

「いいことを教えてやろうか、ハリー？　いま思い出したんだが、フルニパムを切らしてるんだ。それにあれはやばい薬だし、夢を見なくてすむどころか、もっと夢を見るようになるんじゃなかったかな」

「おまえ、嘘をついてるだろう」

「かもな。だけど、いずれにしても、おまえに必要なのはフルニパムじゃない。もっと気持ちを楽にするように努めてみろ、ハリー。休みを取れ」

「休みを取れ？　おれは休みは取らないんだ。それは知ってるだろう」

　だれかがタクシーのドアを開け、エイステインが口汚なく乗車拒否するのが聞こえたと思うと、ふたたび電話口に戻ってきた。

「ラケルのせいなのか？」

ハリーは答えなかった。

「ラケルと喧嘩してるのか？」

無線の空電音らしきものが聞こえた。エイスティンは警察無線を傍受しているらしかった。

「もしもし！　ハリー！　がきのころからの友だちがおまえの存在基盤はまだ無事かと訊いているのに返事ができないのか？」

「無事じゃないよ」ハリーはつぶやいた。

「どうして？」

ハリーは深呼吸をした。

「彼女がそれを危うくせざるを得ないように、実際のところはおれが仕向けているからだ。自分が長いこと没頭していたことがうまくいかなくて、おれはそれを受け容れられなかった。それで三日ものあいだ大酒を食らい、自分の糞のなかで腐り果てて、電話にも出なかった。四日目に彼女がやってきて、ドアベルを鳴らした。最初は激怒していたが、そのあと、逃げるわけにはいかないんだとおれを諭し、面倒を見てやってくれとメッレルに頼まれたと言って、おれの顔を撫でてくれた。そして、助けが必要かと訊いた」

「そして、おまえのことをよく知ってるから見当はつくが、彼女を追い返すとか何とか、そんなことをしたんだろ？」

「おれのことなら大丈夫だと言ったんだ。そうしたら、泣き出した」

「そりゃそうだろう。彼女はおまえのことが好きだからな」

「彼女もそう言ったよ。だけど、二度は耐えられないとも言った」

「何に耐えられないんだ？」

「オレグの父親がアルコール依存症だったんだ。そのせいで三人での生活は壊れてしまったんだ」

「それで、おまえは返事をしたのか？」

「きみの言うとおりだ、おれみたいな連中からは離れているほうがいいと答えたよ。そうしたら、嫌な顔をして帰ってしまった」

「そしていま、おまえは悪夢に苛《さいな》まれているわけだ」

「そういうことだ」

エイステインが心底からのため息をついた。

「わかってるのか、ハリー？　これを凌《しの》ぎきる助けになるものは何もないな、ハリー。いや、一つだけある」

「わかってる」ハリーは言った。「銃弾だ」

「おまえさん自身だ、とおれは言うつもりだったんだがな」

「それもわかってるよ。この電話は忘れてくれ、エイステイン」

「もう忘れたよ」

ハリーはキッチンへ行って冷蔵庫から低アルコールのビールを出し、アームチェアに腰を下ろしてラベルを睨みつけると、栓を抜いて安堵の吐息をついた。そして、コーヒー・テーブルに鑿を置いた。緑色の木の取っ手で、刃の部分が建築用の漆喰の細かい粉に覆われていた。

金曜日の午前六時、太陽はすでにエーケベルグの丘の上で輝き、警察本部を水晶のようにきらめかせていた。受付の警備員は声を出して欠伸をし、〈アフテンポステン〉紙から顔を上げた。そのとき、早起きをした最初の一人がセキュリティ・マシンにＩＤカードを滑らせた。

「今日はもっと暑くなるそうですよ」短くであれようやく言葉を交わす相手が現われて喜んだ警備員が言った。

目を充血させた長身で金髪の男は警備員を一瞥したが、一言も発しないままだった。

警備員が見ていると、二台のエレベーターがどちらも使われないまま一階にとどまっているのに、男は階段を上がっていった。

そのあと、警備員はふたたび〈アフテンポステン〉の、ある女性が週末前に姿を消し、いまだに行方不明のままだという記事に集中した。ローゲル・イェンネムという記者がビャルネ・メッレル刑事部長の言葉を引用していたが、それによると、警察が彼女の住まいのすぐ前の通りに駐まっていた車の下から女性物の靴の片方を見つけたこと、この失踪が犯罪の結果である疑いが強まったことが確認されていた。しかし、その疑いを確かなものにする証拠は、まだ何も見つかっていなかった。

ハリーはその新聞をめくりながら狭苦しい自分のオフィスへ向かい、そこで待っていた過去二日間のリスベート・バルリ捜索に関する報告書を手に取った。留守番電話に五本のメッセージが残っていたが、一本を除いてどれもヴィルヘルム・バルリからのものだった。ハリーはメッセージを再生した。内容はどれもほぼ同じで、もっと人を動員して大がかりに捜索すべきである、自分は千里眼の人間を知っている、警察がリスベートを見つける助けになってくれた人には、自分が報酬を提供する用意があるとメディアに知らせたい、というものだった。

最後のメッセージはだれかの息遣いが聞こえるだけで、言葉は残されていなかった。

ハリーはテープを巻き戻し、もう一度再生した。

そして、さらにもう一度。

男か女かを特定することはできなかった。ラケルかどうかを聞き分けるのはもっと無理だった。ディスプレイは、受信したのが午後十一時十分、発信番号は不明と告げていた。ラケルがホルメンコル通りの自宅の電話からかけてくるのとちょうど同じ時間だった。もし彼女なら、なぜおれの自宅か携帯電話にかけなかったのだろう?

ハリーは報告書に目を通した。何もなかった。もう一度目を通した。やはり何もなかった。頭をはっきりさせて、今度は最初から読みはじめた。

読み終わると時計を見て、ほかに何か届いていないか、連絡書類入れを覗きにいった。ある刑事の報告書を手に取り、ビャルネ・メッレル宛になっている封筒を正しいトレイに置き直して、オフィスへ戻った。

刑事の報告書は簡潔で的を射ていた――何もなし。

ハリーは留守番電話のテープを巻き戻し、再生ボタンを押して、ボリュームを上げた。そして、目をつむり、椅子の背にもたれた。彼女の息遣いを思い出そうとした。息遣いを感じるのだ。

「相手の正体がわからないと苛々するよな」

首筋の毛が逆立ったのは、その言葉のせいではなく、声のせいだった。ゆっくりと身体を捻ると、坐っている椅子が苦しいと悲鳴を上げた。

トム・ヴォーレルが笑みを浮かべてドア枠に寄りかかっていた。その彼が林檎を齧《かじ》りながら、袋を差し出した。

「産地がどこかはわからないが、味はいいぞ。オーストラリアかな？」

ハリーはいらないと首を振ったが、目はヴォーレルから離さなかった。

「入ってもいいかな？」ヴォーレルが訊いた。

彼はハリーの答えを待つこともなくなかに入ってドアを閉めると、机を回ってもう一脚の仕事用の椅子に腰を下ろした。そして椅子の背にもたれ、うまそうな赤い林檎を音を立てて齧った。

「最初に出勤するのがほとんどいつもおれとおまえさんだってことに気づいてるか、ハリー？　変だよな？　だって、最後に退勤するのもおれたちなんだから」

「おまえが坐ってるのはエッレンの椅子だぞ」ハリーは言った。

ヴォーレルが椅子の腕を軽く叩いた。

「そろそろちょっとおしゃべりをしてもいいころだろう、ハリー」

「さっさとやれよ」ハリーは言った。

ヴォーレルが天井の照明に林檎をかざして片目をつむった。「オフィスに窓がないと気分が暗くならないか？」

ハリーは答えなかった。

「おまえさんが警察を辞めるって噂が流れているんだ」ヴォーレルが言った。

「噂？」

「まあ、噂というのは大袈裟かもしれん。おれには複数の情報源があると、そういう言い方にしておこう。おまえさんはたぶんほかの仕事を探しているんじゃないか？　たとえば、警備会社、保険会社、債権回収業とか。多少なりと法律に関わる仕事をしてきた捜査官を必要としているところはたくさんあるはずだからな」

力強い白い歯が林檎の皮に食い込んで沈んでいった。

「だけど、飲酒、無断欠勤、権力の濫用、上司への反抗、組織への背信という過去を記した履歴書を欲しがるところはそんなに多くはないかもしれないな」

ヴォーレルの顎の筋肉が口のなかのものを砕き、咀嚼《そしやく》していた。

「しかし――しかしだ」ヴォーレルが言った。「彼らがおまえさんを雇わないのはそんなによくないことではないかもしれない。いわゆる特に興味深い挑戦をわざわざしようとはだれも思わないだろう。過去にありとあらゆる傷がついているにもかかわらず警部でありつづけていて、その分野ではまさに最優秀の一人と考えられている人物には、だれだって二の足を踏むんじゃないのか。それに、大した給料だって払わないはずだ。最終的に決め手になるのはそれだろう、違うか？　仕事に対する報酬、飯が食えて家賃が払えるだけの金、ビールとコニャックを買えるだけの金だ。それとも、ウィスキーだったかな？」

ハリーはあまりに強く歯を食いしばっているせいで詰め物をしているところが痛みはじめていることに気がついた。

「一番いいのは」ヴォーレルがつづけた。「おまえさんが自分に対して最低限必要なことをするだけではなくて、十分に稼いだ金を使って、せめていくつか余分な何かをすることだ。たとえば、ときどき休暇を取って、家族と一緒にノルマンディーへ旅をするとか」

ハリーは頭が沸騰しはじめるのがわかった。いまにも癇癪玉が破裂しそうだった。

「おれとおまえさんは多くの点で違っているが、ハリー、それはおれがおまえさんをプロとして尊敬していないということではないんだ。おまえさんは目標をはっきり見定めるし、頭がいいし、創造的だし、申し分なく高潔だ。おれは昔からそう思っているんだ。しかし、そのすべてを上回って、おまえさんは精神的にタフだ。競争がどんどん激しくなる社会では、その資質が必要なんだ。残念ながら、競争という言葉はわれわれがそうあってほしいと思っている意味で常に使われるとは限らないが、もし勝者になりたいのであれば、その言葉を競争相手と同じ意味で受け取らなくてはならないんだ。それから、もう一つ……」

ヴォーレルが声をひそめた。

「正しいチームでプレイしなくちゃならない。一緒に何かを勝ち得ることのできるチームでだ」

「おまえ、何を言おうとしているんだ？」

ハリーは自分の声が震えるのがわかった。

「おまえさんを助けたいんだよ」ヴォーレルが立ち上がった。「いいか、こんなふうである必要はないんだ……」

「こんなふうとは、どんなふうだ？」

「こんなふうとは、おれとおまえさんが敵対しているということだ。こんなふうとは、局長があれらの書類にサインしなくちゃならないということだ。わかってるだろう」

ヴォーレルがドアへ歩き出した。

「こんなふうとは、おまえさんが自分と自分の愛する人たちのために何かいいことをする余裕がないということだ……」

そして、ドアの取っ手に手をかけた。

「それを考えてみるんだ、ハリー。ここの外のジャングルでおまえさんを助けられるものはたった一つしかない」

それは銃弾だよ、とハリーは思った。

「おまえさん自身だ」ヴォーレルが言い、廊下へと出ていった。

11　日曜日　出発

　彼女はベッドに横になって煙草を喫いながら、ロウ・チェストの引き出しの前に立っている彼を見て、黒と青の影のなかできらめいているベストの下の肩胛骨《けんこうこつ》の動きを観察していた。やがて視線を鏡へ移し、ネクタイを結ぼうとしている両手の、優しくて確信に満ちた動きを眺めた。彼の手が好きだった。それが動くのを見るのが好きだった。

「いつ帰ってくるの？」彼女は訊いた。

　鏡のなかで目が合った。彼の笑顔。それもまた、優しくて確信に満ちている。彼女は拗《す》ねて下唇を突き出した。

「できるだけ早く帰ってくるよ、愛しい人《リープリング》」

〝愛しい人〟をこんなふうに言うのは彼だけだった。リープリング。奇妙なアクセントと歌うような口調、改めて彼女は、ドイツ語をほとんど好きになってしまっていた。

「明日の夕方の便に乗れればいいと思っているんだ」彼が言った。「迎えにきてもらえるかな？」

　彼女は思わず頬を緩めた。彼が笑い、彼女も笑った。この人ったら、必ず笑って見せるんだから。

「きっとオスロでは女の人が列を作ってあなたを待ってるんでしょうね」彼女は言った。

「そうならいいんだけどね」

彼がベストのボタンを留め、ワードローブのハンガーから上衣を取った。

「ハンカチにはアイロンをかけてくれたかい、リープリング？」

「スーツケースに入れてあるわ。靴下もね」彼女は言った。

「素晴らしい」

「その女性たちのだれかとデートしたの？」

彼が笑い、ベッドへやってきて、彼女に覆い被さるようにして訊いた。

「どう思う？」

「わからない」彼女は彼の首に両腕を回した。「あなたが帰ってくるたびに、女性の匂いがついているような気がするの」

「それはきみの匂いが消えてしまうほど長くはきみと離れていないからだよ、リープリング。最初にきみを発見してからどのぐらいになる？　二年とふた月だ。きみの匂いは二年とふた月もぼくにくっついているんだぞ」

「ほかの女性の匂いはついてないの？」

彼女は彼の首を抱いたまま、もぞもぞと身体をくねらせてベッドの足元のほうへ動いた。

彼が彼女の口に軽くキスをした。

「ほかの女性の匂いはついてない。そろそろ行かないと、搭乗便に間に合わなくなるよ、リープリング……」

彼が彼女の腕から逃れた。

彼女が見ていると、彼はチェストのところへ行って引き出しを開け、パスポートと航空券を取り出して内ポケットにしまい、上衣のボタンを留めた。すべてが淀みのない一つの動きだった。楽々とした手際のよさと確信、彼女にはその両方が官能的でもあり、怖くもあった。ほかのほとんどすべてがこれと同じ確信に満ちた手際のよさで行なわれることを知っていなかったら、これまでずっとこのために、つまり、出ていくために、別れるために、練習をしていたに違いないと彼女は言ったはずだった。

二年以上、とても多くの時間を一緒に過ごしていることを考えると、彼について知っていることは驚くほど少なかったが、彼はこれまでの人生でずいぶんな数の女性と一緒にいたことを秘密にしてはいなかった。それほど必死できみを探し求めていたんだというのが、彼の常なる言い分だった。その女性がきみでないと気づくやすぐに別れ、倦むことなくきみを探しつづけて、ついに二年前の素晴らしい秋のある日、ヴァーツラフ広場のグランド・ホテル・エウロパのバーできみと出会ったのだ、と。

それは手当たり次第に相手を取り替えることの理由として彼女がこれまでに聞いた最も素晴らしい表現で、いずれにせよ、彼女のそれよりは素晴らしかった。彼女の場合は金のためだった。

「オスロでは何をするの？」

「仕事だよ」

「どんな仕事なの？　どうしてはっきり教えてくれないの？」

「ぼくたちが愛し合っているからだよ」

彼が部屋を出て静かにドアを閉めた。彼女は階段を下りる足音に耳を澄ませた。

また独りだった。彼女は目をつむって願った——彼が帰ってくるまで匂いがベッドに残っていてくれないかしら。ネックレスに触った。彼にもらってから一度も外したことがなく、風呂を使っているときでさえ着けたままだった。ペンダントを撫で、彼のスーツケースのことを、靴下の隣りにあった聖職者用の硬いカラーのことを考えた。わたしはどうしてあの襟のことを訊かないままにしているのだろう？　もういろんなことを訊きすぎているという遠慮が働いているのかもしれない。彼を怒らせてはいけない。

彼女は嘆息し、時計を見て、ふたたび目をつむった。今日の予定はまだ何もはっきり決まっていなくて、二時に医者を予約しているだけだった。彼女は秒数を数えながら、ペンダントを撫でつづけた。頂点が五つある星の形をした赤いダイヤモンドだった。

〈ヴェルデンス・ガング〉紙の一面を大々的に飾っているのは、ノルウェーのメディアによれば、〝短い、けれども濃密な〟関係をカミッラ・ローエンと持っていたとされる名前のわからない有名人男性の記事だった。休暇のときに撮ったと思われる、とても小さなビキニのカミッラ・ローエンの粒子の粗い写真が掲載されて、それは明らかに、二人の関係の主な要素が何であったかについて記事がほのめかしていることを読者によりわかりやすくするためだった。

同日、〈ダーグブラーデ〉紙はリスベート・バルリの姉のトーヤー・ハランにインタビューをしていた。彼女は〝いつも逃げている〟という小見出しのついた部分で、妹の子供のころの振る舞いを考えると、今度の説明のつかない失踪にも説明がつくのではないかと言い、記事にはこの言葉が引用されていた――〝あの子は〈スピニン・ホイール〉からも逃げたんです、だとしたら、今度もそれはあり得るんじゃないかしら〟。

ステットソン帽をかぶり、バンドのバスの前でポーズを取る彼女の写真が載っていた。彼女は微笑《ほほえ》んでいた。この写真を撮られる前、彼女は自分が何をしているかをあまり考えていなかったんじゃないだろうか、とハリーは思った。

「ビールだ」

彼は〈水面下〉のカウンターのストゥールに腰を下ろし、〈ヴェルデンス・ガング〉を引き寄せた。ヴァッレ・ホーヴィンでのブルース・スプリングスティーンのコンサートのチケットが完売していた。特に羨ましいとも思わなかった。一つの理由はスタディアムでのコンサートが大嫌いだからであり、もう一つの理由は、十五のときにエイスステインが作った偽のスプリングスティーンのチケットを持って、二人でドラムメン・ホールまでヒッチハイクしたからだった。あのときが三人の絶頂期だった。スプリングスティーンと、エイスステインと、ハリーの。

ハリーは〈ヴェルデンス・ガング〉を脇へ押しやり、自分が持ってきた、リスベートの姉が載っている〈ダーグブラーデ〉を開いた。二人はびっくりするほどよく似ていた。トロンハイムにいる彼女とは電話で話したが、ハリーに教えるべきことを何も持っていなかったし、さらに肝心なのは、教えられて彼が興味を持ちそうなことを何も持っていないということだった。会話は二十分つづいたが、彼にはほとんど関係がないことばかりだった。彼女は自分の名前は〝ヤ〟にアクセントを置いてトーヤーと発音されるべきだが、マイケル・ジャクソンの姉のラトーヤ・ジャクソンに因《ちな》んではいない、彼女の場合は〝トー〟にアクセントが置かれるのだと説明した。

リスベートが失踪して今日で四日が経っていたが、簡単に言うと、暗礁に乗り上げていた。それはカミッラ・ローエンの件の真相についても同じだった。ベアーテまでが思うにまかせなくて苛立っていた。彼女は週末も休まず、休暇を取っていない何人かの刑事に協力して仕事をしていた。ベアーテはいい子だが、残念なことに、いい子にふさわしい報いを得ていなかった。

カミッラは間違いなく社交的な若い女性だったから、射殺される前の週の動きの大半を何とか明らかにすることができたが、それで手に入った手掛かりは警察をどこへも連れていってくれなかった。

ハリーは実は、ヴォーレルがオフィスにやってきて、自分に魂を売れと多かれ少なかれはっきりと提案し、なぜかそれを途中で引っ込めたことをベアーテに教えるつもりだった。それだけでなく、そのことについて十分考えてもいた。メッレルに話したら騒ぎになるだけだったから、ハリーは即座にその考えを拒絶した。

二杯目のビールに取りかかってしばらくしたところで彼女が目に入った。壁のそばの薄暗いテーブルに独りで坐り、まっすぐにハリーを見ていたが、やがて薄い笑みを浮かべた。彼女の前のテーブルにはビールが、人差し指と中指のあいだには煙草があった。

ハリーはグラスを持って彼女のテーブルへ向かった。

「坐ってもいいですか?」

ヴィーベケ・クヌートセンが空いている席へ顎をしゃくった。

「ここで何をしてるんです?」

「そこの角を曲がったすぐのところが住処《すみか》なんです」ハリーは言った。

「そうだろうと思ってたけど、ここで会うのは初めてですよね」

「そうですね。行きつけの酒場と私とのあいだで、先週そこで起こった一件についての見解が違っているものでね」

「出入り禁止になったってこと?」彼女がしわがれた声で笑った。

ハリーは彼女の笑いが好きだった。それに、美人に思われた。メイクのせいかもしれないし、暗がりに坐っているせいかもしれないが、それがどうしたというのか。彼女の目も好きだった。茶目っ気があって、とても活き活きしていて、無邪気で、賢くて、ちょうどラケルの目のようだが、似ているのはそこで終わりだった。ラケルは薄く繊細な口を持っていたが、ヴィーベケの口は大きく、鮮やかな赤い口紅のせいでもっと大きくも見えた。ラケルは控えめで優雅で儚げで、バレリーナのようにほっそりして、豊かな曲線を描いてはいなかった。今日のヴィーベケは虎縞の服を着ていたが、それは豹柄や縞馬柄に負けないぐらい目を引いていた。ラケルの場合、ほとんどが濃い色だった。目も、髪も、肌も。彼女のような輝く肌をハリーは見たことがなかった。ヴィーベケは赤毛で、肌は白かった。組んだ素足が暗がりで白く浮き上がっていた。

「あなたこそ、ここで独りで何をしているんです？」ハリーは訊いた。

彼女が肩をすくめ、ビールを一口飲んだ。

「アンネルスが留守なんです。旅行中で、戻ってくるのが今夜なの。だから、ちょっと独りを楽しもうと思って」

「遠くへ行っておられるんですか？」

「ヨーロッパのどこかです。それで、進展はどうなんです？　何も教えてもらえないんですか？」

「彼は何をしている人なんです？」

「教会や礼拝堂の付属品を売っているんです。祭壇背後の飾りとか、説教壇とか、十字架とか、そういうものを中古品も新品も扱っています」

「ふむ。ヨーロッパでそれをやっておられるんですか？」

「スイスの教会が新しい説教壇を必要としているときは、オーレスンで作られたものを持っていけばいいんです。古い説教壇はストックホルムやナルヴィクで最終的に修復されるかもしれません。彼はしじゅう旅をしていて、家にいるより留守にしている時間が長いんですよ。特にこの何カ月かはそうでした。実際にはこの一年ですけどね」彼女は煙草を喫い、煙を肺に溜め込みながら付け加えた。「でも、彼はキリスト教徒じゃないんです」

「そうなんですか？」

彼女が首を横に振り、赤く塗られた口から太い柱になって煙が吐き出された。上唇の上には細かい皺がぎっしりとできていた。

「彼の両親がペンテコステ派で、彼はそういう人たちと一緒に育ったんです。一度集会に行っただけなんですけど、あなたはどう思います？　わたしは少し変だと思うんですよね。恍《こう》惚《こつ》となってわけのわからない言葉を発したりなんかするんですもの。あなた、そういう集会に出たことがありますか？」

「二度ほどあります」ハリーは答えた。「フィラデルフィアン派の集会です」

「あなたは救われましたか？」

「残念ながら、救われませんでした。私のために法廷で証人に立つと言ってくれた人物を見つけに行っただけなんです」

「でも、イエス・キリストを見つけられなくても、少なくとも証人は見つかったんでしょ？」

ハリーは首を横に振った。

「その集会にこなくなったと言われました。教えてもらった住所にも住んでいませんでした。というわけで、そうなんです、私は見事に救われませんでした」

ハリーはビールを飲み干してカウンターへ合図を送り、新しい煙草に火をつけた。

「あの日、あなたと連絡を取ろうとしたの」彼女が言った。「それで、仕事場へ電話をしたんですけどね」

「そうでしたか」

ハリーは留守番電話の無言のメッセージのことを考えた。

「ええ。でも、あれはあなたの担当ではないと言われました」

「カミッラ・ローエンの件のことをおっしゃっているのなら、確かに私は担当じゃありません」

「それで、わたしたちのところにいらっしゃったもう一人の人に話したんです。引き締まった身体つきのかたです」

「トム・ヴォーレル？」

「ええ、その人にカミッラについていくつかお話ししました。あなたがいたとき話せなかったようなことをね」

「なぜ私がいたときは話せなかったんですか？」

「アンネルスがいたからです」

ヴィーベケがゆっくりと煙草を喫った。

「わたしがカミッラのことを何であれ悪く言うのを彼は我慢できないんです。ひどく怒るんですよ。わたしたち、彼女のことをほとんど知らないんですけどね」

ヴィーベケは肩をすくめた。

「わたしは悪口だとは思わないんだけど、アンネルスはそう思うみたいなの。それぞれの育ちのせいなんでしょうね。わたしの見るところでは、女というのは生涯一人の男性としかセックスすべきでないと、彼は本当に信じているんです」彼女は煙草を消し、小声で付け加えた。「まあ、ほとんど形だけと言ってもいいんですけどね」

「ふむ。で、カミッラ・ローエンは複数の男性とセックスをしていたと？」

「上流階級って、みんなそんなものでしょ？」

「どうしてそう思われるんです？　騒いでいるのが聞こえるとか？」

「階を隔てていれば聞こえませんよ。だから、冬のあいだは静かです。でも、夏は窓が開いているでしょう。ご存じでしょうけど、音って……」

「……四方を囲まれている空間ではよく通る」

「そうなんです。アンネルスが起き出して、寝室の窓を叩きつけるように閉めることがたびたびありました。それで、わたしが〝きっとわれを忘れるぐらい気持ちよく興奮してるのよ〟なんてことをたまたま口にすると、ひどく怒ってベッドを出て居間で寝たりしたんです」

「で、私に連絡しようとしたんですね？」

「ええ。もう一つ、あったんです。電話がかかってきたんですよ。最初はアンネルスからだと思ったんですけど、彼からの場合だと車とかの音が混じるのが普通なんです。判で押したように、ヨーロッパの町のどこかの通りから電話をしてくるんです。奇妙なことに、その音がいつもまったく同じなんですけどね。毎回同じ場所から電話をしているかのようなんですよ。いずれにしても、今回はその音が違っていたんです。普段なら黙って電話を切って放っておくんですけど、カミッラのことがあったし、アンネルスが留守にしていることもあって……」

「それで？」

「まあ、大したことじゃなかったんですけどね」

彼女が疲れたような笑みを浮かべた。素晴らしい笑顔だ、とハリーは思った。

「受話器からは息遣いしか聞こえなかったんですが、気味が悪くて、あなたに知らせたくなったというわけです。調べてみるってヴォーレルって刑事さんが言ってくれたんですけど、その電話番号を突き止めるのなんて無理でしょう。人殺しが犯罪現場に戻ってくるということはあるんですよね？」

「それはほとんど探偵小説のなかだけですよ」ハリーは言った。「私なら放っておきますね」

ハリーはグラスを回した。薬が効きはじめていた。

「もしかしてあなたは――あなたのパートナーもですが――リスベート・バルリを知っていませんか？」

ヴィーベケがハリーの視線を捉えたまま、細い眉を大きく上げた。

「姿を消したあの女の人をですか？　わたしたちが知っているはずがないでしょう」

「確かに。あなたたちが知っているはずがありませんよね」ハリーはもごもごと応え、どうしてそんなことを訊いたんだろうと訝った。


〈水面下〉を出て舗道に立ったときには九時近くになっていた。

ハリーはふらつきそうになる脚を励まさなくてはならなかった。

「この道をちょっと下ったところに住んでるんです」ハリーは言った。「よかったら……」

ヴィーベケが首をかしげて微笑した。

「あとで後悔するはめになるようなことは言わないことよ、ハリー」

「後悔する？」

「最後の三十分、あなたはあのラケルって女の人のことをしゃべりづめにしゃべってたじゃないの。忘れることができないでいるんでしょ？」

「言ったでしょう、彼女はぼくを欲してないんだ」

「そうね、そして、あなたもわたしを欲してないわ。あなたが欲しているのはラケル、あるいは、ラケルの代わりになる人よ」

彼女はハリーの腕に手を置いた。

「状況が違っていたら、代わりになる人になってみることを少しは想像してみたかもしれない。でも、そういう状況じゃないでしょう。それに、そろそろアンネルスが帰ってくるわ」

ハリーは肩をすくめ、ぐらつかないようにしながら一歩脇へどいた。

「それでも、玄関までは送りましょう」ハリーは哀れっぽい声で言った。

「二百メートルですよ、ハリー」

「そのぐらいなら何とか大丈夫ですよ」

ヴィーベケが声を上げて笑い、ハリーに腕を絡めた。

二人はウッレヴォール通りをゆっくりと下っていった。途中、車や空車のタクシーが追い抜いていき、オスロの七月の――七月だけの――夜気がいつものように二人の肌を慰撫《いぶ》した。ハリーはヴィーベケの上手な鼻歌を聴きながら、ラケルはいま何をしているだろうと考えた。

二人は黒い鉄の入口の前で足を止めた。

「おやすみなさい、ハリー」

「ふむ。エレベーターを使うのかな？」

「どうしてそんなことを訊くの？」

「何でもない」ハリーはよろめかないようにしながら両手をズボンのポケットに突っ込んだ。

「気をつけて。おやすみなさい」

ヴィーベケが笑顔で歩み寄ると、ハリーに香水の香りを吸い込ませながら、頬にキスをした。

「もう一つの世界でなら、わからないかもね」彼女がささやいた。

彼女がなかに入ると、門は十分に油をくれてあるらしく、滑らかに滑っていって音を立てて閉まった。ハリーがそこに立ったままどっちへ向かって歩けばいいか考えているとき、前のショウ・ルームの窓の何かが目に留まった。なかに並んでいる墓石ではなくて、窓に反射した何かだった。道の向かい側の路肩に赤い車が駐まっていた。ハリーに多少でも車についての興味があれば、その高級な玩具がトミーカイラZZRだとわかったかもしれない。

「くそったれ」ハリーは小声で吐き捨てると、道を渡ろうと足を踏み出した。一台のタクシーがクラクションを鳴らして目の前を走り過ぎた。ハリーは道を渡りきってスポーツカーのところへ行き、運転席のドアの前に立った。黒いスモークガラスの窓が音もなく開いた。

「ここで一体何をしてるんだ？」ハリーは喘ぎながら言った。「おれをスパイしてるのか？」

「やあ、ハリー」トム・ヴォーレルが欠伸をした。「ずっとカミッラ・ローエンのアパートに張り込んで、出入りする人間を見張ってるんだ。いいか、犯人は現場に戻ってくるという説はまんざら根拠がないわけじゃないんだぞ」

「そうとも、実際、そのとおりだ」ハリーは言った。

「しかし、おまえさんも気がついてるかもしれんが、頼りはそれだけなんだ。犯人があまり手掛かりを残してくれていないんでな」

「まだわかってないだろう、犯人が男か……」ハリーは言おうとした。

「……女かもな」ヴォーレルが引き取った。

ハリーは肩をすくめた。何とかぐらつかずにすんだ。そのとき、助手席のドアが勢いよく開いた。

「乗れよ、ハリー。ちょっとおしゃべりがしたいんだ」

ハリーは開いたドアのほうを透かし見た。とたんによろめき、またもや脚を踏ん張って持ち堪《こた》えると、車の前を回って助手席に乗り込んだ。

「考えたか？」ヴォーレルが音楽のボリュームを下げながら訊いた。

「ああ、考えた」ハリーは窮屈なバケット・シートのなかでもぞもぞしながら答えた。

「で、正しい結論に達したか？」

「おまえ、日本の赤いスポーツカーがよほど好きらしいな」ハリーは結構力を込めてダッシュボードを叩いた。「しっかりしてるじゃないか。ところで、教えてほしいんだが……」そして、言葉遣いを間違わないよう集中した。「エッレンが殺された晩、おまえとスヴェッレ・オルセンがグルーネルレッカで一緒に坐っておしゃべりをしていたのもこんな車だったのか？」

ヴォーレルはしばらくハリーを見つめていたが、やがて口を開いて応えた。「ハリー、一体何の話だか、おれにはさっぱりわからないな」

「わからない？　武器密輸の黒幕がおまえだとエッレンが突き止めたことを、おまえは知っていたよな？　自分が黒幕だってことをだれかに報告される前にスヴェッレ・オルセンに彼女を殺させたのはおまえだった。そして、おれがスヴェッレ・オルセンを追ってると知らされるとすぐに、逮捕しようと見せかけて、あいつが先に銃を抜いたかに見えるように細工をした。コンテナ・ターミナルのもう一人のやつのときも同じだ。面倒の種になりそうな囚人を処刑するのがおまえの専門なんだな」

「おまえさん、酔ってるだろう、ハリー」

「おれは二年がかりでおまえの尻尾を捕まえようとしてきたんだ、ヴォーレル。それを知ってるか？」

ヴォーレルは答えなかった。

ハリーは笑い、もう一度ダッシュボードを叩いた。そこが割れる嫌な音がした。

「もちろん、知ってるよな！　プリンスとやつの後釜はすべてを知ってる。どういう仕組みになってるんだ？　教えろ」

〈ケバブ・ハウス〉から男が一人飛び出してくるのが、サイド・ウィンドウ越しにヴォーレルの視界に飛び込んできた。男は立ち止まって左右を検めてから、三位一体教会のほうへ歩いていった。男が墓地と聖母病院のあいだの道へ入って見えなくなるまで、二人とも一言も発しなかった。

「いいだろう」ヴォーレルが呻いた。「おまえさんがそうしろと言うのなら、すぐにも白状してやるさ。だが、覚えておけよ、それを聞いたら、おまえさんはその瞬間から不愉快なジレンマに苦しむことになるんだぞ」

「不愉快なのは一向にかまわん」

「おれはスヴェッレ・オルセンにふさわしい罰を与えたんだ」

ハリーはゆっくりと運転席のほうへ顔を向けた。ヴォーレルは頭をヘッドレストに乗せて、半分目を閉じていた。

「だが、それはあいつとおれが結託していることが露見するのを恐れたからじゃない。おまえさんの仮説のその部分は正しくない」

「そうか？」

ヴォーレルがため息をついた。

「おれたちのような人間がどうしていまおれたちのしているようなことをするのか、おまえさん、不思議に思わないか？」

「おれはほかのことはしないんだ」

「おまえさんの一番最初の記憶は何だ、ハリー？」

「いつの？」

「おれの一番最初の記憶は、夜、父親がベッドにいるおれの上に覆い被さるようにしていたことだ」

ヴォーレルがハンドルを撫でた。

「確か、おれは四つか五つだったと思う。父親は煙草の臭いがして、守られているという安心感を抱かせてくれた。なあ、父親にふさわしい臭いってどんなかわかるだろ。おれの父親はおれがベッドに入ってから帰ってくるのが常と言ってよかった。それに、朝はおれが起きるよりはるかに早く仕事に出かけていくことも知っていた。おれが目を開けたら、笑顔でぽんと頭を叩いてくれてから出ていくこともわかっていた。だから、父親にもう少し長くいてもらうために、おれは眠っている振りをした。子供たちの血を求めて通りをうろつく豚の頭をした女の悪夢を見て目が覚めることがたまにあって、そのときは父親のところへ行き、もう少し一緒にいてくれと頼んだ。おれがベッドに戻っても眠れず、父親を見つめているあいだは、ずっとそこにいてくれた。おまえさんの父上も同じだったのかな、ハリー？」

ハリーは肩をすくめた。

「おれの父親は教師だった。いつも家にいた」

「それなら、中流家庭だったわけだ」

「そんなところかな」

ヴォーレルがうなずいた。

「おれの父親は労働者で、おれの二人の親友のゲイルとソーロの父親も労働者だった。彼らはおれが育ったアパートのすぐそばに住んでいた。オスロ旧市街、イースト・エンドだ。貧しい界隈だが、労働組合が持っている良質なアパート群で、保守営繕も行き届いていた。自分たちは労働者ではなくて事業主だと、みんなが考えていた。ソーロの父親は店を経営してさえいて、家族全員がそれぞれに役割を果たしていた。おれたちの界隈の人間は例外なく勤勉だったが、おれの父親ほど働いた者もいなかった。夜明けから日が暮れるまで、昼も夜もだ。まるで日曜だけスイッチの切れる機械みたいだった。両親ともにとりわけ敬虔《けいけん》なキリスト教徒というわけではなかった。父親は半年のあいだ夜学で神学を勉強したことがあったが、それは聖職者になってほしいとおれの祖父が考えたからで、祖父が死ぬと同時に退学してしまった。それでも、おれたちは日曜にはヴォーレレンガ教会へ通い、そのあと父親に連れられてエーケベルグかエストマルカへ行った。五時に着替えをして、居間で日曜の食事をした。退屈に聞こえるかもしれないが、いいか、おれは毎日、日曜を心待ちにしていたんだ。

　そして月曜になり、父親はまた出かけていった。いつもどこかの建築現場で、残業をしなくてはならなかった。〝白よりも白い金もあれば、灰色だったり黒かったりする金もある〟というのが父親の口癖だった。父親のような仕事で金を貯めるには、それが唯一の道だったんだ。おれが十三のとき、一家して西のほうの林檎の果樹園のついている家に引っ越した。こっちのほうがいいところなんだと父親は言った。両親が弁護士、経済学者、医者といったような専門職に就いていないのは、クラスでおれだけだった。隣家は判事で、おれと同い年の息子がいた。そいつと仲良くなってほしいとおれの父親は願っていた。おれがそういう職業のどれかに就きたいのなら、そういう業界に友だちを持ち、慣例や用語、不文律を覚えるのが大事だと言うんだ。だが、おれは判事の息子をほとんど見ることがなかった。見るのはそこの飼い犬、夜っぴてベランダで吼えるジャーマン・シェパードだけだった。放課後は列車でオスロの旧市街へ行き、判事の息子の代わりにゲイルやソーロと会った。両親は近所のみんなをバーベキュー・パーティに招いたが、一人を除いて全員が理由を作り、丁重に断わりを言ってきた。バーベキューの煙の匂いと、あの夏、ほかの家の庭から聞こえる耳障りな笑い声を、おれはいまでも思い出すことができる。お返しの招待は一度もなかった」

ハリーは言葉遣いを間違えないよう集中した。「その話の要点は何だ?」

「おまえさんに決めてもらうしかないな。やめるか?」

「いや、もちろんつづけてくれ。今夜は観なくちゃならないテレビ番組もないからな」

「ある日曜、おれたち一家はいつものように教会へ行こうとしていた。おれは外の通りで両親を待ちながら、フェンスの向こうの庭でおれに向かって荒々しく歯を剝き出して吼えたり唸ったりしているジャーマン・シェパードを見ていた。なぜそんなことをしたのかわからないが、おれはその門を開けた。そいつが腹を立てているのは仲間がいないからだと考えたからかもしれないな。おれはシェパードに飛びかかられて押し倒され、頰に嚙みつかれた。牙が貫通したよ。いまでも傷痕が残ってる」

ヴォーレルがそこを指さしたが、ハリーには何も見えなかった。

「判事がベランダに出てきて犬に声をかけた。犬はおれを放したが、判事はとっとと庭から出ていけとおれに言った。救急医療室へ急ぐ車のなかで、母は泣き、父はほとんどしゃべらなかった。帰りには、おれの頰は顎から耳の下にかけて黒くて太い糸で縫合されていたよ。父親は判事に談判しに行った。帰ってきたときには目にどす黒い怒りが宿り、車のなかにいたときにも増して言葉を発しなかった。一家は完全な沈黙のなかで日曜の食事をした。その晩、おれはベッドに入っても眠れなかった。どうして眠れないのか不思議だった。どこも静まり返っていた。そのとき、思い当たった。あのジャーマン・シェパードだ。あいつが吼えていなかった。玄関のドアが閉まる音が聞こえ、あの犬の吼え声を聞くことは二度とないことを本能的に感じ取った。寝室のドアが静かに開き、おれは固く目をつむったが、それでもハンマーがちらりと見えた。煙草の匂いがして、安心感を抱かせてくれた。そして、おれは眠っている振りをした」

ヴォーレルはステアリング・コラムから見えない埃《ほこり》を拭き取った。

「おれはスヴェッレ・オルセンを排除した。なぜなら、おれたちの同僚一人の命をやつが奪ったとわかっていたからだ。おれはエッレンのためにやったんだ、ハリー。おれたちのためでもある。これで、おまえさんはおれが人一人を殺したことを知ったわけだ。どうする？　報告するか？　それとも、しないのか？」

ハリーは黙って見つめた。ヴォーレルが目を閉じた。

「オルセンに関しては状況証拠しかなかったんだよな、ハリー。おかげで、やつはまんまと逃げおおせた。おれはそれを許せなかった。おまえさんなら許したか、ハリー？」

ヴォーレルが助手席を向き、ハリーの厳しい視線と向き合った。

「どうなんだ？」

ハリーはごくりと唾を呑んだ。

「おまえとオルセンが一緒に車にいるのを目撃して、それを証言してもいいと言った者がいた。だが、おまえはたぶんそれを知っていたんだよな？」

ヴォーレルが肩をすくめた。

「おれは何度かオルセンと話をした。ネオナチで犯罪者だった。その手の連中を監視するのもおれたちの仕事だろう、ハリー」

「おまえを見たというその人物が、突然、それ以上話をしたがらなくなった。おまえ、やつと雑談してたよな。黙ってろと脅したんだろう」

ヴォーレルが首を横に振った。

「そういうことには答えられないんだ、ハリー。おまえさんがおれたちのチームに入ることにしたとしても、自分の役目を果たすのに絶対必要なことしか知り得ないというのが動かせない鉄則なんだ。そこまでしなくてもと思うかもしれないが、だからこそうまくいくんだよ。実際、おれたちはうまくいってる」

「クヴィンスヴィークとは話をしたのか？」ハリーは呂律《ろれつ》が怪しくなっていた。

「おまえさんをドン・キホーテにたとえるなら、クヴィンスヴィークは風車の一つに過ぎないんだ、ハリー。あいつのことは忘れろ。自分自身のことを考えたほうがいい」

ヴォーレルが助手席のほうへ身を乗り出し、声を落とした。

「おまえさん、失うものは何がある？　このルームミラーに映ってる顔をよく見てみろ」

ハリーは瞬きした。

「そうとも」ヴォーレルが言った。「おまえさんはそろそろ四十で、酒の問題を抱えていて、仕事も、家族も、金もない男なんだ」

「これが最後だ！」ハリーは怒鳴ろうとしたが、酔いすぎていてできなかった。「……クヴィンスヴィークと……話したのか？」

ヴォーレルが運転席へ身体を引いてまっすぐに坐り直した。

「家へ帰れよ、ハリー。そして、ここでおまえさんが本当に恩恵を受けているのはだれからかを考えろ。警察か？　おまえさんをいいように扱って、気に入らないと放り出すあの組織か？　おまえさんの上司どもなんて、面倒なことになりそうな気配を感じただけで、怯えた鼠みたいにこそこそと逃げ出す輩じゃないのか？　それとも、おまえさん自身に何か負い目があるのか？　おまえさんは自国公務員よりも犯罪者を守る国で長年にわたって刻苦精励し、オスロの街をそれなりに安全に保ってきたんじゃないか。実際、そのことについては最も優秀な一人だ。ほかの連中と違って、ハリー、おまえさんには才能があるんだ。それなのに、懐にはいくらも入ってこない。おれは今日のおまえさんの稼ぎの五倍を提供する用意があるが、金は二の次だ。大事なのは尊厳だ。おれはおまえさんに尊厳がどんなものかをわからせてやることができる。尊厳だ、ハリー。それを考えろ」

ハリーは何とか焦点を合わせようとしたが、ヴォーレルの顔はゆらゆらと揺れつづけた。ドアの取っ手をまさぐったが、見つからなかった。日本の車なんぞ糞食らえだ。ヴォーレルがまた助手席へ身を乗り出し、ドアを開けてくれた。

「おまえさんがクヴィンスヴィークを捕まえようとしていたことは知っているよ」ヴォーレルが言った。「手間を省いてやろうか。そうとも、あの晩、おれはグルーネルレッカでオルセンと話をした。だが、それはおれがエッレン殺しと関係があることを意味しない。おれが口を閉ざしつづけたのは、ことを複雑にしたくなかったからだ。おまえさんが何をしようと自由だが、おれを信じるんだ。ロイ・クヴィンスヴィークはわざわざ聞くほどの価値のあることなんかこれっぽっちも持ち合わせていない」

「やつはどこにいるんだ？」

「教えたとして、何か意味があるのか？　教えたら、おれを信じるのか？」

「信じるかもしれない」ハリーは言った。「どうだろうな」

ヴォーレルが嘆息した。

「ソグンスヴァン通り三二番地だ。元の義理の父親の家の地下の居間にいる」

〝タクシー〟と灯りを輝かせている車がやってくるのを見て、ハリーはそれを呼び止めた。

「だけど、今夜はメンナ聖歌隊の練習に出かけてるぞ」ヴォーレルが言った。「歩いて行ける距離だ。ガムレ・アーケル教会のホールだからな」

「ガムレ・アーケル？」

「フィラデルフィアン派からベツレヘム派に転向したんだよ」

空車のタクシーはブレーキを踏んでためらっていたが、すぐにアクセルを踏み直して市街中心部のほうへ走り去った。ヴォーレルが意地の悪い笑みを浮かべた。

「転向するために信念を捨てる必要はおまえさんにはないよな、ハリー」

12　日曜日　ベツレヘム派

日曜の午後八時、ビャルネ・メッレルは欠伸をし、机の引き出しに鍵をかけると、デスク・ランプを消そうと腕を伸ばした。疲れてはいたが、満足してもいた。射殺事件と失踪事件についてのメディアのとんでもなく凄まじい取材攻勢がようやく一段落し、週末のすべてをだれにも煩わされずに本来の仕事に使うことができたのだった。休暇の季節が始まったときには机の上に山積みになっていた書類は、あっという間に半分になろうとしていた。そろそろ帰宅して、舌にも喉にも滑らかなジェムソン・ウィスキーを楽しみながら『ビート・フォア・ビート』の再放送を観てもいいだろう。デスク・ランプのスイッチに指を置いて、いまやだいぶ片づいた机の上を念のために一瞥した。茶色の厚手の封筒に気づいたのはそのときだった。金曜に連絡書類入れから取ってきたことをぼんやりと思い出した。書類の山に隠れてしまっていたに違いなかった。

メッレルはためらった。開けるのは明日でもいいんじゃないか。封筒の上から感触を確かめてみた。何か入っていることは確かだったが、何であるかはすぐにはわからなかった。レター・オープナーを使って開封した。手紙は入っていなかった。封筒を逆さにしてみたが、何も落ちてこなかった。強く振ってみると、気泡シートの裏地から何かが擦れて離れる音がした。それは机の上に落下し、電話のほうへ弾んで、勤務当番表の上に置かれている吸取り紙に着地した。

メッレルは不意に胃が痛くなり、身体を折り曲げて立ち上がると、息をしようと喘いだ。数分の後にようやくまっすぐに立って、ある番号をダイヤルすることができた。胃が痛くならなかったら、ダイヤルしたばかりのその番号が、封筒の中身が指し示している勤務当番表に記された名前の人物のものであることに気づいたかもしれなかった。

マーリットは恋をしていた。

また。

彼女は教会のホールへの階段をちらりと見た。星が嵌《は》め込まれたドアの丸窓を通して射し込む明かりが、新人のロイの顔を照らし出していた。彼は聖歌隊席で若い女性の一人と話していた。彼に気づいてもらうにはどうすればいいだろうかと、もう何日も思案していたが、名案はまったく浮かばなかった。話をするため彼のところへ行くのも始まりとしては悪くないが、彼のところへ行くきっかけを待たなくてはならなかった。先週の聖歌隊の練習のとき、彼は大きな声ではっきりと、自分の過去を、以前はフィラデルフィアン派だったことを、救われる前はあろうことかネオナチだったことを明らかにした。彼の身体のどこかに大きなハーケンクロイツのタトゥーがあるという噂を聞いた女性聖歌隊員がいた。ほかの女性聖歌隊員は口を揃えて怖がったが、マーリットは興奮で身体が震えた。それはそのタトゥーのせいであり、それが恋に落ちた理由だと、心の奥底ではわかっていた。初めて知る、馴染みのない、この素晴らしいけれども束の間の新しい興奮。最終的にはほかのだれかと一緒にいることになるのだという確信があった。クリスティアンのような人と。クリスティアンは聖歌隊のリーダーで、両親はともに信徒であり、彼自身も若者の集まりで説教をするようになったばかりだった。ロイのような人々は結局信仰を離れて終わることが多かった。

今夜の練習は長かった。新しい歌を練習してきていて、すべてのレパートリーを実際に最後まで通しで歌うところまできているのだった。クリスティアンには新しいメンバーが加わったとき、それをしたがる傾向があった。自分たちがどれほど上手か見せるためである。普段はイェイトミールス通りの自分たちの部屋で練習するのだが、いまは休暇の季節という理由で閉まっているために、アーケルスバッケンのガムレ・アーケル教会のホールを借りているのだった。夜半を過ぎていたが、彼らは練習を終えたあとも、練習会場の前にたむろしていた。その話し声が虫の群れの羽音のようで、今夜は空気のなかにさらなる興奮があるかのようだった。それは暑さのせいかもしれなかった。あるいは、結婚していたり、婚約していたりするメンバーが休暇を取っているせいで、異性同士の戯れが度を過ごしていると見なされるときに若いメンバーが受け取ることになる、寛容ではあるけれども警告を含んだ笑顔が見られないからかもしれなかった。マーリットが頭に浮かんだことを何でも口走っていると、女友だちの一人が、やはりロイを盗み見ながら訊いた。あなたなら大きなハーケンクロイツのタトゥーをどこに入れる？

女友だちの一人が彼女の脇腹をつつき、アーケルスバッケンを上がってくる男のほうへ顎をしゃくった。

「見て、あの人、酔っぱらってるわよ」ある女性メンバーがささやいた。

「哀れな人ね」別の一人が言った。

「イエスさまが救済なさりたい魂はたくさんあるということよ」

そう言ったのはソフィーだった。そういうことを口にするのが常だった。みんながうなずいた。マーリットもその一人だった。そのとき、気がついた。いまだ、いまこそそのチャンスだ。そして、一瞬の躊躇《ちゅうちょ》もなく女友だちの輪を離れ、男の行く手をさえぎるようにして立った。

男が足を止め、彼女を透かし見た。マーリットの予想以上に背が高かった。

「イエスを知っていますか？」マーリットは微笑し、大きなはっきりした声で訊《や》いた。

男の顔は真っ赤で、目は霞んでいるようだった。背後の話し声がぱたりと止み、階段の上にいるロイと女性陣が自分のほうを振り返るのが、マーリットにちらりと見えた。

「残念ながら、存じ上げないな」男が鼻声で言った。「きみのことも同様だが、もしかしてロイ・クヴィンスヴィークを知らないかな」

マーリットは自分の顔が赤くなるのがわかり、二の矢となるはずの言葉――わかってる？あなたに会うために待っていらっしゃるのよ――が喉に引っかかったままになった。

「どうなんだろう？」男が言った。「ここにいるのか？」

マーリットは男の刈り込んだ髪とブーツを見た。いきなり顔がもっと赤くなった。この人はネオナチ？　昔のロイの仲間？　彼の裏切りへの報復をしにきたの？　それとも、復帰するよう説得しにきたとか？

「わたし……」

しかし、男はすでに彼女の脇を擦り抜けていた。

振り返って見ると、ロイが慌てて教会のホールへ引き返し、なかへ入ったとたんにドアを閉めるところだった。

酔っぱらいは砂利を踏み鳴らし、不意に吹きつけた一陣の強風に帆を煽られたマストのように上半身を揺らしながら大股で歩いていたが、階段の前で足を滑らせ、両膝を突いた。

「大変……」女性メンバーの一人が息を呑んだ。

男はふたたび立ち上がった。

クリスティアンが急いで脇へどくのを尻目に、男は階段を駆け上がった。上がりきってもまだ揺れていて、一瞬後ろへ倒れるのではないかと思うほど大きく身体が傾《かし》いだが、重力に逆らって何とか体勢を立て直し、ドアの取っ手をひっつかんだ。

マーリットは口を押さえた。

男が取っ手を押した。幸いなことに、ロイはすでに鍵をかけていた。

「くそ！」男がアルコールで濁った声で怒鳴り、身体を後ろへ反らせると、顔を下にし、勢いをつけて頭を突き出した。

額がドアの丸窓を打ち破り、鋭い音を立てて割れたガラスの破片が階段に散らばった。

「やめろ！」クリスティアンが叫んだ。「そんなことは許されない……」

振り返った男がぽかんとした顔でクリスティアンを見た。額から三角形のガラスの破片が突き出していて、そこから細い条となって血が流れ出し、鼻梁《びりょう》で二股に分かれていた。

クリスティアンはそれ以上言葉を発せられないでいた。

男が口を開いて喚《わめ》きはじめた。人を戦慄させずにはおかない、鋼鉄の刃のような声だった。男はマーリットが見たこともないような獰猛《どうもう》な怒りをもってドアへの攻撃を再開した。狼のように吼えながら、握り締めた拳で頑丈な白いドアを何度も殴りつづけた。ついには肉が木とぶつかり、朝の静かな森で斧を振るう音のように聞こえた。やがて、男は丸窓のなかに取り付けられている鉄でできた星を攻撃しはじめた。皮膚の裂ける音を聞いたとマーリットが思った瞬間、血が飛び散って白いドアを汚した。

「だれか、何とかして」だれかが悲鳴を上げた。クリスティアンが携帯電話を取り出すのが見えた。

鉄の星がぐらつきだした。突然、男が両膝を突いた。

マーリットは男に歩み寄っていった。ほかの者たちは後退していたが、彼女は近づかずにはいられなかった。心臓は破れんばかりに早鐘を打っていた。階段の前まできたとき、クリスティアンの手が肩を押さえるのがわかって足を止めた。階段の上から男の喘ぎが聞こえた。

乾いた地面で水を求めている魚の喘ぎのようだった。泣いているようにも思われた。

十五分後、男を収容しようとパトカーが到着したとき、彼は階段の上で完全に酔い潰れていた。引きずり起こされ、車へ連れていかれるときも、抵抗する素振りすら見せなかった。女性警察官の一人に被害の有無を訊かれたときは、全員が首を横に振った。ショックのあまり、窓が壊されたことを思い出す余裕がなかった。

パトカーが去ると、そこには暑い夏の夜だけが残った。何事もなかったかのようね、とマーリットは思った。ロイが生きた心地のない真っ青な顔で現われて姿を消したことにも、クリスティアンの腕が肩を抱いたことにもほとんど気づかず、マーリットは窓に残っている壊された星を見つめた。それは曲がっているうえに捻れていて、五つの先端の二つが上を指し、一つが下を指していた。暑い夜にもかかわらず、彼女は上衣をしっかりと掻き合わせた。

優に夜半を過ぎ、警察本部の窓に月が反射していた。ビャルネ・メッレルはがらんとした駐車場を突っ切って留置棟に入った。入口を抜けながら、周囲をさっと見回した。受付デスクは三つとも無人だった。二人の看守が警備員室でテレビを観ていた。チャールズ・ブロンソンのファンのメッレルは、放映されている映画が『狼よさらば』だとわかった。そして、二人の看守の年配のほうがだれであるかもわかった。グロートだ。左目から頬の上まで茶褐色の傷があることから〝哀哭の人《グリーバー》〟と綽名されていた。グロートはメッレルが憶えている限りずっと留置棟に勤務していて、ここを仕切っているのが事実上彼であることをみんなが承知していた。

「だれもいないのか?」メッレルは叫んだ。

グロートがテレビの画面から目を離すこともなく若い看守を指さした。指さされた看守が渋々椅子を回してメッレルに向き直った。

メッレルは身分証を見せたが、形だけだった。グロートもその看守もメッレルを知っていた。

「ホーレはどこにいるんだ?」メッレルは叫んだ。

「あの馬鹿ですか?」グロートが訊き返したとき、チャールズ・ブロンソンが復讐を果たすために銃を構えた。

「五番房だったと思いますよ」若いほうの看守が言った。「担当看守に確認してみてください、まあ、そいつがいればですがね」

「ありがとう」メッレルは監房区画へつづくドアをくぐった。

そこは百近い監房があって、収容されている人間の数は季節によって異なった。いまは間違いなく人数が少ない季節で、メッレルは看守控え室へ回る手間を省き、両側に金属でできた小部屋が並ぶ通路を歩いていった。足音が反響した。メッレルは昔から留置棟が大嫌いだった。第一に、生きている人間をここに閉じ込めるのは馬鹿げていた。第二に、ここはどん底だという空気が溢れていて、人生を破壊することにしかならなかった。第三に、ここでどういうことがつづいているかがわかっていた。たとえば、グロートに水責めの拷問を受けたと囚人が訴えて出たとしても、ＳＥＦＯが調べるときにはホースは水責めが行なわれたことになっている独房のずいぶん手前までしか届かず、したがって、訴えは退けられるのである。ＳＥＦＯを構成しているのは警察本部の人間だけで、彼らは面倒なことになるかもしれないと気づいたグロートがホースを切断して長さを半分にするであろうことを知らないようだった。

ほかの独房と同じく五番房のドアも、錠も鍵も存在せず、外からしか開けられない構造になっていた。

ハリーは頭を抱えて床に坐っていた。メッレルがまず気づいたのは、ハリーの右手に巻かれた包帯が血で濡れていることだった。ハリーがのろのろと顔を上げてメッレルを見た。額に絆創膏が貼られて、あたかも泣いていたかのように目が腫れていた。吐瀉《としゃ》物の臭いがした。

「どうして寝台に寝ていないんだ？」メッレルは訊いた。

「眠りたくないんですよ」ハリーのものとは思えない声がささやいた。「夢を見たくないんです」

メッレルは震えていることを隠そうと顔をしかめた。落ち込んだハリーは過去にも見てきていたが、ここまでではなかった。これほどひどい落ち込みようは初めてだった。ほとんど回復不可能なように見えた。

メッレルは咳払いをした。

「行こう」

二人が警備員室の前を通り過ぎるときも〝グリーバー〟・グロートと年下の看守は一瞥もくれなかったが、メッレルはグロートが首を振るのを見逃さなかった。

ハリーは駐車場で嘔吐《おうと》した。身体を二つに折って唾を吐いている彼に、メッレルは煙草に火をつけて差し出してやった。

「これは勤務時間外だ」メッレルは言った。「だから、依然として非公式だ」

ハリーが喉を詰まらせながら笑った。「ありがとうございます、部長。解雇されるにしても、実際よりは多少なりとましな履歴が残るとわかったわけですからね、よかったですよ」

「いま私が言ったのはそんな理由からじゃない。そういうことにしないと、きみがいますぐ失職することになるからだ」

「それで？」

「あと何日かは、きみのような捜査官が必要なんだ。つまり、素面《しらふ》のときのきみのような捜査官がな。問題は、きみが素面でいつづけられるかどうかだ」

ハリーは身体をまっすぐに起こし、煙草の煙を吐き出した。

「いつづけられますよ、わかってるでしょう、部長。だけど、おれはやりたいんですかね？」

「わからん。やりたいか、ハリー？」

「理由があるんでしょ、部長？」

「ある。きみにもあるはずだ」

メッレルは思案する様子で部下を観察し、状況を考量した。オスロの夏の夜、月の光と虫の死骸でいっぱいの街灯に照らされながら、彼はいま、この空っぽの駐車場にハリーと二人きりだった。刑事部長はこれまでハリーとくぐり抜けてきたこと、成し得たこと、成し得なかったことのすべてを考えた。そういう年月のあいだにあれだけ色々なことがあったというのに、陳腐に聞こえるかもしれないが、ここで、こんなふうにして、結局別々の道へ分かれていくことになるのか？

「私が知る限りでは、きみを前に進みつづけさせてきたものは一つしかない」メッレルは言った。「それは仕事だ」

ハリーは答えなかった。

「きみにやってもらう仕事があるんだ。きみがやりたければ、だがな」

「で、それは……？」

「今日、茶色い小包用封筒に入っていたこれを受け取った。以来、ずっときみと連絡を取ろうとしていたんだ」

メッレルは手を開き、ハリーの反応をうかがった。月の光と街灯の明かりが、メッレルの掌《てのひら》と鑑識課が使うビニール袋の一つを照らし出した。

「ふむ」ハリーは言った。「それで、彼女の身体の残りの部分は？」

ビニール袋には、長くて細い、赤いマニキュアをした指が入っていた。その指には指輪があって、指輪のなかの宝石は五芒星の形をしていた。

「あるのはそれだけだ」メッレルが答えた。「左手の中指だ」

「鑑識はだれの指かを特定したんですか？」

メッレルはうなずいた。

「ずいぶん早いですね」

メッレルが腹を押さえ、またうなずいた。

「なるほど」ハリーは言った。「そういうことなら、リスベート・バルリの指なんでしょうね」

第三部

13　月曜日　感触

きみがテレビに映っているよ、ダーリン。一枚の壁になっている。きみのクローンが十二人、全員が足並みを揃えて動いていて、色と影もほとんどそれとわからないぐらいにしか違っていない。きみはパリでキャットウォークを歩いている。途中で足を止め、尻を突き上げるようにして、憎悪に満ちた冷たい目でぼくを見下ろす。そして、ぼくに背中を向ける。成功だ。拒絶はいつも成功する、きみはそのことを知っているんだよな、ダーリン？

そのとき次のニュースに移り、十二人のきみが厳しい顔でぼくを見ながら、十二の同じようなニュースを読む。ぼくは十二の赤い唇を読むが、きみは沈黙している。ぼくはきみの沈黙を愛している。

やがて、画面はヨーロッパのどこかの洪水に切り替わる。ほら、愛しい人、ぼくたちは水に浸かりながら通りを歩いている。ぼくはテレビ画面を指でなぞり、きみの星のサインを描く。テレビはスイッチが切れているのに、埃にまみれた画面と指のあいだの緊張を感じることができる。電流だ。封じ込められた命だ。ぼくの指が触れるとそれに命が吹き込まれる。

星の先端の一つが交差路の反対側に建っている赤煉瓦の建物の前の舗道と出会うんだ、ダーリン。ぼくはそこのテレビを売っている店に入って、並んでいるテレビの隙間を透かし見ることができる。ここはオスロでも最も混雑する交差路の一つで、普段は長い車の列ができている。だが、今日は熱く焼けたアスファルトから延びる道路の二本に車がいるに過ぎない。ここは五叉路なんだよ、ダーリン。きみは一日じゅう、ベッドでぼくを待っている。ぼくはこれをやらなくちゃならないが、それから行くとしよう。きみさえよければ、ぼくは壁の奥からあの手紙を取り出し、その言葉をきみにささやいてもいい――〝マイ・ダーリン！　ぼくはいつでもきみのことを思いつづけている。きみの唇がぼくの唇に触れる感触、きみの肌がぼくの肌に触れる感触がいまもありありと感じられる〟とね。

ぼくは店のドアを開けて外に出る。陽光が溢れる。太陽だ。洪水だ。ぼくはもうすぐきみと一緒になる。

メッレルにとって、その日はいい始まりとは言えなかった。

昨夜、ハリーを留置棟から引き取り、朝には腹の痛みで目が覚めた。腹は膨らませすぎたビーチ・ボールのようになっていた。

だが、それはもっとひどくなっていくはずだった。

しかし、九時の段階では、そんなにひどくならずにすみそうに思われた。素面に見えるハリーが六階の刑事部の会議室のドアを開けて入ってきたのだ。すでにテーブルの周囲には、トム・ヴォーレル、ベアーテ・レン、そして、捜査戦略を担当する部署の刑事が四人、ゆうべ休暇から呼び戻された二人の専門家とともに顔を揃えていた。

「おはよう、諸君」メッレルは会議を始めた。「いまわれわれが何を抱えているかは、もうわかっていると思う。事件が二つ、ともに殺人事件かもしれず、犯人が同一の単独犯である可能性も示唆されている。簡単に言うと、ある時点でわれわれ全員にとっての悪夢となる恐れがあるかもしれないということだ」

メッレルは最初の透明シートをオーバーヘッド・プロジェクターに載せた。

「左側に見えるのが、カミッラ・ローエンの左手だ、人差し指を切断されている。右側がリスベート・バルリの左手の中指だ。後者は郵便で私のところへ送られてきた。身体はまだ発見されていないが、バルリのアパートで採取された指紋と照合して、ベアーテが彼女の指だと特定してくれた。率先してよくやってくれたな、ベアーテ」

ベアーテが赤くなったが、それでもノートを鉛筆で叩きながらさりげない振りをしようとした。

メッレルが透明シートを交換した。

「この宝石はカミッラの眼球と瞼のあいだにあったもので、五芒星の形をした赤いダイヤモンドだ。右側の指輪はリスベートの指にあったものだ。見てわかるとおり、色は淡いが形は同じだ」

「最初のダイヤモンドの出所を突き止めようとしたんですが」ヴォーレルが言った。「いまのところ成功していません。ダイヤモンドの加工ではアントワープ最大の二社に写真を送ったんですが、こういうタイプのものはたぶんヨーロッパの別の地域、ロシアか南ドイツが発祥ではないかとのことでした」

「われわれはデビアス社――未加工ダイヤモンドの世界でも飛び抜けて大きな買い手です――のダイヤモンドの専門家と接触しました」ベアーテが言った。「その女性によると、分光測定法と顕微鏡断層撮影法を使えばダイヤモンドの出所を正確に特定できるとのことです。彼女は今夜ロンドンからやってきて、力を貸してくれることになっています」

刑事部へきて比較的日の浅い、最年少の刑事のマグヌス・スカッレが手を挙げた。

「冒頭におっしゃったことに戻りますが、部長、これが連続殺人であった場合、われわれにとって悪夢になる理由は何でしょうか？　だって、われわれが捜すのは二人ではなくて一人の殺人者でしょう。だとすれば、われわれは一つの同じ方向を見て仕事をすればいいわけで、私見では悪夢どころか、その逆ではないかと……」

太くて低い咳払いが、スカッレをはじめ全員の目を、いまのいままで椅子に沈み込んでいたハリー・ホーレに向けさせた。

「名前をもう一度教えてくれ」

「マグヌスです」

「苗字だ」

「スカッレです」声に抑えようもなく苛立ちが表われた。「憶えてもらっているとばかり思って――」

「すまんな、スカッレ、おれは忘れてしまうんだよ。だが、おまえさんはこれからおれの言うことを忘れないようにしてもらいたい。あらかじめ計画された――今度の場合は〝周到に〟と付け加えてよさそうだが――殺人と対峙するとき、刑事というのは犯人が多くの明白な利点を持っていることを覚悟するんだ。鑑識的な証拠をすべて消し去り、被害者の死亡時刻にどう見ても磐石《ばんじやく》のアリバイがあり、凶器を処分し……などなどだ。だが、犯人が捜査から絶対に隠しきれないと言われているところのものが一つある。それは何だ？」

マグヌス・スカッレが二度瞬きをした。

「動機だよ」ハリーは言った。「基本だろ？　動機こそわれわれの捜査のスタート地点なんだ。基本すぎるぐらい基本であるが故に、われわれはときどきそれを忘れることがある。そしてある日、どこからともなくいきなりそいつが姿を現わすんだ。あらゆる刑事の最悪の悪夢から出てきた殺人者がな。あるいは性夢かもしれん。それは一《いっ》にかかってその刑事の頭の具合による。一番性質《たち》が悪いのは動機のない殺人者、もっと正確に言うと、人間が理解可能な動機を持たない殺人者だ」

「あなたはいま、壁に悪魔を描いているだけじゃないんですか、ホーレ警部？」スカッレが会議テーブルを見回した。「この二件の殺人に動機があるかどうかもまだわかっていないんですよ」

トム・ヴォーレルが咳払いをした。

メッレルはハリーの顎の筋肉が強ばるのに気がついた。

「彼は正しい」ヴォーレルが言った。

「もちろん、私は正しいですよ」スカッレが言った。「わかりきったこと――」

「黙れ、スカッレ。正しいのはホーレ警部だ。われわれはカミッラ・ローエンの件を十日、リスベート・バルリの件を五日、それぞれ別個に捜査してきている。いまのところ、二人の被害者に繋がりがあることを示すようなものは何一つ見つかっていない。被害者の共通点が、切られた指と、暗号メッセージのように見える儀式とも思えることなどしかない場合、われわれはある言葉のことを考えはじめるんだ。まあ、その言葉は声に出して言わずに、われわれ全員の頭の奥に置いておくことを勧めるがね。それからもう一つ、スカッレや学校を出たばかりの新人はいまこの瞬間から口を閉ざし、ホーレ警部の言うことに耳を傾けることも勧めておこう」

　会議室が静まり返った。

　メッレルはハリーがヴォーレルを見つめていることに気がついた。

「要約すると」メッレルは言った。「われわれは同時に二つの考えに留意するよう努めなければならない。一つはこの二件が普通の殺人事件であるとしていつもの手順どおりに仕事をすること、もう一つはわれわれが大きくて肥った薄汚ない悪魔を壁に描くことだ。メディアに対して話をするのは私だけだ。諸君は一切口を開かないように。次の会議は五時だ。では、頑張ってくれ」

スポットライトのなかの男は上品なツイードの服を着て、シャーロック・ホームズが使っているようなパイプを手に身体をかすかに揺らしながら、自分の前の檻褸《ぼろ》をまとっている女を同情の目で見ていた。

「レッスン料はいくらもらえるのかな？」

檻褸を着た女が両手を腰に当ててぐいと上を向いた。

「まあ、相場は知っているんだ。あたしの友人の女性は本物のフランス紳士からフランス語を教えてもらって、一時間に十八ペンスを支払ってる。もっとも、あんたはそこまで厚かましくないはずだから、あたし自身の国の言葉を教えるのにフランス語のレッスン料と同額を要求したりはしないだろ。だとすると、払っても一シリングだね。どうする？　やるの、それともやめておく？」

ヴィルヘルム・バルリは十二列目に坐り、涙が流れるに任せていた。その涙が喉を伝ってタイ製のシルクのシャツの下に入り、胸へ届いて塩分が乳首を刺激し、さらに腹へと下っていくのがわかった。

涙は止まる気配を見せなかった。

彼は口を押さえて嗚咽《おえつ》をこらえた。さもないと、俳優や五列目に坐っている舞台監督の気を散らす恐れがあった。

肩に手が置かれるのを感じてぎょっとして振り返ると、長身の男が見下ろしていた。ある予感がして、ヴィルヘルムは椅子から立ち上がれなかった。

「何でしょう?」彼は喉を締めつけられたような声でささやいた。

「私ですよ」男がささやき返した。「警察のハリー・ホーレです」

ヴィルヘルム・バルリは口から手を離し、ハリーの顔を仔細に観察した。

「ああ、そうでした」今度は安堵の声だった。「申し訳ない、警部。暗かったもので、てっきり……」

警察官はヴィルヘルムの隣りの席に腰を下ろした。

「てっきり、何ですか?」

「黒い服を着ておられるので」

ヴィルヘルムはハンカチで洟《はな》をかんだ。

「てっきり聖職者だと思ったんです。聖職者が……悪い知らせを持ってきたんだと。馬鹿ですよね?」

警察官は答えなかった。

「実はいま、かなり気持ちが波立っているんですよ、警部。今日が最初のドレス・リハーサルなんです。彼女を見てください」

「だれです?」

「イライザ・ドゥーリトルです。あそこですよ。舞台にいる彼女を見たとき、一瞬、あれはリスベートで、彼女がいなくなった夢を見ていただけなんだと思いました」

ヴィルヘルムが大きく息を吸いながら身震いした。

「でも、台詞を口にしはじめると、私のリスベートは消えてしまったんです」

ヴィルヘルムは警察官が驚きを露わにして舞台を見つめていることに気がついた。

「目を疑うぐらいよく似てるでしょ？　だから、彼女を抜擢《ばってき》したんですよ。これはリスベートのミュージカルになるはずだったんです」

「では、あれは……」ハリーは言おうとした。

「そうです、彼女の姉です」

「トーヤ？　いや、トーヤーですか？」

「ここまでは何とか秘密にしつづけているんですよ。今日、記者発表を行なう予定です」

「なるほど。それなら、宣伝効果もかなりのものになるでしょうね」

トーヤーがくるりと振り返り、その瞬間につまずいて悪態をついた。パートナーが懸命に腕を伸ばしながら、目で監督を探した。

ヴィルヘルムが嘆息した。

「宣伝だけではありません。見ておわかりと思いますが、やらなくてはならないことは山ほどあるんです。彼女は大した才能を持っているわけではないし、国立劇場の舞台に立つのは、ノルウェーのど真ん中の小さな町のコミュニティ・センターでカウボーイ・ソングを歌うのとわけが違います。リスベートには舞台での振る舞い方を教えるのに二年かけたんですが、あそこにいる彼女には一週間もなかったんです」

「お邪魔であれば、私のほうはさっさとすませてしまうこともできますよ、ヘル・バルリ」

「さっさとすませてしまう？」

ヴィルヘルムは暗がりでハリーの表情を読み取ろうとした。またもや恐ろしくなっていて、ハリーが口を開いた瞬間、本能的にそれをさえぎった。

「邪魔なんてことは全然ありませんよ、警部。私は単なるプロデューサーなんです。ご存じかどうか、制作全般を仕切る係なんですが、いまはもう私が手を出す段階は過ぎているんです」

彼は手を振って舞台のほうを示した。そのとき、ツイードの服の男が高らかに宣言した。

「私はこの薄汚ない安娼婦を公爵夫人にするぞ！」

「監督、ステージ・デザイナー、俳優任せなんですよ」ヴィルヘルムは言った。「明日からの私はただの傍観者として観ているだけになるんです……」そして、言葉が見つかるまで手を宙に泳がせつづけた。「……この喜劇をね」

「まあ、だれしも己《うつ》の才能を見つけなくちゃなりませんからね」

ヴィルヘルムが虚ろに笑い出したが、シルエットになっている監督がいきなり振り返ったのに気づいて口を閉ざし、ハリーのほうへ身を乗り出してささやいた。「おっしゃるとおりです。私は二十年、ダンサーをしていたんです。白状したくはないけれども恐ろしく下手糞でしたがね。でも、オペラでは男のダンサーがいつも絶望的に不足しているんです。そのおかげで、中途半端なダンサーでも仕事がないことはまずないんです。いずれにしても四十になれば年金付きで辞めて、何か新しくやることを見つけなくちゃならないんですがね。自分には人を踊らせる才能があると気づいたのは、そのときなんです。ステージ・マネージメントですよ、警部。それが唯一私にできることでした。だけど、いいことを教えましょうか。われわれは成功の見込みがほとんどないことにひどく落ち込んでいるんです。作品を二つぐらい仕上げるまでは万事がいいように進むから、自分たちはすべての不確定要素をコントロールできる神であり、すべての領域で自分たちの運命まで切り開くことができると信じるようになるんです。そして、今度みたいなことが起こると、自分たちがいかなる術も持っていないことに気がつくんですよ。私は……」

ヴィルヘルムの言葉が急に途切れた。

「退屈させてますよね？」

警察官が首を横に振って咳払いをした。

「あなたの奥さんのことなんです」

ヴィルヘルムは耳障りな騒音でも聞くのを待つかのように固く目を閉じた。

「われわれのところに包みが届いて、切断された指がなかに入っていました。残念ながら、彼女の指と特定されました」

ヴィルヘルムはごくりと唾を呑んだ。昔から自分は愛の男だと考えていたが、ふたたびそれが大きくなっていくのがわかった。あの日以来心臓の下に居坐っている塊、自分を正気の瀬戸際へ追い詰めている膨らみである。彼はそれが色を持っていること、その嫌悪が黄色であることを感じ取った。

「いいことを教えましょうか、警部。それは私にとってほとんど安堵なんですよ。ずっとわかっていたんです。彼が彼女を傷つけるだろうとね」

「傷つける？」

ヴィルヘルムは相手の声に不安げな驚きがあるのを感知した。

「あることを約束してもらえますか、ハリー？　ハリーと呼んでもいいですか？」

警察官がうなずいた。

「やつを捕まえてください。何としても、絶対に捕まえるんです。そして、これ以上ないぐらい厳しく罰してください。約束してもらえますか？」

ヴィルヘルムは相手がうなずくのを見たような気がしたが、確信はなかった。涙のせいですべてが曇って見えた。

やがて、警察官は帰っていった。ヴィルヘルムは大きく息を吸い、もう一度ステージに集中しようとした。

「やめて！　警察に通報するよ」トーヤーが叫んだ。

ハリーは自分のオフィスでデスクトップ・コンピューターを睨んでいた。これ以上仕事ができるかどうかわからないぐらい疲れていた。

それは昨日の脱線――留置されたことと、夜、悪夢を見たこと――の報いでもあったが、疲れの本当の原因はヴィルヘルム・バルリに会ったことだった。あそこに坐り、犯人を捕まえると約束した。妻が〝傷つけられた〟とバルリが言ったときには聞くに堪えなかった。なぜなら、ハリーのなかで確かなことが一つあるとすれば、それはリスベートが死んでいるということだからだ。

朝起きた瞬間から、アルコールへの欲求に苛まれていた。それは最初は本能的かつ肉体的な渇望として、次は恐慌をきたす恐怖として表われた。その恐怖の原因は、酒を遠ざけるために、ウィスキーの入ったスキットルや、酒を買うための金を仕事場に持ってきていないことにあった。いま、アルコールへの欲求は新たな局面に入りつつあって、そこには全身を苛む苦痛と、自分がばらばらに引き裂かれるのではないかという純然たる恐怖がともにあった。心臓の下の胃袋のどこかに敵がいて無闇に鎖を引っ張り、犬どもが檻《おり》のなかから牙を剝き出して見上げていた。くそ、おれは犬が大嫌いだ。あいつらがおれを嫌っているのと同じぐらい嫌いなんだ。

ハリーは立ち上がった。先週の月曜にベルを半分残してファイリング・キャビネットにしまっておいたはずだ。いま思い出したのか、それとも、ずっと頭にあったのか？　ハリーはハリーがありとあらゆる形でハリーに錯覚を起こさせることをよく知っていた。引き出しを開けようとしたまさにそのとき、彼はぐいと顔を上げた。何かが動いたような気がしたのだ。視線の先では、写真のエッレンが笑顔でハリーを見下ろしていた。おれの頭がいかれたのか、それとも、本当に口が動いたのか？

「何を見てるんだ、あばずれ？」ハリーはつぶやき、次の瞬間、写真が壁から落ちて床にぶつかり、ガラスが木っ端微塵《みじん》に砕け散った。ハリーはエッレンを見つめた。彼女は壊れた額から、冷静な笑顔で彼を見上げていた。ハリーは右手を抱えた。包帯の下で痛みが脈打っていた。

引き出しを開けようと振り向いたときだった。二人の男が入口に立っていることに気がついた。かなり前からそこにいたに違いなく、動いたように見えたのは、写真の額のガラスに映った彼らに違いなかった。

「こんにちは」オレグが訝しさと恐怖の入り混じった顔でハリーを見ていた。

ハリーは唾を呑んだ。手が引き出しから離れた。

「やあ、オレグ」

オレグはスニーカーに、ブルーのズボン、カナリア・イエローのブラジル代表のユニフォームを着ていた。そのユニフォームの背中には〝9〟という数字と、その上に〝RONALDO〟という名前が入っていることをハリーは知っていた。いつか、日曜にラケルとオレグと三人でノーレフィエルへスキーに行く途中、ガソリンスタンドでハリーが買ってやったのだ。

「階下《した》にいたんだ」トム・ヴォーレルが言った。

彼の手はオレグの頭に置かれていた。

「受付でおまえさんに会いたいと言っていたんで、連れてきた。ところで、きみはサッカーをやるのか、オレグ？」

オレグは答えず、ハリーを見ていた。母親譲りの黒い目はときとしていつまでもとても優しくありつづけ、ときとしてとても厳しく無慈悲になった。いまはどっちなのか、ハリーにはわからなかった。が、暗かった。

「ストライカーか?」ヴォーレルが笑顔で訊き、オレグの髪をくしゃくしゃにした。

ハリーは同僚のごつごつして力の強そうな指を見つめた。何もしなくても立っているオレグの剛《こわ》い黒髪が、ヴォーレルの日に焼けた手の甲に当たっていた。ハリーは自分の脚が萎えてしまいそうになるのがわかった。

「違うよ」オレグが言った。目はいまもハリーに釘付けになっていた。「ディフェンダーなんだ」

「なあ、オレグ」ヴォーレルがハリーを探るような目で見ながら言った。「ハリーはいまもここでちょっとシャドウボクシングをするときがあるんだ。私も何かのことで緊張したときには同じことをするんだよ。だから、ハリーがここを片づけているあいだ、われわれは最上階へ上がって、ルーフ・テラスから景色を楽しむというのはどうだ?」

「いや、ここにいるよ」オレグがきっぱりと宣言した。

ハリーはうなずいた。

「そうか、わかった。会えてよかったよ、オレグ」

ヴォーレルは少年の肩を軽く叩いて去っていった。オレグは入口に立ち尽くしていた。

「どうやってここまできたんだ?」ハリーは訊いた。

「地下鉄」

「一人でか？」

　オレグがうなずいた。

「ここへくることをラケルは知ってるのか？」

　オレグが首を横に振った。

「こっちへ入ってきたらどうだ？」ハリーは喉がからからだった。

「うちへきてほしいんだ」オレグが言った。


　ハリーがドアベルを押して四秒後、ラケルがいきなりドアを開けた。激しい怒りで目から光が消えていた。

「どこへ行っていたの？」

　一瞬、ハリーは自分たち二人に向けられた質問かと思ったが、彼女の目は彼を通り越して息子を見ていた。

「遊ぶ相手がいなかったから」オレグが俯《うつむ》いたまま答えた。「地下鉄で街へ行ったんだ」

「地下鉄？　一人で？　でも、どうして……」

　声が途切れた。

「こっそり出かけたんだ」オレグが言った。「お母さんが喜んでくれると思ったんだよ。お母さんの話をずっと聞いていたから、ぼくだけじゃなくてお母さんも同じことを望んでいるんじゃないかって……」

ラケルがいきなり息子を抱き締めた。

「お母さんがあなたのことをどんなに心配していたかわかってるの？」

ラケルが息子を腕に抱いたまま、ハリーを疑いの目で見た。


ラケルとハリーは庭の奥のフェンスのそばに立ち、オスロとオスロ・フィヨルドを見下ろしていた。二人とも黙っていた。青い海に浮かぶヨットの帆が小さな白い三角形のようだった。ハリーは家のほうへ顔を向けた。夏の鳥たちが芝生から飛び立ち、開いた窓の前の林檎の木々のあいだをすいすいとくぐり抜けていった。黒板張りの大きな、夏向きではなくて冬向きの家だった。

ハリーはラケルを見た。脚はストッキングも何も穿《は》いておらず、薄手のコットンのボタンアップの赤い上衣の下に明るい青のドレスを着ていた。母親から引き継いだ十字架のネックレスの下の素肌に浮かんでいる汗の粒が、陽差しを受けてきらめいていた。おれは彼女のすべてを知っているんだ、とハリーはふと思った。コットンの上衣の匂いも、ドレスの下で穏やかな曲線を描いている腰も、汗を掻いて塩っぽくなっているときの肌の匂いも、彼女が人生に何を欲しているかも、なぜ彼女が何も言わないかも知っている。


こういうすべての知識には終わりがない。

「元気か？」ハリーは訊いた。

「元気よ」ラケルが答えた。「丸太小屋を借りたんだけど、八月まで使えないの。申し込むのが遅かったのよ」

口調は自然で、咎めている気配は感じられなかった。

「その手だけど、怪我したの？」

「ちょっと切っただけだよ」

髪が彼女の顔を嬲《なぶ》り、ハリーはそれを掻き上げてあげたいという誘惑に抗《あらが》った。

「昨日、この家を査定してもらったの」彼女が言った。

「査定？　まさか売るつもりじゃないよな？」

「二人で住むには大きすぎるわよ、ハリー」

「それはそうかもしれないが、きみはこの家を愛しているんだろう。ここで育ったんだ。それに、オレグだってそうだよ」

「そんなこと、思い出させてもらうまでもないわ。問題は冬の出費がわたしが想像していた二倍にもなることなの。それに、屋根も直さなくちゃならない。古い家なのよ」

「ふむ」

見ると、オレグがガレージの扉に向かってボールを蹴っていた。そのボールが戻ってくるとふたたび足を振り抜き、ボールが足を離れたとたんに目をつぶると、想像上の観衆に向かって両腕を挙げた。

「ラケル」

彼女がため息をついた。

「何、ハリー？」

「せめて話しているときぐらい、ぼくを見てくれないか」

「無理ね」腹を立てている声でも、動揺している声でもなかった。事実を明らかにしている
だけだった。

「ぼくがやめたら何かが違ってこないかな」

「あなたはやめられないわよ、ハリー」

「警察のことなんだがな」

「そうだと思ってたけど」

　ハリーは草を蹴った。

「そうするしかないかもしれないんだ」

「そうなの？」

「そうだ」

「だったら、どうして仮定の質問をするの？」

　彼女が顔にかかった髪を吹き払った。

「もっと落ち着いた仕事を見つけられるかもしれない。もっと家にいて、オレグの面倒を見
てやることができる仕事だ。そうすれば、ぼくたちは――」

「それ以上言わないで、ハリー！」

　その言葉は鞭のようだった。ラケルは俯いて腕組みをし、暑い陽差しの下で凍りついたか

のようだった。

「答えは〝それでもどうにもならない〟よ」ラケルがささやいた。「何も変わらないわ。問題なのはあなたの仕事じゃないの。問題は……」

彼女が息を吸い、振り向いてハリーの目を見た。

「あなたなのよ、ハリー。あなたが問題なの」

彼女の目に涙が盛り上がった。

「もう帰って」彼女がささやいた。

ハリーは何か言いたかったが思い直し、その代わりにフィヨルドのヨットのほうへ顎をしゃくった。

「きみの言うとおりだ」彼は言った。「ぼくが問題なんだ。オレグとちょっとおしゃべりをしたら、すぐに帰るよ」

ハリーは何歩か歩いたあとで立ち止まり、振り返った。

「この家を売るなよ、ラケル。それはやめるんだ、わかったか？　ぼくが何とかするから」

ラケルが涙を浮かべたまま微笑した。

「あなたって変な人ね」彼女がささやき、ハリーの頰を撫でようとするかのように腕を伸ばしたが、手が届かないぐらい離れていたから、諦めて腕を下ろした。

「自分を大事にするのよ、ハリー」

帰ろうと歩いていると、背筋がぞくっとした。五時十五分、会議に出るには急がなくてはならなかった。

ぼくはあの建物のなかにいる。地下室の匂いがする。じっと静かに立って、目の前の告知板に記されている名前を確かめている。階段で話し声と足音がしているが、怖くはない。彼らにはそれが見えないが、ぼくは見えないんだ。聞こえたかい？　彼らにはそれが見えないが……。これは逆説じゃないよ、ダーリン。そう聞こえるような形で言っているだけだ。すべては逆説として定式化され得るんだ。難しいことじゃない。真の逆説など存在しないというだけだ。真の逆説、は、は。それがどんなに簡単かわかるかい？　それは言葉に過ぎないからだ、言語には正確さが欠けているからだ。ぼくは言葉と縁を切った。言語とも縁を切った。ぼくは時計を見ている。これがぼくの言語だ。明白で、逆説は存在しない。ぼくの準備はできているんだ。

14　月曜日　バルバラ

最近、バルバラ・スヴェンセンは時間についてずいぶん考えるようになっていた。生まれついて哲学的というわけではなく、彼女を知っている人の大半はまったくその逆だと見なしているはずだった。これまで時間のことはまったく頭になかったし、すべてのものに時間があり、その時間が侵食されているなどとも考えたことがなかった。何年か前、モデルとしてやっていけないこと、元マネキンという肩書に満足しなくてはならなくなるだろうということに気づいた。オランダ語起源のその言葉が元々は〝小男〟という意味だったとしても、耳には心地よかった。それを教えてくれたのはペッテルで、彼は彼女が知っておくべきだと考えたことのほとんどを教えてくれていた。〈真正面から《ヘッド・オン》〉というバーの仕事を見つけてくれたのも彼だった。薬のせいで、その仕事場からオスロ大学ブリンネルン校へ直行したくなかった。彼女は社会学者になるためにそこで勉強していた。

しかし、ペッテルのための時間、薬、社会学者になる夢は終わってしまい、ある日、彼女は自分が独りであることに気がついた。あるのはまだ終わっていない勉強のための学資ローン、まだ支払いを終えていない薬の借金、そして、オスロで最も退屈なバーでの仕事だった。

というわけで、バルバラはすべてを放擲《ほうてき》し、両親から借金をして、リスボンへ出発した。落ち着いた生活を取り戻すためである。多少のポルトガル語をも覚えられるかもしれないという期待もあった。リスボンでの日々は素晴らしかった。目眩《めくるめ》く日々ではあったが、煩わしくはなかった。時間は単にやってきて去っていくだけだった。が、それも金がやってこなくなるまで、マルコがもはや〝永遠の真実〟でなくなるまで、お楽しみが終わるまでだった。彼女はいくつか経験を深めて帰ってきた。彼女は、エクスタシーはノルウェーよりポルトガルのほうが安く手に入るけれども人生を狂わせることについては同じであること、ポルトガル語は究極的に難しい言語であること、時間には限りがあって再生は不可能であることなどを学んだ。

やがて、彼女はロルフ、ローン、そして、ローランと、その順番で付き合い、彼らに養ってもらうようになった。実際には他人が思うほど面白くはなかったが、ローランとは例外だった。ローランは素晴らしかったが、時は過ぎ去っていき、ローランも時間と一緒に去っていった。

実家の昔の自分の部屋に戻って、ようやく目眩く世界が終わりを告げ、時間が経つのがゆっくりになった。彼女は出かけるのをやめ、薬を断ち、勉強を再開してもいいかもしれないと、完全に本気ではないとしても考えるようになった。その一方で、〈人力《マンパワー》〉で臨時雇いの仕事をしてもいた。〈ハッレ　トゥーネ&ヴェッテルルリー〉という事務弁護士事務所——カール・ベルネル広場にあり、借金の取り立てを専門としている——での四週間の契約が終わったとき、正社員にならないかと誘われた。

それが四年前だった。

その誘いを受け容れた主な理由は、〈ハッレ　トゥーネ&ヴェッテルリー〉では時間がこれまでにいたことのあるどこよりもゆっくり過ぎているからだった。赤煉瓦の建物に入り、エレベーターの〝5〟の数字を押した瞬間に、時間はゆっくりになった。半ば永遠とも思われる時間が経ってドアが閉まり、天のある方向へゆっくりと上がっていった。そこでの時間の流れはもっと遅いと言ってもよかった。カウンターの向こうにゆっくりと落ち着くと、バルバラは入口の上の時計の秒針の動きを記録することができた。それは一秒へ、一分へ、一時間へと、蝸牛《かたつむり》のようにのろのろと時を刻んでいった。何日か、彼女はほぼ完全に時間を止めることができた。それは単に集中力の問題だった。妙なのは、彼女の周囲の人々には時間がはるかに速く過ぎているように見えることだった。あたかも並行しているけれども異なる時間の次元が存在しているかのようでさえあった。彼女の前の電話がいつまでも鳴りつづけ、無声映画のように人々が飛び込んできては飛び出していった。だが、すべて彼女と切り離されたところで起こっているかのように見えた。彼女はみんなと同じ速度で動くけれども、内面はスローモーションで動いているロボットであるかのようだった。

つい先週が格好の例だった。かなり大きな負債を抱えていきなり倒産した会社があり、それを知ったとたんに事務所の全員がまるで薬でぶっとんだかのように走り回って電話をかけはじめた。ヴェッテルリーが彼女に教えてくれたところでは、禿鷹どもが市場の新たな分け前を貪り食う季節の始まり、市場の主要なプレイヤーのなかで頭一つでも二つでも抜け出す絶好のチャンスなのだった。今朝、彼がバルバラに、今日は少し遅くまで事務所に残っていてもらえるだろうかと訊いてきた。倒産した会社の顧客と六時まで打ち合わせをしなくてはならず、〈ハッレ　トゥーネ&ヴェッテルリー〉はすべてがきちんとしているという印象を与えたいのだ、と。ヴェッテルリーはいつものとおり、話しながら彼女の胸から目を離さず、彼女はいつものとおり、笑顔で機械的に胸を張った。それも〈真正面から〉で働いているときにペッテルが教えてくれたことで、いまや反射的な反応になっていた。みんな、自分が持っているものをひけらかす。少なくとも、それがバルバラ・スヴェンセンが学んだことだった。ついさっき入ってきた宅配業者が一つの例だ。何を賭けてもいいけれども、彼はヘルメット、口を覆っているハンカチの下に見るべきものを持っていない。それがたぶん、それらを着けつづけている理由なのだ。それらを取る代わりに、この小包はどのオフィスへ届ければいいかと訊き、ゆっくりと廊下を歩いていった。ぴったりしたサイクリング・ショーツのせいで、筋肉質の尻の形がくっきりと見えた。間もなく出産予定の清掃係がもう一つの例だった。彼女は仏教徒だかヒンドゥー教徒だかで——まあ、どっちでもいいのだが——、素晴らしい歯を持っていた。で、どうしたか？　そう、フロントのバイクにまたがったクロコダイルのような笑みをこれ見よがし《フローント》に浮かべて絶やさなかった。

　バルバラが時計の秒針を見ていると、ドアが開いた。

入ってきた男はかなりの小男で肥っていた。息を切らし、眼鏡は熱気で曇り、きっと階段を使って上がってきたのだろうと思われた。四年前にここに勤めはじめたとき、彼女はドレスマンの二千クローネの服とプラダの違いがわからなかった。だが、少しずつ目が肥えてきて、いまは服の判定だけでなく、ネクタイや、どのレベルのサービスを提供するかを決める決定的な要因となる靴も判定できるようになっていた。

そこに立って眼鏡を拭いている小男は取り立てて印象的とは言えなかった。実際、『となりのサインフェルド』に出てくるでぶを思い出させた。もっとも、実際にそのコメディを見たことがなかったから、名前はわからなかったが。しかし、着ているものが判断の基準となるのなら——実際にそうなのだが——、明るいピンストライプのスーツ、シルクのネクタイ、手縫いの靴は、間もなく興味深い顧客をものにできると、〈ハッレ　トゥーネ&ヴェッテルリー〉が楽観する根拠にはなるはずだった。

「いらっしゃいませ、ご用の向きを承ります」彼女は二番目にとびきりの笑顔で言った。一番とびきりの笑顔は、自分のものになるはずの男性が入ってくる日のために取ってあった。

「ありがとう」男が笑みを返し、胸のポケットのハンカチを取って額に押し当てた。「打ち合わせの約束をしているんだが、まずは水を一杯もらえると嬉しいんだがね」

外国の訛《なま》りがあるような気がしたが、どこと特定はできなかった。しかし、慇懃《いんぎん》だが堂々とした頼み方からして、この顧客は間違いなく大物であるはずだった。

「承知しました」彼女は言った。「少々お待ちいただけますか?」

廊下を歩いていると、ヴェッテルリーの言ったことが思い出された。今年度の収益が満足できるものになれば従業員全員にボーナスを出すことも可能になるかもしれない、というようなことである。そうなれば、ほかのところで見かけるようなウォーター・クーラーを買う余裕もできるかもしれなかった。そのとき、まったく突然、奇妙なことが起こった。時間が加速し、一気に進みはじめた。それは数秒しかつづかず、ふたたび遅くなったが、彼女はまったく不可解にもその数秒が奪われたような気がした。

女性用洗面所に入って、三つ並んだ洗面台の一つの蛇口を捻った。収納容器からプラスティックのコップを取り出しながら、蛇口から流れ出る水に指を入れてみた。生ぬるかった。待っているあの顧客には我慢してもらうしかなさそうだった。ノールマルカの海水温は二十二度ぐらいになるだろうとラジオの天気予報は言っていた。そうであるとしても、しばらく水を出しっぱなしにしておけば、マリダール湖からやってくる飲み水はとても冷たくなるはずだ。彼女は自分の指を見つめながら、果たしてそんなことがあり得るだろうかと考えた。本当に水が冷たくなれば、指が白くなり、感覚もほとんど完全に失われるはずだった。左手の薬指の感覚が。わたしはいつ結婚指輪をするんだろう？　心臓が止まって、感覚がなくなる前にそうなりたいものだ。彼女は空気が流れるのを感じ、それが過ぎ去ってしまってもわざわざ振り返ろうとしなかった。水はまだ生ぬるかった。時間は過ぎていっている。そして、尽きつつある。水と同じだ。馬鹿馬鹿しい。三十歳まで一年と半年もある。時間はたっぷりあるのだ。

音がして、彼女は顔を上げた。鏡には二つの個室の白いドアが映っている。だれかがそこへ入ったのに気づかなかったのだろうか？

いきなり水が氷のように冷たくなり、彼女はぎょっとした。地面の下のいくつもの洞《うろ》。それだ、それがこんなに冷たい理由なのだ。彼女はコップを蛇口の下に置いた。すぐに縁までいっぱいになった。急がなくては。早くここを出なくては。振り返ったとたんに、コップが手を離れて床へ落ちた。

「怖がらせました？」

心底から案じている声のように聞こえた。

「すみません」彼女は肩をすくめるのを忘れて謝った。「今日はちょっと落ち着かなくて」そして、腰を屈めてコップを拾おうとしながら付け加えた。「ここ、女性用ですよ」

コップは回転し、直立した状態で止まっていた。水はまだいくらか残っていた。彼女はコップに手を伸ばした。丸いコップの白い表面に自分の顔が映っているのがわかった。顔以外に、コップの細い縁に反射して、何かが動くのが見えた。ふたたび、時間がゆっくり過ぎていくように思われた。果てしなくゆっくりと。彼女はまたもや、時間が刻々となくなりつつあるという考えにとらわれた。

15　月曜日　愛の血管《ヴエナ・アモーリス》

錆の浮きはじめたハリーの赤白のフォード・エスコートがテレビ販売店の前で停まった。二台のパトカーとヴォーレルの赤いスーパースポーツカーが、カール・ベルネル広場という名前負けしている交差路の周辺の舗道に、まるで任意にまき散らされたかのように駐まっていた。

ハリーは車を駐めると、緑の取っ手のついた鑿を上衣のポケットから取り出し、助手席に置いた。アパートで車のキイを見つけられなかったので、ワイヤーと鑿を持ち、近隣を探して回ったのだった。愛車に再会したのはステーンスベルグ通りで、案の定、キイはイグニションに挿し込まれたままだった。緑色の取っ手の鑿は車のドアをへし曲げるにはうってつけで、おかげでワイヤーを使って解錠することができた。

ハリーは赤信号もかまわず横断歩道をゆっくりと――速く動くことを肉体が許してくれそうになかった――渡った。胃と頭が痛くて、汗に濡れたシャツが背中に貼りついていた。五時五十五分、これまでは薬なしで何とか凌いでいたが、これ以上は自分に何の約束もするつもりはなかった。

玄関ホールの掲示板が、〈ハッレ　トゥーネ&ヴェッテルリー事務弁護士事務所〉は五階だと教えてくれていた。ハリーは呻き、エレベーターへ目を走らせた。スライディング・ドアで、格子扉はなかった。

そのエレベーターは〈コネ〉が造ったもので、ぴかぴかの金属のドアが閉まったときには、溶接されたブリキの缶に閉じ込められたような気がした。ハリーは上昇するときの機械音を聞くまいとした。目をつぶったが、シースの姿が瞼に浮かんで、急いで目を開けることになった。

いつもの制服警官の一人がオフィス区画へつづくドアを開けてくれた。

「彼女はあそこです」その警官が受付デスクの左側の廊下を指さした。

「応援の制服警官はきてるのか？」

「こっちへ向かっているところです」

「エレベーターと下のドアを封鎖しておいたら、あいつら、きっと感謝するぞ」

「わかりました」

「鑑識はきてるか？」

「リーとハンセンがきています。彼女が発見された時点でまだここにいた全員をひとまとめにして、会議室の一つで事情聴取をしています」

ハリーは廊下を歩いていった。絨毯は擦り切れ、国が誇るロマン派の傑作の複製画も色褪せていた。この弁護士事務所にもいい時代があったということか。それとも、そうでもなかったのか。

女性用洗面所のドアがわずかに開いていて、ハリーは絨毯に足音を消してもらいながら近づいていった。トム・ヴォーレルの声が聞こえた。ハリーは入口の前で足を止めた。ヴォーレルは携帯電話で話しているようだった。

「それがやつのものなら、やつは明らかにこれ以上やるつもりがないということだ。いいだろう、それはおれに任せてくれ」

ハリーがドアを開けると、うずくまるような格好のヴォーレルが顔を上げた。

「やあ、ハリー。すぐにすむから、ちょっと待っててくれ」

ハリーは入口に立ったまま、ヴォーレルが携帯電話で話す、よく聞き取れない声を聞きながら、そこの様子を目で検めた。

洗面所は意外なほど広く、ざっと四メートル×五メートル、白い個室が二つと、横長の一枚鏡の下に洗面台が三つ並んでいた。天井の蛍光灯が白い壁と床の白いタイルに粗い光を投げかけていた。ほかに色がないことが白をかえって目立たせていて、死体が注意深く考えて展示されているささやかな芸術作品のように見えるのは、それが背景になっているからかもしれなかった。ほっそりとした若い女性で、イスラム教徒が祈りを捧げるときのようにひざまずいて額を床につけていたが、両腕は身体の下になっていた。スーツのスカートがずり上がってクリームイエローのGストリングの下着が露わになり、彼女の頭部と排水口のあいだの目地を赤黒い血が一本の条になって伝っていた。効果を最大にするためにわざわざ色をつけたかのようだった。

死体はいかにも危なっかしく、五カ所で支えられていた。両足と両膝、そして、額である。スーツ、奇妙な姿勢、剝き出しの尻を見てハリーがまず考えたのは、上司とセックスしようとしていた秘書という図式だった。それもまたステレオタイプな考えで、ハリーの知る限りでは、彼女のほうが上司かもしれなかった。

「いいだろう、だが、いまはそれに対処できないんだ」ヴォーレルが言った。「今夜、電話をくれ」

ヴォーレルは携帯電話をしまったが、依然としてうずくまっていた。彼のもう一方の手が被害者の白い肌、下着の縁のすぐ下に置かれていることにハリーは気がついた。自分の身体をそうやって支えているんだろう、とハリーは想像した。

「いい写真になるよな、ハリー」彼の考えを見透かしたかのようにヴォーレルが言った。

「身元は特定できたのか？」

「バルバラ・スヴェンセン、二十八歳、出身はベストゥム。ここで受付をしていた」

ハリーはヴォーレルの横にうずくまった。

「見てわかるとおり、後頭部を撃ち抜かれてる」ヴォーレルが言った。「凶器はそこの洗面台の下の拳銃に違いない。まだコルダイト火薬の臭いがしてる」

ハリーは洗面所の床の隅に転がっている黒い拳銃を見た。銃口に黒い金属の大振りの箱のようなものが装着されていた。

「チェスカ・ズブロヨフカだ」ヴォーレルが言った。「チェコ製の拳銃だよ。特別に造られた消音器《サイレンサー》がついてる」

ハリーはうなずき、あれもおまえが密輸入した銃かと訊きたくなった。あるいは、そうだとすれば、電話で何を話していたのか、と。

「珍しい格好だな」ハリーは言った。

「そうだな、屈んでいたか、両膝を突いていたかしていて、前につんのめったんだろう」

「第一発見者は？」

「弁護士の一人だ、女性だよ。五時十一分に管制室へ通報があった」

「目撃者は？」

「これまで話を聞いた限りでは、だれも何も見ていない。変わったことは何一つないし、この一時間、不審な人物が出入りしてもいない。事務弁護士の一人と会うことになっていた訪問者によれば、バルバラは彼のために水を汲みに四時五十五分に受付デスクを離れ、それっきり戻ってきていない」

「彼女はそれでここにきたのか？」

「そうらしいな。キッチンは受付から結構離れているからな」

「しかし、受付からここへくるまでの彼女を見た者もいないのか？」

「受付と洗面所のあいだにオフィスが二つあるんだが、そこの主である二人とも、今日は退勤してしまっていた。残っている者たちも自分のオフィスにいるか、会議室にいるかだった」

「彼女が戻ってこなかったとき、その訪問者はどうしたんだ？」

「五時に打ち合わせの約束をしていたんだが、彼女が戻ってこないんで痺《しび》れを切らし、入っていって歩き回り、会うことになっている事務弁護士のオフィスへ行ったそうだ」

「そのオフィスの場所を知っていたのか？」

「いや、ここへくるのは初めてだと言ってる」

「ふむ。では、生きている彼女に最後に会ったのが彼なんだな？」

「そういうことになるな」

ハリーはヴォーレルの手が動いていないことに気がついた。

「では、四時五十五分から五時十一分のあいだのどこかで殺されたわけだ」

「ああ、そのようだな」

ハリーはメモパッドを見た。

「それをしてなくちゃいけないのか？」ハリーは小声で訊いた。

「それとは何のことだ？」

「彼女に触ってなくちゃならないのかと訊いてるんだ」

「気に入らないか？」

ハリーは答えなかった。ヴォーレルがハリーのほうへ身を乗り出した。

「それはつまり、おまえさんは被害者の死体に手を触れたことがないってことか、ハリー？」

ハリーはメモを取ろうとしたが、ペンが動かなかった。

ヴォーレルが含み笑いをした。

「いや、答えてもらう必要はないよ、顔に書いてあるからな。好奇心が強くて悪いことは一つもないんじゃないのか、ハリー。それがおれたちが警察官になった理由の一つだろう。好奇心と興奮だ。たとえば、死んだ直後の、そんなに温かくもなく、そんなに冷たくもない肌がどんな感触かとか」

「おれは……」

ヴォーレルに手をつかまれて、ハリーはペンを取り落とした。

「触れよ」

ヴォーレルが死んだ女性の太腿《ふともも》にハリーの手を押しつけた。ハリーは何とか鼻で息をした。思わず手を引っ込めそうになったが、辛うじて思いとどまった。ヴォーレルの手は温かくて乾いていたが、人間の肌のようには感じられなかった。ゴムに、生温かいゴムに触れているような感触だった。

「感じられるか、ハリー？　興奮だよ。おまえさんだって嫌いじゃないはずだろ？　だけど、この仕事をやめたら、どうやって興奮を見つけるんだ？　ほかの哀れな連中と同じことをするか？　ビデオ・ショップを漁るか、酒に頼るのか？　そうじゃなくて、現実の生活のなかで感じたいんじゃないのか？　触れよ、ハリー。これがおれたちがおまえさんに提供しようとしているものなんだ。現実の生活だよ。受け取るのか、受け取らないのか、どっちなんだ？」

ハリーは咳払いをした。

「おれは鑑識の調べが終わるまでは何も触るべきじゃないと言ってるだけだ」

ヴォーレルはしばらくのあいだハリーを見つめていたが、勢いよく瞬きをして、ハリーの手を放した。

「おまえさんの言うとおりだ。おれは間違ってた」

ヴォーレルが立ち上がり、歩き去った。

胃の痛みはいまもつづいていてすぐにも我慢できなくなりそうだったが、ハリーは深呼吸をして冷静さを保とうとした。自分が担当する犯行現場で嘔吐されたら、ベアーテが許してくれないだろう。

ハリーは床の冷たいタイルに頬を当てると、バルバラの身体の下に何があるかが見えるよう、彼女の上衣を持ち上げた。両膝と滑らかな曲線を描いている上半身のあいだに、白いプラスティックのコップがあった。しかし、実際に彼の目を引いたのは、彼女の手だった。

「くそ」ハリーは小声で吐き捨てた。「ちくしょう」

六時二十分、ベアーテが〈ハッレ　トゥーネ&ヴェッテルリー事務弁護士事務所〉に飛び込んできた。ハリーは女性用洗面所の前の床に坐り、壁に寄りかかって、白いプラスティックのコップに口をつけていた。

ベアーテは彼の前で足を止めると、金属のケースを置いて、赤く火照って汗ばんでいる額に手の甲を当てた。

「すみません、インシエシュトランの浜に寝転がっていたもので、まず家に戻って着替えをしてから、ヒェルベルグ通りへ仕事の道具を取りに寄らなくちゃならなかったんです。どこかの馬鹿がエレベーターを封鎖してくれていたおかげで、階段を上がるはめになってしまいましたけど」

「ふむ。その馬鹿とやらは、たぶん証拠を保全しようとしたんじゃないのかな。メディアはもう匂いを嗅ぎつけてるか？」

「記者が何人か、ここの前までやってきています。でも、まだ陽を浴びてのんびりしていますし、人数も多くありません。休暇の季節ですからね」

「残念ながら、休暇は終わりだ」

ベアーテが眉をひそめた。

「それはつまり……？」

「こっちへきてくれ」

ハリーはベアーテを先導して洗面所へ戻り、腰を屈めた。

「彼女の下を見てくれ、左手だ。薬指が切断されているだろう」

ベアーテが呻いた。

「出血は多くない」ハリーは言った。「ということは、殺されたあとで切断されたんだ。それから、これだ」

ハリーはバルバラの左耳にかかっている髪を持ち上げた。

ベアーテが鼻に皺を寄せた。「イヤリングですか?」

「ハートの形をしてるだろ。右耳の銀のイヤリングとは似ても似つかないんだ。そこのトイレの個室の床で、右耳のと同じイヤリングが見つかった。だとしたら、左耳のイヤリングは犯人があとから着けてやったものだということになる。面白いことに、左耳のイヤリングは開けることができるんだ。こんなふうにな。なかに入ってるものも珍しいだろ?」

ベアーテがうなずいた。

「五芒星の形をした赤いダイヤモンドですか」彼女は言った。

「わかったことは何だ?」

ベアーテがハリーを見た。

「もう大きな声で言ってもいいんですか?」彼女が訊いた。

「連続殺人?」

メッレルの話す声があまりに低かったので、ハリーは思わず携帯電話を耳に押し当て直した。

「いま犯行現場にいるんですが、パターンが同じなんです」ハリーは言った。「すぐにも動いてもらわなくちゃなりません。休暇はキャンセルしてください、部長。集められるだけの人員を集めてもらう必要があるんです」

「模倣犯ってことはないのか？」

「それはあり得ませんね。指の切断とダイヤモンドのことは、まだ外部に公表してないんですから」

「実に不都合だな、ハリー」

「われわれに都合のいい連続殺人犯なんか滅多にいませんよ」

メッレルがしばらく沈黙した。

「ハリー？」

「聞いてますよ、部長」

「きみの最後の数週間を、この件についてトム・ヴォーレルに協力することに使ってくれないか。何であれ連続殺人を担当した経験者は刑事部にきみしかいない。断わられるのは重々承知の上で、それでも頼んでいるんだ。とにかく、手を束ねているわけにはいかないんだよ、ハリー」

「いいですよ、部長」

「これはきみとトムの不仲よりはるかに重大な問題……いま、何と言った？」

「いいですよ、と言ったんです」

「それはどういう意味だ？」

「部長の頼みを聞き入れるという意味です。だけど、そろそろ電話を切らなくちゃなりません。今夜、われわれはほとんどずっとここにいることになるはずですから、この件に関係する者たちの会議を明日一番に招集してもらえるといいんですがね。トムは八時がいいと言ってます」

「トム？」メッレルがびっくりして訊いた。

「トム・ヴォーレルです」

「そんなことはわかってる。きみが彼をクリスチャン・ネームで呼ぶのを初めて聞いたから驚いているんだ」

「みんながおれを待ってますんで、部長」

「いいだろう」

ハリーは携帯電話をポケットに戻して、プラスティックのコップを小さなごみ箱に放り込むと、男性用洗面所の個室に鍵をかけて閉じこもり、便器に向かって嘔吐した。

そのあと、水を出しながら洗面台の前に立ち、鏡に映る自分を検めながら、廊下から聞こえる不明瞭な話し声に聞き耳を立てた。ベアーテの助手が規制線の内側に入らないよう警告していて、ヴォーレルはこの建物の周辺にいた者を見つけろと制服警官に指示し、マグヌス・スカッレはフライドポテト抜きのチーズバーガーがいいと同僚に叫んでいた。

水がようやく冷たくなり、ハリーは蛇口の下に顔を突っ込んだ。水は頬を伝い、耳に入り、首からシャツの下へ流れ込み、肩へ広がって腕を下っていった。ハリーは貪るように水を飲み、心の奥深くにいる敵の声に耳を貸すのを拒否した。そして、ふたたびトイレの個室へ走り込んで吐いた。

外はあっという間に黄昏《たそが》れていて、カール・ベルネル広場には人気がなくなっていた。そのころになって建物を出たハリーは、煙草に火をつけ、禿鷹のような新聞記者どもが近づいてくるのを手を上げてさえぎった。男が足を止めた。ハリーの知っている男だった。確か、イェンネムって名前じゃなかったか？　シドニーでの事件を解決したあとでおしゃべりをしたことがあった。イェンネムはほかの記者より性質《たち》が悪いということはなく、むしろ少しはましと言ってもいいかもしれなかった。

テレビ販売店はまだ開いていた。ハリーはなかに入った。店内には客はおらず、薄汚れたフランネルのシャツを着た肥った男がカウンターの向こうで新聞を読んでいるだけだった。カウンターの上の扇風機が、禿頭を隠すために注意深く撫でつけられた髪を嬲り、男の汗じみた体臭を店内にまき散らしていた。ハリーが身分証を見せて、店の内外で不審な人物を見なかったかと訊くと、男が面倒くさそうに鼻を鳴らした。

「ここの連中で不審でないやつなんかいませんよ」男が答えた。「このあたりは落ちぶれる一方でね」

「だれかを殺したかもしれないようなやつはいなかったか？」ハリーは素っ気なく訊いた。

男が片目をつぶった。「それで、こんなに大勢の警官が出張ってきてるんですか？」

ハリーはうなずいた。

男は肩をすくめると、また新聞を読みはじめた。

「人を殺すことを一回も考えたことのないやつなんているんですかね、巡査？」

店を出ようとしたハリーの足が止まった。テレビ画面の一つに彼の車が映っていた。カール・ベルネル広場を横に移動していた画面が、赤煉瓦の建物の前で止まった。やがて、画面がTV2のニュースに戻り、次の瞬間、ファッション・ショウの画面に変わった。ハリーは煙草の煙を深々と吸い込むと目をつむった。ラケルがキャットウォークを歩いて近づいてきた。いや、十二本のキャットウォークだ。彼女はずらりと並んで壁をなしているテレビを突き抜け、両手を腰に当ててハリーの前に立った。そして、彼を見据えたあとでぐいと顔を上げ、踵《きびす》を返して去っていった。ハリーはふたたび目を開けた。

八時だった。ハリーは近くのトロンハイム通りにバーがあることを思い出すまいとした。そこは強い酒を提供する免許を持っていた。

夕刻の一番困難な時間が待ち受けていた。

さらには夜の。

十時、気温は慈悲深くも二度ほど下がったが、空気はいまだ暑いまま淀んでいて、海からの、あるいは陸からの、あるいはまたどこからのどんなものでもいいから、微風が訪れるのを待っていた。鑑識課にはもうだれも残っておらず、ベアーテのオフィスの明かりだけがまだ灯っていた。カール・ベルネル広場の殺人のおかげで一日が丸々滅茶苦茶になり、彼女の同僚のビョルン・ホルムが電話で、ダイヤモンドを調べにきたデビアスの女性が受付で待っていると伝えてきたとき、ベアーテはまだ犯行現場にいた。

べアーテは急いで鑑識課へ戻り、いまは自分の前にいる小柄でエネルギッシュな女性に集中していた。彼女はロンドンに住みついているオランダ人女性に期待し得る最高レベルの、完璧と言っていい英語を話した。

「ダイヤモンドは地学的な指紋とも言うべきものを持っていて、理屈の上では、そのおかげで困難なく所有者にたどり着くことができるんです。なぜかというと、ダイヤモンドにはどこへ行こうと必ず証明書――つまり、地学的な指紋です――がついていて、そもそもの出所がそこに記載されているからです。ですが、今回依頼のあったダイヤモンドについては、残念ながら証明書がついていません」

「なぜでしょう?」べアーテは訊いた。

「いまわたしが見せてもらった二つのダイヤモンドが、わたしたちが言うところの〝血《ブラッド》のダイヤモンド〟だからです」

「色が赤いからですか?」

「そうではありません。それらは大半がシエラレオネのキユヴ鉱山から出てきたものと考えてほぼ間違いありません。世界のダイヤモンド・ディーラーは例外なく、シエラレオネのダイヤモンドを扱うことをしません。なぜなら、そのダイヤモンド鉱山が反政府勢力に支配されていて、彼らが政治がらみではなくて金がらみの戦争をつづける資金を作るためにそのダイヤモンドを輸出しているからです。だから、〝血のダイヤモンド〟なんですよ。この二つのダイヤモンドは間違いなく新しいものと思われます。おそらくシエラレオネから別の国へ密輸され、そこで証明書を偽造されて、たとえば南アフリカなどの有名な鉱山で産出したことにされたのだろうと考えられます」

「どの国へ密輸されたか、心当たりはありませんか？」

「そういうダイヤモンドの大半はかつての共産主義国家へ行き着きます。そのダイヤモンドを別の国へ売りさばくには偽の証明書を作る必要があります。〝鉄のカーテン〟がまだ下りていた時代に、そういう専門職が養成されました。いかにも本物に見える証明書を作るには結構なお金がかかるんです。ですが、〝血のダイヤモンド〟の行き先が東ヨーロッパだとわたしが考える理由はそれだけではありません」

「何でしょう？」

「こういう星の形をしたダイヤモンドを見たのはこれが初めてではありません。旧東ドイツやチェコスロヴァキアから密輸入されていたのです。それらも、ここにある二つのダイヤモンドと同じく、並の品質のものでした」

「並の品質、ですか？」

「赤いダイヤモンドは魅力的に見えるかもしれませんが、ほぼ無色の、透明なダイヤモンドより安いんです。あなた方が見つけたこの二つの石もまた、結晶化していない炭素がかなり残っていて、そのせいで、本来よりも透明度が落ちています。星の形にするためにはダイヤモンドをずいぶん削らなくてはなりませんからね。天然の状態で完璧なものは使わないほうがいいでしょうね」

「それで、東ドイツとチェコスロヴァキアですか」ベアーテは目をつぶった。

「経験に基づいた推測に過ぎません。ほかに何もなければ、まだ夜の便に間に合うのでロンドンへ戻ろうと思っているんですが……」

ベアーテは目を開けて立ち上がった。

「すみません、てんてこ舞いの長い一日だったものですから。とても役に立ちました。わざわざきていただいてありがとうございました」

「いいんですよ。こんなことをした犯人を捕まえる手助けができればと願っているだけですから」

「何としても捕まえるつもりです。タクシーを呼びましょう」

オスロ・タクシーが電話に出るのを待っていたベアーテは、電話を握っている自分の右手をダイヤモンドの専門家が見ていることに気づいて微笑した。

「あなたの指輪ですけど、とても魅力的なダイヤモンドですね。婚約指輪かしら」

ベアーテは赤くなったが、理由はまったくわからなかった。

「わたしは婚約していませんけど、これは父が母に贈った婚約指輪なんです」

「なるほど。それで右手にしていらっしゃる理由がわかりました」

「はい？」

「そう、普通は左手にするでしょう。正確に言えば、左手の中指にね」

「中指ですか？　指輪って、薬指にするものとばかり思っていましたけど？」

「エジプト人と同じ信仰を持っていれば、違います」

「それはどんな信仰ですか？」

「〝愛の血管《ヴエナ・アモーリス》〟が心臓から左手の中指に直接つながっていると彼らは信じていました」

タクシーがやってきて彼女が帰ると、ベアーテは束の間そこに立ち尽くして左手の中指を見た。

そして、ハリーに電話をした。

「銃もチェコ製だった」ベアーテの話を聞き終えたハリーが言った。

「ここに何かあるかもしれません」ベアーテは言った。

「そうだな」ハリーが応えた。「もう一度教えてくれ、何という血管だって？」

「〝愛の血管《ヴエナ・アモーリス》〟ですけど？」

「〝愛の血管《ヴエナ・アモーリス》〟」ハリーがつぶやき、電話が切れた。

16　月曜日　対話

きみは眠っている。ぼくはきみの顔に手を置いている。ぼくがいなくて寂しかったかい？ぼくはきみのお腹《なか》にキスをする。その唇が下へ向かっていき、きみは身じろぎしはじめる。波のようだ。小妖精《エルフィン》のダンスのようでもある。きみは何も言わない。眠っている振りをしている。もう起きていいんだよ、ダーリン。きみは見つかってしまったんだ。

ハリーはいきなりベッドに起き上がった。自分の悲鳴で目が覚めたとわかるまでに何秒かかかった。薄闇に目を凝らし、カーテンとワードローブのそばの影を見た。

ふたたび枕に頭を預けた。何の夢を見ていたのか？　暗い部屋にいた。二人の人物がベッドのなかでお互いのほうへ近づこうと動いていて、顔は隠れていた。懐中電灯をつけて二人を照らした瞬間、自分の悲鳴で目が覚めた。

ハリーはベッドサイド・テーブルの時計のデジタル数字を見た。七時までまだ二時間半あった。その時間には夢のなかで地獄へと戻っているかもしれない。それでも眠らなくてはならない。絶対に。ハリーは水に飛び込むときのように大きく息をして目をつむった。

17　火曜日　プロファイル

ハリーはトム・ヴォーレルの頭上の壁に掛かっている時計の秒針を見ていた。

六階のグリーン・ゾーンにある広い会議室だったが、それでも全員が坐るにはさらに椅子を持ち込まなくてはならなかった。厳粛と言ってもいい雰囲気で、おしゃべりをする者も、コーヒーを飲む者も、新聞を読む者もおらず、全員がひたすらノートパッドに何かを書きつけながら、時計の針が八時を指すのを待っていた。ハリーが数えたところでは頭数は十七、それはつまり、ここにいない者が一人だけいるということだった。トム・ヴォーレルが腕組みをして立ち、ロレックスの腕時計を睨んでいた。

壁の時計の秒針が動き、停止して震えた。

「始めよう」トム・ヴォーレルが言った。

全員が一斉に坐り直す音が小波のように伝わった。

「私が本件の捜査の指揮を執る。ハリー・ホーレが助手をつとめてくれることになった」

テーブルを囲んでいる顔が驚きを浮かべて、部屋の奥に坐っているハリーを見た。

「まずは諸君に感謝したい、よくぞ文句も言わずに休暇を切り上げてここへきてくれた」ヴォーレルがつづけた。「残念ながら、今日からは休暇の返上以上の犠牲をお願いしなくてはならないし、諸君が仕事をしているところをすべて回って直接礼を言えるかどうかもわからない。というわけだから、ここでの〝感謝〟を丸々ひと月分のそれということにさせてもらう。いいかな？」

テーブルを囲んでいる顔が笑みを浮かべてうなずいた。将来の刑事部長への笑顔とうなずきか、とハリーは思った。

「多くの点で今日は特別な一日だ」

ヴォーレルがオーバーヘッド・プロジェクターのスイッチを入れた。彼の背後に、〈ダーグブラーデ〉紙の第一面が映し出された。〝連続殺人犯、野放しか？〟。写真はなく、その見出しだけがブロック体の大文字で絶叫していた。第一面に疑問符を使うことについて、多少なりとも自分の職業を敬っているニュース・デスクなら避けるだろうが、そんなデスクはいまや珍しくなっていたし、疑問符を付け加える決定は、印刷に回すまであと数分しかないという時点で、編集長代理がトヴェーデストランで休暇を過ごしている上司に電話で助言を求めて下されたと知っている者もほとんど——K六一五号室には一人も——いなかった。

「八〇年代にアルンフィン・ネッセットが暴れて以降、少なくともわれわれの知る限りでは、ノルウェーで連続殺人事件は起こっていない」ヴォーレルが言った。「連続殺人事件は稀《まれ》で、あまりに稀であるが故に、今回の件はノルウェーの国境を越えて注目されるはずである。そして、諸君、われわれはすでに大いなる関心の的となっている」

ヴォーレルはそのあと自分の言葉の効果をより高めようと間を置いたが、その必要はなかった。この会議に出席している全員が、昨夜、メッレルから電話で説明された時点で、この件の意味するものを理解していた。

「いいだろう」ヴォーレルがふたたび口を開いた。「これがもし連続殺人であるのなら、われわれは有利な材料を少なからず手にしている。まず、この会議の出席者のなかに連続殺人事件の捜査に当たり、犯人を捕まえた者がいる。みな知っていると思うが、ハリー・ホーレ警部はシドニーでの事件を解決するに当たって主役を演じた人物だ。ハリー？」

全員の目がハリーに向けられた。ハリーは咳払いをしたが、それでも声がちゃんと出るかどうか不安だったので、もう一度咳払いをした。

「シドニーでおれがやった捜査が手本になるようなものだった自信はないな」ハリーは歪んだ笑みを浮かべた。「みんなも憶えているかもしれないが、結局は射殺してしまったわけだから」

笑い声は上がらず、だれの顔にも笑みらしきものすら浮かばなかった。将来の刑事部長の目はないということのようだった。

「それよりもっと悪い結果をも想像し得るんだ、ハリー」ヴォーレルが言い、ふたたびロックスを見た。「諸君のほとんどは心理学者のストーレ・アウネを知っていると思うが、われわれはこれまでにもいくつかの事件について専門的な助言を求めてきた。その彼が要請に応じ、連続殺人という現象について短い講義をするためにここにきてくれることになっている。諸君たちの何人かにとっては取り立てて目新しいことはないかもしれないが、昔の事例を復習して悪いことはないからな。そろそろ到着してもいいころだが——」

ドアが勢いよく開いて、全員がそのほうを向いた。現われた人物は喘ぎが聞こえるほどに息を切らせていた。ツイードの上衣から突き出している丸い腹の上に、くたびれたオレンジ色のネクタイと、果たしてそれを通して見ることができるのだろうかと不審に思いたくなるほど小さな眼鏡があった。艶やかな禿頭の下では額に汗が滲んで、さらにその下の黒い眉毛はたぶん染めているのだろうが、いずれにしてもきちんと手入れがされていた。

「噂をすれば《トーク・オブ・ザ・デヴィル》……」ヴォーレルが言った。

「いま到着したぞ！」ストーレ・アウネがヴォーレルの言葉を完結させ、胸ポケットのハンカチで額を拭いた。「ここも恐ろしく《デヴィリッシュリー》暑いな！」

彼はテーブルの一番奥の席へ行くと、使い古された茶色の革のバッグを音を立てて床に置いた。

「おはよう、紳士淑女諸君。こんなに早い時間にこんなに多くの若い人たちが起きているのを見るのは嬉しい限りだ。何人かにはこれまでに会ったことがあるが、それ以外は会う必要がなかったということだ」

ハリーは笑みを浮かべた。彼自身は間違いなく会う必要のあるほうの一人だった。最初に会いに行ったのはもう何年も前、アルコール依存の問題を相談するためだった。アウネは薬物依存の専門家ではなかったが、彼との関係が友情に近いものになっていることは、ハリーも認めざるを得なかった。

「横着をせずに、ノートを出せ！」

アウネが上衣を椅子に掛けた。

「みんな、まるで葬式みたいな顔をしているな。まあ、いくつかの点では多分そうなんだろうが、私がここを出ていくまでに、何人かは笑顔になってもらいたいと考えている。そして、そうなるはずだから、私を頼りにしてもらってかまわない。では、始めよう」

アウネはフリップ・チャートの下の棚のマーカーをつかむと、猛烈な勢いで文字を書きはじめ、同時に口頭でも説明を始めた。

「殺したい相手が地上に出現して以来、連続殺人犯はずっと存在しつづけてきたと信じる、あらゆる理由がある。しかし、多くの人々は一八八八年のいわゆる〝恐怖の秋〟をもって近代の連続殺人の嚆矢《こうし》と見なしている。それは純粋に性的な動機で実行された、記録に残っている最初の事件である。犯人は五人の女性を殺害し、そのあと雲を霞と消えてしまった。彼は〝切り裂きジャック〟と綽名されたが、正体はいまだわからないままだ。わが国における最も有名な連続殺人犯はアルンフィン・ネッセットではない。諸君も知ってのとおり、彼は八〇年代に二十人ほどの患者を毒殺したが、最も有名な連続殺人犯と言えば、ベッレ・グンネスに軍配を上げざるを得ない。それはこの人物が女性であり、女性の連続殺人犯は稀有《けう》だからである。彼女はアメリカへ行き、一九〇二年に華奢《きゃしゃ》な男と結婚して、インディアナ州のラポートの外れの農場に落ち着いた。なぜ華奢な男と私が言ったかというと、彼は体重が七十キロしかなかったのに、彼女は百二十キロあったからである」

アウネがサスペンダーを軽く引っ張った。

「私に言わせれば、百二十キロなどどれほどのものでもないがね」

笑いが小波のように広がった。

「このなかなかに気持ちよく肥満したレディは夫を殺し、子供たちを殺し、シカゴの新聞に孤独をかこっているから付き合ってくれる男性を求めると広告を出し、それにつられてきた男たちを——その数は不明だが——殺した。彼らの死体は一九〇八年のある日、その農家が原因不明の火事で焼け落ちたときに発見された。そのなかに、異常に大柄な女性の焼けただれた上半身が、首が切断された状態で含まれていた。おそらくベッレが彼女自身だと警察に思わせようとして置いたものだろうと考えられた。アメリカ各地から、彼女を見たという通報が何本か警察に寄せられたが、結局見つかることはなかった。そして、これが私の言いたいことなのだが、親愛なる友人諸君、残念ながら切り裂きジャックやベッレこそが典型的な連続殺人犯なのだよ」

アウネがマーカーを叩きつけるようにしてフリップ・チャートを円で囲み、記述を終えた。

「つまり、決して捕まらないということだ」

そこにいる全員が言葉もなく彼を見つめた。

「というわけで」アウネが言った。「連続殺人犯の概念は私がこれから話すほかのことと同様に異論が多い。それは心理学がいまだ揺籃《ようらん》期にある科学だからであり、心理学者が生まれついて論争好きだからだ。これから私は連続殺人犯について知っていることを話すわけだが、わからないことも同じぐらいある。わかったかな？　何人か笑みを浮かべているようだが、まあ、それはいいことだとしよう」

アウネの人差し指が、フリップ・チャートに最初に書かれた部分を叩いた。

「典型的な連続殺人犯は白人男性で、年齢は二十四歳から四十歳。概して単独犯だが、だれかと組んで、たとえば二人で犯行に及ぶこともあり得る。被害者に対する残虐さの度合いが単独犯かどうかの目安になる。被害者はだれでもいいが、一般には犯人と同じ人種であることが多い。例外的ではあるが、知り合いの場合もなくはない。

通常、最初の被害者を見出すのは犯人がよく知っている場所である。一般的には、殺害に関連する特別な儀式が常にあると想像されている。それは事実とは言えないが、そういう儀式が行なわれた場合は、連続殺人と関係があることが往々にしてある」

アウネが次の部分、〝精神病質者《サイコパス》と社会病質者《ソシオパス》〟と書いたところを指さした。

「しかし、連続殺人犯に最も特徴的なのは、それがアメリカ人だというところである。その理由を知るのは神だけ――もしかするとオスロ大学の何人かの心理学教授もそうかもしれないが――である。それ故に興味深いのは、連続殺人について最もよく知る人々――ＦＢＩとアメリカの法律家だが――が、連続殺人犯を二つのタイプ、すなわちサイコパスとソシオパスに分類している点である。私が言及した教授連中は、その定義も考え方も馬鹿馬鹿しいと信じているが、かの連続殺人犯の母国では、ほとんどの法廷で、〝マクノーテン事件の準則〟と呼ばれる判例が参照されている。これは、犯罪を行なっているあいだ自分が何をしているか自覚していないのはサイコパスだけであるというもので、故に、サイコパスはソシオパスと違って、服役刑も、たぶん神自身のお裁きだとしても、死刑をも免れる。それはそうと、連続殺人犯だが、私見では、ふむ……」

アウネがマーカー・ペンを嗅ぎ、驚いた様子で片眉を上げた。

ヴォーレルが手を挙げ、アウネがうなずいた。

「どんな刑が宣告されるのかは非常に興味深いところですが」ヴォーレルが口を開いた。「まずは犯人を捕まえなくてはなりません。何か実際的な助言をお願いできませんか?」

「きみは頭がおかしいのではないのかね? 私は心理学者だよな?」

笑いが起こり、アウネが満足げにお辞儀をした。

「よろしい、きみの希望を叶えるとしようか、ヴォーレル警部。その前にまず言わせてもらうが、諸君のなかに早くも辛抱できなくなっている者がいるとしたら、これからはもっと辛い時間を堪え忍ぶことになるはずだ。連続殺人犯を捕まえることに関する限り、経験は何の役にも立たないんだ。いずれにせよ、犯人がそれらしくないタイプであれば、だがね」

「それらしくないタイプとはどういうタイプでしょう?」質問したのはマグヌス・スカッレだった。

「まず、FBIのために心理学的プロファイルを作成した人々がサイコパスとソシオパスをどのように分類しているかを見てみよう。サイコパスは環境に適応できず、職がなく、教育がなく、前科があり、種々の社会的問題を抱えている個人である場合が間々ある。ソシオパスはそうではなく、知性的で、成功者であるように見え、普通の生活を送っている。サイコパスは目立つこともあって疑いを持たれやすいけれども、ソシオパスは人混みに紛れて見えなくなってしまっている。ソシオパスであることが明らかになると、近隣住民や友人は必ずと言っていいほどひどいショックを受ける。私はＦＢＩの心理分析官《プロファイラー》の仕事をしていた心理学者と話したことがあるが、彼女は自分が最初に考慮するのは殺人のタイミングだと教えてくれた。当然のことだが、殺人にも時宜がある。彼女にとって役に立つ手掛かりは、殺人が起こったのが平日か、それとも週末や祝日かということだった。後者であれば、犯人は仕事を持っていて、ソシオパスである可能性が高くなるというわけだ」

「では、わたしたちの追っている犯人が祝日に犯行に及べば、仕事を持っているソシオパスだということになるんでしょうか？」ベアーテ・レンが訊いた。

「そういう結論を引き出すのは時期尚早だろうが、われわれがすでに知っていることを考慮に入れると、そうなのかもしれないな。どうだろう、実際的な役に立ったかな？」

「立ちました」ヴォーレルが答えた。「ですが、もし私があなたの話を正しく理解しているのであれば、それは悪いニュースでもあるのではないですか？」

「そのとおりだ。われわれが追っているのはどうもそれらしくないタイプのように見える。ソシオパスの可能性が高いように思われるな」

アウネは少し間を置き、出席者が意味を理解するのを待ってからつづけた。

「ジョエル・ノリスというアメリカの心理学者によれば、連続殺人犯はそれぞれの殺人において七つの心理的段階を経ているんだそうだ。最初は前兆段階で、徐々に現実を把握できなくなっていく。五つ目の段階が殺人そのもので、そこが連続殺人犯のクライマックス、あるいは、より正確にはアンチクライマックスだ。なぜなら、殺人者は人の命を奪うことによってカタルシスや浄化を願ったり期待したりするのだが、それが満たされることはあり得ないからだ。だから、殺人者はすぐさま六つ目のトーテム段階、そして七つ目の抑鬱段階へ進むことになる。そこからふたたび新たな前兆段階へ進み、そこで自分を立て直して、次の殺人の準備をするんだ」

「無限に繰り返される循環というわけだ」ビャルネ・メッレルがだれにも気づかれることなくやってきて、入口の脇に立っていた。「まるで永久運動のようですね」

「ただし、永久機関はいかなる変化もなく同じ動きを繰り返すが」アウネは言った。「連続殺人犯は長いあいだに行動が変わるという過程を繰り返す。そこには幸いなことに自制力の低下という特徴があるが、同時に残念なことに、残虐さの増大という特徴もある。最初の殺人は常に立ち直るのが最も難しく、したがって、事後のいわゆる冷却期間も最も長い。その結果、前兆段階も長びくことになり、立ち直って次の殺人の準備をするにも時間がかかる。が、そのおかげでゆっくりと計画を練ることができる。もし殺人者が犯行現場で細部まで十分配慮し、儀式が正確に執り行なわれ、見つかる危険を小さくしていれば、それは彼がまだそういう過程の初期にとどまっていることを示唆している。この段階では、彼はもっと効率的になるための技術を完成させようとしている。それは彼を捕らえようとしている者たちにとって最悪の段階だ。しかし、一般的には、殺人を繰り返すに従って冷却期間は短くなっていく。計画にかける時間が少なくなり、犯行現場での用心が行き届かなくなり、儀式も正確には行なわれなくなって、より大きな危険を引き受けることになる。これらのすべてが、彼がフラストレーションを募らせつつあることを示している。あるいは、言い方を変えると、血への渇望がエスカレートしつつあるということだ。彼は自制を失い、われわれは彼を捕まえやすくなる。しかし、その段階で彼を捕らえる企てが失敗すると、怯えて、しばらくは人を殺すのをやめる場合がある。そうなると、十分な冷却期間ができることになり、また最初に戻って始めるようになる。この話が諸君の気持ちをあまり滅入らせないといいんだがね」

「何とか大丈夫ですよ」ヴォーレルが言った。「今度の件について少し話してもらうことはできますか？」

「いいだろう」アウネは答えた。「いまここにあるのは三件の計画殺人だが――」

「二件です！」またもやスカッレだった。「いまのところ、リスベート・バルリについては失踪届が出ているだけです」

「三件の殺人事件だよ、若いの、間違いない」アウネは応じた。

出席している数人の警官が目を交わした。スカッレはまだ何か言いたそうにしていたが、思いとどまったようだった。アウネがつづけた。

「これらの三件の殺人は日時が等間隔で実行されている。それから、三件すべてにおいて、切断と死体の装飾という儀式が行なわれている。指を一本切り落とされ、ダイヤモンドを死体に添えることでそれが埋め合わされている。ところで、埋め合わせはこの種類の残虐行為によく見られ、道徳的に厳しく育てられた殺人者に典型的な特徴である。もしかすると、これが追うべき手掛かりかもしれない。なぜなら、そういう道徳的な厳しさはノルウェー周辺の家庭に多く残っているとは言えないからだ」

笑いはなかった。

アウネはため息をついた。

「まあ、いまのはブラックユーモアというやつだがね。私は冷笑的になろうとしているわけではないし、もう少し上手に話せるのかもしれないが、まだ始まりもしないうちから諦めようとはしていない。諸君もそうあるべきだと思う。いずれにせよ、この特異な件では、殺人の日時が等間隔であることと儀式が行なわれているという事実が、犯人は初期段階にあって、しっかり自制ができていることを示している」

だれかが小さく咳払いをした。

「何かな、ハリー？」アウネが訊いた。

「被害者と場所の選択ですよ」ハリーは言った。

アウネが人差し指で顎を撫で、束の間考えてからうなずいた。

「そのとおりだな、ハリー」

ほかの出席者が怪訝な表情を浮かべた。

「何がそのとおりなんですか？」スカッレが声を上げた。

「被害者と場所の選択が逆のことを示唆しているんだ」アウネが答えた。「つまり、犯人は自制を失い、無差別に人を殺しはじめる段階に急速に移りつつあるということだ」

「どうして？」メッレルが訊いた。

ハリーは俯いたまま口を開いた。

「最初のカミッラ・ローエンの射殺は、彼女が独りで住んでいたアパートで行なわれた。犯人は捕まる危険も身元が割れる危険もなく出入りできた。また、だれにも邪魔されずに殺害と儀式を実行することもできた。しかし、二人目の犠牲者のときには、彼はすでに危険を冒している。白昼、住宅街の真ん中でリスベート・バルリを拉致し、おそらくは車を使っていて、これには当然ナンバープレートがついている。三件目はもちろん運以外の何物でもない──オフィスが並んでいる先の女性用洗面所だからな。確かに通常の勤務時間は過ぎていたかもしれないけれども、まだ多くの人がそこに残っていたことを考えれば、彼が捕まりもせず、身元すら割れずにすんだとしたら、運が彼についていなくてはならない」

メッレルがアウネを見た。

「それで、結論は？」

「何も結論できないというのが結論だな」アウネが答えた。「犯人は十分に人格が統合されているソシオパスだと仮定するぐらいがせいぜいだ。それに、彼が正気を失いつつあるかどうか、まだ自制できる状態にあるかどうかもわかっていない」

「われわれが望み得るようなことが何かないんですか？」

「考えられるシナリオは二つある。一つは、われわれは大量殺人を目の当たりにすることになるだろうが、犯人が危険を冒してくれれば捕まえるチャンスはあるかもしれないというもの。もう一つは、殺人と殺人の間隔がもっと長くなっていって、これまでのあらゆる経験からしても、予見し得る将来に彼を捕らえることはできないというものだ。私にはどっちになるかわからない」

「しかし、まずはどこに目を向ければいいんでしょう？」メッレルが訊いた。

「統計に重きを置いているわが同僚を信じるなら、寝小便をするやつ、動物を虐待するやつ、強姦魔、放火魔、とりわけ放火魔だな。だが、私は同僚を信じていない。残念ながら、ほかにいい助言の心当たりもない。だから、こう答えるべきだろうな。私にはわからない、とね」

アウネがマーカー・ペンにキャップをした。重苦しい沈黙が落ちた。

トム・ヴォーレルが勢いよく立ち上がった。

「よし、諸君。やるべきことができたぞ。まずは、これまでに話を聞いた全員をもう一度事情聴取してもらいたい。それから、有罪判決を受けた殺人犯全員を徹底的に洗い、強姦や放火で有罪になった犯罪者全員を吟味し直したい」

ハリーは仕事を割り振るヴォーレルを見て、彼の効率のよさ、自信、迅速さ、関連性のある実際的な異議に対処する柔軟性、意志の強さ、異議が無関係だったときの断固たる態度を記憶に留めた。

ドアの上の時計は九時十五分を指していた。一日はまだ始まったばかりだというのに、ハリーはすでにエネルギーの枯渇を感じていた。まるでかつてはリーダーになろうと挑んだ群れに尻込みする、年老いた瀕死のライオンのようだった。群れを率いる野心を育んだことがあるわけではなかったが、いずれにせよ、状況が急速に悪化してしまっていた。できるのはうずくまって、だれかが餌となる骨を投げてくれるのを待つことしかなかった。

そして、だれかが骨を投げてくれた。それも、大きな骨を。


狭い取調室のなかで声がくぐもり、ハリーはベッドの上掛けのなかに向かって話しているような気がした。

「私は補聴器を輸入しているんです」背の低いずんぐりした男が、シルクのタイを撫で下ろしながら言った。さりげなく上品な金のタイピンが、白いシャツとネクタイをきちんと留めていた。

「補聴器ですか？」ハリーはトム・ヴォーレルから渡された事情聴取記録を見下ろしながら繰り返した。氏名記入欄には〝アンドレ・クラウセン〟、職業欄には〝個人事業主〟と記されていた。

「聴力に問題がおありですか？」クラウセンが訊いた。その皮肉がハリーに向けられているのか、クラウセンがそういう性質《たち》なのか、判然としなかった。

「ふむ。では、あなたが〈ハッレ　トゥーネ&ヴェッテルリー〉におられたのは補聴器の話をするためですか？」

「代理店契約書の評価をしてもらいたかっただけです。昨日、あなたの親切なお仲間の一人が、その契約書のコピーを取られましたよ」

「これですか？」ハリーはフォルダーを指さした。

「そうです」

「ついさっき見たばかりなんです。サインと二年前の日付がありますが、契約を更新しようとしておられた？」

「いや、そうではなくて、騙されていないことを確かめたかっただけです」

「いまになってですか？」

「いまになってからだって、何もしないよりはいいでしょう」

「お抱えの事務弁護士はいないんですか？」

「いるにはいるんですが、残念ながら老齢でしてね」クラウセンが金歯をきらめかせて微笑し、話をつづけた。「それで、この弁護士事務所がどういう仕事をしてくれるのか、それを聞こうと顔合わせの話し合いを申し込んだというわけです」

「それで、週末の前に行くことにしたんですか？　負債の回収を専門とする事務所に？」

「そうだとわかったのは話し合いが始まってからです。まあ、短時間ですがね。そのあと、大騒ぎになりましたから」

「しかし、新しい事務弁護士を探しておられるのなら、話をされたのがそこ一カ所ということはないでしょう。ほかにもどういう弁護士事務所に当たられたのか、教えてもらえますか？」ハリーは訊いた。

　ハリーはアンドレ・クラウセンの顔を見なかった。嘘が自然に表われるのはそこではなかった。会ってすぐに、クラウセンは考えが顔に出るのをよしとしない人種だとわかっていた。恥ずかしがり屋だからかもしれず、ポーカーフェイスを要求される仕事なのかもしれず、自制が不可欠な美徳だと成長過程でみなされていたからかもしれなかった。というわけで、ハリーはほかのどこかにそれが表われるのではないかと注意していた。たとえば、手が膝から離れて、またネクタイを撫でるとか、である。そういう動きはなかった。クラウセンはそこに坐ってハリーを見ているだけだった。見つめるというのではなかったが、瞼が重そうで、この状況が少し長くつづきすぎて焦《じ》れったいと思っているかのようだった。

「私が電話した弁護士のほとんどが、会うなら休みが明けてからにしてくれと言ったんです」クラウセンが答えた。「でも、〈ハッレ　トゥーネ&ヴェッテルリー〉はとても協力的だったんですよ。ところで、教えてもらえますか？　私は何か疑われているんでしょうか？」

「全員が疑われているんですよ」ハリーは言った。

「そうですか」

　クラウセンは正確なＢＢＣのアクセントの英語でそれを言った。

「さっきから気づいていたんですが、少し訛りがありますね」

「そうですか？　近年は色々なところへ頻繁に出かけますのでね、たぶんそのせいでしょう」

「色々なところとは？」

「実を言えば、ノルウェー国内がほとんどです。病院や研究機関を訪ねているんですよ。そうでなければ、スイスが多いですね。補聴器を作っている工場です。製造方法が日々進歩していて、常に情報を更新しつづけないと仕事にならないんです」

そうとわからないほどかすかな皮肉がまたもや声に含まれていた。

「結婚はしておられますか？　家族は？」

「あなたのお仲間が作成したファイルを読まれれば、結婚もしていないし、家族もいないことがわかりますよ」

ハリーはファイルを見た。

「ああ、なるほど。独りで……ええと……ギムレ・テラッセ通りに住んでおられる？」

「違います」クラウセンが言った。「トルルスと一緒に住んでいます」

「確かにそうですね。わかりました」

「そうですか？」クラウセンが微笑し、瞼が少し下がった。「トルルスはゴールデン・レトリバーなんです」

目の奥が疼きだし、ハリーは頭痛の予兆を感じ取った。事情聴取対象者のリストを見ると、昼食前に四人、昼食後に五人が予定されていた。その全員とやり合うエネルギーは残っていなかった。

カール・ベルネル広場の建物に入ってから警察が到着するまでのあいだに何があったのか、もう一度教えてほしいとハリーは頼んだ。

「喜んで」クラウセンが欠伸をした。

ハリーが椅子に背中を預けると、クラウセンは確信に満ちた口調で淀みなく話しはじめた――タクシーで行き、エレベーターで上階へ上がり、受付でちょっと話をし、五分か六分、彼女が水を汲んで戻ってくるのを待った。彼女が戻ってこないので、オフィスを探してうろうろし、〈ミスター・ハッレ〉の名札のあるドアを見つけた。

ヴォーレルの作った調書を見ると、クラウセンがドアをノックしたのは五時五分だったことをハッレが確認していた。

「だれかが女性用洗面所に出入りするのを見ませんでしたか？」

「私が待っていた受付からはあそこのドアは見えませんでした。それに、目当てのオフィスを探して歩いているときも、そこに出入りする者は一人も見かけませんでした。実は、この話はもう何度もしているんですがね」

「さらに何度か話してもらうことになると思いますよ」ハリーは言い、大きな欠伸をして見せた。その瞬間、マグヌス・スカッレが取調室の窓をノックし、腕時計をかざして見せた。その後ろにヴェッテルリーがいた。ハリーはわかったとうなずき、事情聴取記録に最後の一瞥をくれた。

「この記録によると、受付で待っているとき、そこへきたり、そこから出ていったりした不審な人物は見なかったと、あなたはそう言っておられますね」

「そのとおりです」

「いや、とりあえずここまでにしましょう。協力に大変感謝しています」ハリーは事情聴取記録をフォルダーにしまい、テープレコーダーの停止ボタンを押した。「また連絡させてもらうことになると思います」

「不審な人物は見なかったんです」クラウセンが立ち上がりながら言った。

「何ですって?」

「私が言ったのは、受付で待っていたとき不審な人物は見なかったということです。でも、清掃係の女性がやってきて、あちこちのオフィスへ入っていきました」

「ええ、彼女にも話を聞きました。自分はキッチンへ直行し、だれも見ていないと言っています」

ハリーは立ち上がり、事情聴取対象者のリストを目で辿った。次の事情聴取は十時十五分、四番取調室で行なうことになっていた。

「それから、宅配業者もきましたよ、もちろん」

「宅配業者?」

「そうです。私が弁護士を探しはじめる直前に、正面入口から出ていきました。配達か集荷にきたんでしょう。なぜそんなふうに私を見ているんです、警部? 宅配業者が弁護士事務所にいたとしても、まったく正直なところ、何ら不審はないでしょう」

三十分後、弁護士事務所とオスロの宅配業者を何社か調べて、一つはっきりしたことがあった。月曜に〈ハッレ　トゥーネ&ヴェッテルリー〉へ何かを配達した記録も、集荷した記録も一件もないということだった。

クラウセンは警察本部を出て二時間後、太陽が中天に達する直前、オフィスにいるところをもう一度呼び出されて警察本部へ戻り、宅配業者の人相風体の説明を求められた。

説明できることは多くなく、身長百八十センチあたりで中肉だったというぐらいしかなかった。肉体的特徴を細かく観察していたわけではないのだ。男はそういうことに関心を持たないし、そんなことをするのはみっともないと自分は考えているのだと彼は言い、自転車宅配の通常の服装――黄色と黒の身体にぴったり貼りついたサイクル・ジャージにショーツ、絨毯の上を歩いているときでもかちかち音を立てるサイクル・シューズ――で、顔はヘルメットとサングラスで隠れていたと繰り返しただけだった。

「口はどうです?」ハリーは訊いた。

「白いマスクで覆われていました」クラウセンが言った。「マイケル・ジャクソンがしているようなやつです。排気ガスから自分を守るためだろうと、そのときはそう思いました」

「ニューヨークや東京ではそうでしょうが、ここはオスロですからね」

クラウセンが肩をすくめた。「まあ、いずれにしてもそんなに奇異には思わなかったんです」

ハリーはクラウセンを解放し、トム・ヴォーレルのオフィスへ行った。ハリーが入っていったとき、ヴォーレルは電話を耳に当てて、〝ふむふむ〟とか〝なるほど〟とか相槌《あいづち》のようなものを打っていた。

「犯人がカミッラ・ローエンのアパートにどうやって入ったか、見当がついたような気がする」ハリーは言った。

トム・ヴォーレルがまだ話している最中の電話を切った。

「彼女が住んでいたアパートの建物の正面入口に、各部屋のインターフォンにつながっているビデオ・カメラがあるんだよな？」

「そうだが……？」ヴォーレルが身を乗り出した。

「どこだろうとベルを鳴らし、マスクをした顔をビデオ・カメラにさらして、それでもなかに入れてもらえるのはだれだ？」

「サンタクロースかな？」

「まあな、だけど、急ぎの小包とか花束を運んできただれか、つまり、宅配業者だったらドアを開けてやるんじゃないか？」

ヴォーレルが電話を話し中にして、邪魔が入らないようにした。

「クラウセンが到着してから宅配業者が受付を通って出ていくまで、四分ちょっとだ。走ってやってきて、荷物を届け、走って出ていったら、四分もかからないだろう」

ヴォーレルがゆっくりとうなずいた。

「自転車を使う宅配業者なら」ヴォーレルが言った。「ことはいたって簡単だな。あらゆる種類の人々のところへ立ち寄るもっともな理由があるし、口をマスクで覆っていても怪しまれることがない。だれもが見ても、気に留めることはないからな」

「トロイの木馬だよ」ハリーは言った。「連続殺人犯にとって理想の隠れ蓑だ」

「大急ぎでどこかへ行こうとしている宅配業者を見て訝る人間はいない。それに、使っている移動手段は登録の必要がない。たぶん都市で逃走を図るには最も効率的な方法だろう」ヴォーレルが電話に手を置いた。

「犯行時刻の前後に犯行現場周辺に宅配業者がいなかったか、何人か派遣して調べさせよう」

「もう一つ、考えなくちゃならないことがある」ハリーは言った。

「そうだな」ヴォーレルが答えた。「馴染みのない宅配業者に気をつけるよう市民に警告する必要があるかどうかだ」

「そういうことだ。メッレルに話してみてもらえるか？」

「わかった。ところで、ハリー……」

ハリーはドアのところで足を止めた。

「まったくお見事だ」ヴォーレルが言った。

ハリーはわずかにうなずいて部屋を出た。

三分後、ハリーが手掛かりを見つけたという噂が刑事部で渦を巻きはじめた。

18　火曜日　五芒星

ニコライ・レーブは優しく鍵盤を押さえた。殺風景な部屋で、ピアノの音色は繊細で儚げだった。ピョートル・イリイチ・チャイコフスキーのピアノ協奏曲第一番、変ロ短調。ピアニストの多くは奇妙で優雅さに欠けると考えていたが、ニコライの耳には、過去の作曲家のどの作品よりも美しい音楽だった。記憶している何小節かを弾いただけでホームシックになった。ガムレ・アーケル教会のホールの調律されていないピアノに向かったとき指が自動的に探すのは、必ずこの曲だった。

開け放された窓の外を見ると、墓地で鳥が啼《な》いていた。レニングラードの夏と父親が思い出された。父は街の外れのかつては戦場で、とうの昔に忘れられた大きな墓地へ連れていってくれた。そこにニコライの祖父とおじ全員が眠っているのだった。

「しっかり耳を澄まして聴くんだ」と、父は言った。「彼らが歌うのがどんなに美しく、どんなに豊かかをな」

だれかが咳払いをし、ニコライは振り返った。

Tシャツにジーンズという格好の長身の男が出入口に立っていた。片方の手に包帯が巻かれていた。まずニコライの頭に浮かんだのは、ときどきここにやってくる薬物常用者の一人ではないかということだった。

「いらっしゃい、何かお役に立てることがありますか？」ニコライは声をかけた。部屋がしっかりと防音されているせいで、その声は意図したより友好的に聞こえなかった。

男が敷居をまたいで一歩なかに入ってきた。

「そうだといいんですが」彼が言った。「実は悔い改めにきたんです」

「それはとてもいいことです」ニコライは言った。「ですが、申し訳ないのですけれども、いまここで懺悔《ざんげ》を聴いて差し上げるわけにはいかないのですよ。ここで何をするかはあらかじめスケジュールが決まっているんです。ですから、インコグニト通りの私どもの礼拝堂へ行っていただかなくてはなりません」

男がニコライのところまでやってきた。充血した目の下に黒い隈ができているところを見ると、しばらく寝ていないのだろうと思われた。

「ドアの星を壊したことを懺悔したいんですがね」

男が何のことを言っているのか理解するのに、ニコライは少し時間がかかった。

「ああ、そのことですか。それは私とあまり関係がありませんね。まあ、あの星が逆さにぶら下がって外れかけているのはわかりますが」ニコライは微笑した。「宗教施設では多少不適切かもしれませんが、せいぜいがそんなところでしょう」

「では、あなたはここの人ではないんですか？」

違います、とニコライは首を横に振った。

「ときどきここを借りなくてはならないんです。私は聖使徒オルガ王女教会の者です」

男が訝しげに眉を上げた。

「ロシア正教会です」ニコライは付け加えた。「私は司祭で牧会なんです。教会事務所へ行って、だれかあなたの手助けができる者がいるかどうか確かめていただけますか」

「なるほど。どうもありがとうございました」

男は動こうとしなかった。

「チャイコフスキーですよね？　ピアノ協奏曲第一番ですか？」

「そうです」ニコライは答えた。驚きが声に表われた。ノルウェー人はいわゆる教養のある人々では必ずしもない。ましてこの男はTシャツを着ているし、落ちぶれ果てているように見える。

「母がよく弾いてくれたんです」男が言った。「難しいと言っていましたね」

「いいお母さまをお持ちですね。自分には難しすぎると思う曲を弾いて聴かせるなんて」

「ええ、いい母でした。気高い女性でしたよ」

男がにやりと口元を歪めて笑みを浮かべ、ニコライは困惑した。それは自己矛盾の笑みだった。開かれていながら閉じている、友好的でありながら虚無的でもある、笑っていながら痛みに苛まれている。しかし、例によってニコライは深読みをしているのかもしれなかった。

「ありがとう、助かりました」男が言い、出入口へ向かった。

「どういたしまして」

ニコライはピアノに向き直り、集中し直した。鍵盤の一つを優しく、しかし、十分な力で押したが、音は出なかった。ピアノの弦にフェルトが被さっているような感じがした。そのとき、ドアの閉まる音を聞いていないことに気がついた。振り返ると、男がドアの取っ手に手をかけて出入口に立ち、割れた窓の星を見つめていた。

「どうかしましたか？」

男が顔を上げた。

「いや、何でもありません。星が上下逆さまにぶら下がっているのが不適切だと言われたのはどういう意味だったのかと、それを考えていただけです」

ニコライは笑い、その声が壁に跳ね返った。

「上下が逆になった五芒星ですよね」

男が意味を理解していないことが、その表情からわかった。

「五芒星はキリスト教に限らず、古い宗教的なシンボルです。見てわかりのとおり、一筆書きの線が何度か交差しながら五つの頂点を形作っています。それは数千年前の墓石に彫り込まれてもいるのです。ですが、一つの頂点が下を向き、二つの頂点が上を向いた格好でぶら下がると、まったく別のものになるんですよ。つまり、悪魔学において最も重要なシンボルの一つなんです」

「悪魔学？」

男が静かな、しかし、断固とした声で訊き返した。答えを求めることに慣れている人物のようだ、とニコライは思った。

「邪悪についての研究ですよ。その言葉の起源は、悪魔が存在するから悪が広まるのだと人々が考えていた時代に遡ります」

「ふむ。しかし、悪魔はいまやいなくなったんじゃありませんか？」

ニコライはピアノのストゥールを回転させた。自分はこの男を見損なっていたのだろうか？　薬物常用者とか落ちぶれ果てた人間にしては、少し頭が明晰《めいせき》すぎないか？

「私は警察官なんですよ」ニコライの胸の内を見透かしたかのように男が言った。「というわけで、質問するのが癖のようになってしまってましてね」

「それはかまいませんが、なぜ特にこのことについて質問されているんでしょう？」

男が肩をすくめた。

「わかりません。つい最近このシンボルを見たんですが、それがどこでだったか思い出せないんです。重要な意味があるのかどうかもわからない。どの悪魔がこのシンボルを使うんですか？」

「チョルトです」ニコライは三つの鍵盤を優しく、同時に押した。不協和音だった。「サタンとも呼びます」

その日の午後、オーラウグ・シーヴェルツェンはビョルヴィーカに面したバルコニーへつづく両開きのドアを開け、椅子に腰を下ろすと、彼女の家の前を滑るように走っていく赤い列車を眺めた。一八九一年に建てられた赤煉瓦造りのいたって普通の独立家屋だったが、その場所がいたって普通でなかった。ヴィッラ・ヴァッレ——それを設計した人物に因んで名付けられた——はオスロ中央駅のすぐ前の線路脇、鉄道の敷地内に一軒だけ建っていた。近隣にはノルウェー鉄道の平屋の車庫や作業場があるばかりだった。ヴィッラ・ヴァッレが建てられたそもそもの目的は駅長とその家族、使用人の住居とするためであり、列車が通過するたびに駅長夫婦が目を覚まさないですむよう、壁は特別に厚く造られていた。のみならず、駅長は建築業者——彼は特別なモルタルを使って壁を格別に堅牢なものにすることで知られていて、そのおかげでこの仕事を請け負うことができたのだった——に、壁をもっと頑丈にしてほしいと頼んだ。万一列車が脱線してその家にぶつかった場合、衝突によって最大の被害にあうのが自分や妻でなく、運転士であるようにしたかったのである。ここまでのところ駅長の上品な住まいに列車が突っ込んだことはなく、陽差しを受けてぎらりと光りながらのたうつ蛇のような線路が敷かれた黒い砂利の荒野で、宙に浮かぶ城のごとく、奇妙な場所に孤独に立ち尽くしていた。

オーラウグは暖かな陽差しの恩恵を受けようと目をつぶった。

若いころは暑さが嫌いだった。肌が赤く焼けて痒《かゆ》くなった。ノルウェー北西地方の湿って涼しい夏が羨ましかった。八十歳が近くなったいまは、寒いより暑いほうが、暗いより明るいほうが、独りよりだれかといるほうが、静けさよりも賑やかなほうがよかった。

一九四一年、十六歳のときはそんなふうではなかった。故郷のアーヴェル島から同じ線路を通ってオスロへ出ると、お手伝いとしてヴィッラ・ヴァッレで働きはじめた。雇い主はナチス・ドイツの分隊長《グルッペンフューラー》、エルンスト・シュヴァーベと彼の妻ランディである。エルンストは長身の美男で、妻は貴族の家柄だった。最初の何日かは怖かったが、夫婦はとてもよくしてくれ、敬意も払ってくれたから、間もなく、やるべき仕事を徹底的かつ几帳面に――ドイツ人はそれで有名だが、理不尽なほどというわけではなかった――やりさえすれば怖がることは何もないのだと気がついた。

エルンスト・シュヴァーベはドイツ国防軍補給輸送部隊《ヴェーアマハト・ラントトランスポルトアブタイルング》〈ＷＬＴＡ〉の責任者で、彼自身がこの線路のそばの家を選んだのだった。彼の妻のランディもおそらくはＷＬＴＡの仕事をしているのだろうと思われたが、彼女が制服を着ているところを見たことはなかった。オーラウグの部屋は南向きで、庭と線路に面していた。きたばかりの何週間かは長い列車の鉄輪が線路を打つ音、甲高い汽笛、さまざまな街の音に夜の眠りを妨げられたが、それにも徐々に慣れていった。一年後に最初の休みをもらって故郷に帰ったときは、実家の自分が育った部屋のベッドに横になって、静寂と無に耳を澄ませていると、生活する音、生きている人々の立てる音が恋しくてたまらなかった。

生きている人々は、戦争中のヴィッラ・ヴァッレには大勢いた。シュヴァーベ夫妻は社交にとても熱心で、そういう集まりにはドイツ人もノルウェー人も姿を見せていた。ノルウェー社交界のだれがそこにいて、ホストとしてドイツ国防軍と一緒に食べ、呑み、煙草を喫っているかを人々が知ってさえすれば……。戦争が終わって真っ先に指示されたのは、処分せずに持っていた座席表を焼却することだった。オーラウグはその指示を忠実に実行し、沈黙を守りつづけた。もちろん、同一人物が写真つきでメディアに登場し、ドイツ占領下で生きていくことの何たるかをいけしゃあしゃあと開陳したときには、沈黙を破りたいという衝動に駆られることがないではなかった。だが、彼女は口を閉ざしつづけた。その理由はたった一つ、平和が訪れたとき、幼い息子を連れ去ると脅されたからである。彼女にとって息子は世界で無二の、かけがえのないものだった。その恐怖がいまも彼女の奥にしっかりとうずくまっていた。

オーラウグは力のない陽差しに目を細めた。かつては一日じゅう照りつけ、彼女が窓台に置いた花を枯らそうと全力を挙げていたのだが、それ以降は徐々に力が衰えていた。オーラウグは微笑した。本当に、わたしはとても若かった。あんなに若かった者は誰一人としていなかった。また若くなりたいのだろうか？　若くならなくてもいいかもしれないが、仲間と、生活と、忙しく動き回る大勢の人はまた欲しかった。老人は孤独だと言われても、若いときはその意味がわからなかったが、いまは……

それは独りでいるというより、だれかのためにそこにいるわけではないということだった。朝起きて、一日じゅうベッドにいてもいいのだと、そうしたとしてもだれも何も困らないのだとわかると、とても悲しくなった。

そういう理由で、彼女は下宿人を置いていた。トレンデラーグ出身の快活な娘だった。

考えてみれば奇妙なのだが、イーナはオスロへ出てきたときのオーラウグより何歳か上なだけで、オーラウグが使っていたのと同じ部屋を使っていた。たぶん、夜は眠れないまま、街の暮らしの喧噪を離れて北トレンデラーグの小さな村の静けさに戻りたいと願っているはずだった。

が、オーラウグは間違っているかもしれなかった。イーナには男友だちがいた。見たこともなかったし、まして会ったことなどなかったが、寝室にいても裏階段を上がってイーナの部屋の入口へ向かう彼の足音を聞くことができた。オーラウグがお手伝いとして住んでいたときと違って、男を立ち入らせることをイーナに禁じることはできなかったし、いずれにせよ、オーラウグもそんなことをするつもりはなかった。だれかがイーナを連れ去ってしまうことさえなければよかった。イーナとは近しい友人になっていて、オーラウグが持てなかった娘のようだと言ってもいいぐらいだった。

だが、老女とたとえばイーナのような若い娘の関係が、友情を提供するのは娘の側で、老女はそれを受け取る側だということにオーラウグは気づいていたから、押しつけがましくならないよう気をつけていた。イーナはいつも友好的だったが、それは家賃の安さと関係があるかもしれなかった。

それは決して疎《おろそ》かにされることのない儀式のようなものだった。夜の七時ごろに、オーラウグは自分が淹《い》れたお茶とクッキーを盆に載せて、イーナの部屋のドアをノックするのである。オーラウグは二人でそこにいるほうが好きだった。妙なことではあるが、この部屋にいると、いまも自分の部屋のように寛《くつろ》いでいられるのだった。二人は陽差しの下でおしゃべりをした。話題は何でもよかった。イーナは戦争とそのときのヴィッラ・ヴァッレの生活に特に興味を示し、オーラウグはそれを語って聞かせた。エルンストとランディがどんなに愛し合っていたかを、何時間もおしゃべりをし、優しく触れ合い、髪を掻き上げてやり、肩に頭を休ませ合っていたかを。キッチンのドアの陰からときどき二人をこっそり覗き見していたことを告白し、エルンスト・シュヴァーベの姿勢のいい立ち姿を、豊かな黒髪を、広く秀でた額を、冗談を言うときと真面目なことを言うとき、怒っているときと笑っているとき、人生でより大きなことどもに確信があるときともっと些末で小さなことに子供っぽいほどに困惑しているときの目の表情がどう変わるかを説明してやった。しかし、オーラウグが見ていたのは大半がランディ・シュヴァーベ、彼女の明るく輝く鳶色《とびいろ》の髪、白くてほっそりとした首、ダークブルーに縁取られた、淡いブルーの虹彩を持つ明るい目だった。それはオーラウグが見てきたなかで最も美しい目にほかならなかった。

そういうふうに二人を見ていると、二人はお互いのために造られた真の恋人同士であり、何ものをもってしても二人を分かつことはできないように思われた。でも、とオーラウグはイーナに語った。ヴィッラ・ヴァッレのパーティの幸せな雰囲気は、お客さまが帰ったとたんに始まる激しい諍《いさか》いによって雲散霧消することがあったの。

オーラウグが寝室へ引き上げたあと、エルンスト・シュヴァーベがノックをして入ってきたのは、そういう諍いのあとだった。彼は明かりもつけずにベッドの端に腰掛け、妻が腹を立てて今夜はホテルに泊まると言って出ていったことを明らかにした。彼の息は酒臭かったが、オーラウグは若かったから、二十歳も年上の、自分が尊敬し、憧れ、多少の恋心も抱いている男性からネグリジェを脱いで裸を見せてくれと頼まれたとき、どうしていいかわからなかった。

最初の夜、彼はオーラウグを見ているだけで何もせず、頬を撫で、きみは自分でわかっている以上に美しいと言っただけで立ち上がった。部屋を出ていくとき、その目に涙が浮かびそうになっているように見えた。

オーラウグは立ち上がり、バルコニーのドアを閉めた。そろそろ七時だった。裏階段のてっぺんからイーナの部屋のドアをうかがうと、入口のドアマットにしゃれた男物の靴があるのが見えた。だれかがきているということだった。オーラウグは自分の寝室のベッドに坐って聞き耳を立てた。

八時、ドアが開いた。靴を履いて階段を下りる音が聞こえたが、もう一つ、何かを引きずるような、犬の爪が何かを引っ搔くような音もしていた。オーラウグはキッチンへ行き、お茶を淹れ直した。

数分後にイーナの部屋のドアをノックしたとき、彼女は奇異の感にとらわれた。返事がなかったのだ。部屋から低く音楽が聞こえているのだから尚更だった。

もう一度ノックをしたが、やはり返事はなかった。

「イーナ?」

ドアを押してみると、何の抵抗もなく開いた。空気がむっと淀んでいることにまず気がついた。窓は閉め切られ、カーテンも引かれたままで、室内はほとんど真っ暗だった。

「イーナ?」

だれも応えなかった。眠っているのかもしれない。オーラウグはなかへ入ると、ドアの向こう、ベッドがあるほうをうかがった。空だった。おかしい。ようやく暗さに慣れた年老いた目がイーナを見つけた。彼女は窓際のロッキングチェアに坐って、眠っているように見えた。目は閉じていて、頭が横に傾いでいた。低い音楽がどこから流れてきているのかはまだ突き止められなかった。

オーラウグはロッキングチェアに近づいた。

「イーナ?」

下宿人は今度も反応しなかった。オーラウグは片手で盆を持ったまま、もう一方の手を娘の頰に当てた。

ティーポットが絨毯に落ちて低い音を立て、すぐさま二つのティー・カップが、ドイツ第三帝国の鷲《わし》の紋章が入った銀の砂糖壺が、皿と六枚のメリーランド・クッキーがそれにつづいた。

オーラウグの、もっと正確にはシュヴァーベ一族のティー・カップが絨毯に落ちるのととき《ママ》を同じくして、ストーレ・アウネは彼の、もっと正確にはオスロ警察のカップを手に取った。

ビャルネ・メッレルは肥満した心理学者の肉付きのいい丸い小指を見ながら、どこからが余分な肉で、どこまでが本当に丸い小指なのだろうと内心で訝った。

メッレルは自分のオフィスでの会議を招集し、そこにはアウネ以外にも主だった捜査担当者であるトム・ヴォーレル、ハリー・ホーレ、そして、ベアーテ・レンも顔を揃えていた。

全員が疲労困憊しているように見えたが、その主たる理由は、偽の宅配業者発見という情報によっていきなり現実になるかと思われた希望が色褪せはじめているからかもしれなかった。

テレビとラジオを通して呼びかけた情報提供依頼の結果を、トム・ヴォーレルが説明し終えたところだった。二十四本の電話がかかってきて、そのうちの十三本は実際に目撃していようがいまいがおかまいなしに必ず電話をしてくる常連で、それ以外の十一本のうちの七本については本当に仕事をしている本物の宅配業者だと判明した。残る四本はすでに警察が知っていること——月曜の五時ごろ、カール・ベルネル広場に宅配業者がいた——だった。それでも、その宅配業者がトロンハイム通りを自転車で下っていったという新たな目撃情報も入ってきていた。その唯一興味深い情報を電話で提供してくれたタクシーの運転手によれば、ヘルメットをかぶり、ゴーグルを着け、黄色と黒のサイクル・ジャージを着て自転車に乗った男が、カミッラ・ローエンが殺されたころに芸術技術学校の前のウッレヴォール通りを上っていた。その日のその時間帯に配達や集荷を請け負っていた宅配業者は一社もなかった。

そのあと、〈フェルステマン宅配サービス〉のだれかから電話通報があり、自分はウッレヴォール通りを自転車で上っていたが、行き先はサンクタンスハウゲン公園のオープンカフェで、そこでビールを飲むつもりだったのだと告げた。

「言い換えれば、われわれの捜査はいまだ見通しが立っていないということだ」メッレルが言った。

「まだ始まったばかりですよ」ヴォーレルが応じた。

　メッレルはうなずいたが、それで元気づけられたわけではないと顔に書いてあった。アウネを除けば、そこにいる全員が、捜査というのは初動が最も大切だとわかっていた。人は忘れやすいものなのだ。

「人手不足の鑑識医学研究所は何と言ってるんだ？」メッレルが訊いた。「犯人を特定する役に立ちそうな何かを見つけてないか？」

「残念ながら、まだです」ヴォーレルは答えた。「ほかの検死を後回しにして、われわれのほうを最優先してもらっていますが、いまのところ何も出てきていません。精液も、血液も、毛髪も、何一つ見つかっていません。犯人が残していった物理的な手掛かりは、銃弾があけた穴だけです」

「面白い」アウネが言った。

　何がそんなに面白いのかとメッレルが訊いた。依然として気落ちした様子だった。

「犯人が被害者に性的暴行を加えていないことを示唆しているところがだよ」アウネが答え

た。「連続殺人犯には稀有なことだからな」

「では、これは性的欲求がらみの犯行ではないかもしれないと？」メッレルは訊いた。

アウネが首を振った。「動機は性的なものと決まっているよ。常にそうだ」

「『チャンス』のピーター・セラーズみたいなやつかもしれませんよ」ハリーは言った。「好きな映画なんです」

まったく何のことかわからないといった顔で、全員がハリーを見つめた。

「犯人は性的満足を得るのに被害者に触れる必要がないのかもしれないということです」

ハリーはヴォーレルの視線を避けた。

「殺して、それを見るだけで十分なのかもしれない」

「そうかもしれないな」アウネが言った。「殺人者というのは性的絶頂に到達したがるのが普通だが、今回の犯人は犯行現場に自分の精液を残さないようにして射精したのかもしれない。十分に自制することができて、安全なところへ逃げるまで我慢した可能性があるということだ」

何秒か、だれも何も言わなかった。ハリーはみんなが自分と同じことを考えているのがわかった。消えてしまった女性、リスベート・バルリに、犯人は何かをしたのだろうか？

「犯行現場で見つかった凶器についてはどうなんだろう？」

「それは調べが終わっています」ベアーテ・レンが答えた。「犯行に使われた凶器に九十九・九パーセント間違いないという検査結果が出ています」

「それはいい情報だな」メッレルは言った。「凶器の出所についてはどうだろう、何かわかったことはないのか？」

ベアーテが首を横に振った。「案の定というべきか、今回も製造番号が削り取られていました。型式もわたしたちが過去に押収した凶器の大半と同じです」

「ふむ」メッレルは言った。「だとすると、またもや大がかりな武器密輸グループ云々の話が浮かび上がってくるな。きっと、もうすぐ公安部が出張ってくるんじゃないか？」

「その件については、国際刑事警察機構《インターポール》が四年以上前から捜査していますが、彼らの努力はいまだ報われる気配がありません」ヴォーレルが言った。

ハリーは椅子に背中を預けてのけぞると、こっそりヴォーレルをうかがった。そして困惑したことに、これまでヴォーレルに抱いたことのない感情があることに気がついた。賞賛である。自分が生き延びるためにすることを完璧にやってのけた猛獣に対する賞賛と同じ種類のものだった。

メッレルが嘆息した。「それは知っている。われわれは三対〇で負けているのに、敵は依然としてボールの影さえ見せてくれない。だれも名案はないのか？」

「名案かどうかはわかりませんが……」

「言ってみろ、ハリー」

「どちらかというと犯行現場についての勘のようなものですが、これらには共通の何かがあるんです。ただ、それが何なのかがまだはっきりわからないんですよ。一件目の射殺事件はウッレヴォール通りの屋根裏アパートで起こりました。二件目は北東へ一キロほど離れたサンネル通りで、そして三件目はそこからやはり一キロほど、今度は東へ離れたカール・ベルネル広場のオフィス・ビルです。犯行現場は移動していますが、その裏には何らかの理屈があるような気がするんですよ」

「どんな理屈でしょう?」ベアーテが訊いた。

「犯人の縄張りだ」ハリーは答えた。「たぶん心理学者なら説明できるんじゃないかな」

メッレルがアウネを見た。彼はちょうどお茶を飲んだところだった。

「何か意見は、アウネ?」

アウネが顔をしかめた。「まあ、これでアール・グレイとはおこがましいな」

「お茶のことではなくて」

アウネが嘆息した。

「いまのは冗談だよ、メッレル。きみの言わんとするところはわかっているよ、ハリー。殺人者は犯行を行なう上での地理的な場所について強い嗜好《しこう》を持つものなんだ。大雑把に言えば、三つのタイプに分類することができる」

アウネが指を折った。

「一つ目は自分の家に被害者をうまく誘い込むか、無理矢理連れ込むかして殺すタイプだ。二つ目は閉鎖的な空間で犯罪に及ぶタイプ、たとえば売春街しか犯行現場に選ばなかった切り裂きジャックがそうだが、この閉鎖空間は容易《たやす》く街全体に広がり得る。三つ目は場所を移しながら犯行を重ねるタイプで、ほとんどの場合、罪の意識を感じながらも殺人を繰り返す。オーティス・トゥールとヘンリー・リー・ルーカスは、アメリカの州から州へと移動しながら三百人以上を殺している」

「なるほど」メッレルが言った。「しかし、きみがそう考える根拠がまだわからないんだがな、ハリー」

ハリーは肩をすくめた。

「言ったとおりですよ、部長、ただの勘です」

「現場に共通していることが一つだけあります」ベアーテが言った。

まるで遠隔操作されているかのように、全員が彼女のほうを向いた。とたんに頬が赤く染まり、ベアーテは口を開いたことを後悔しているかに見えたが、それを無視して言葉をつづけた。

「犯人は女性が最も安全だと思えるところで犯行に及んでいます。被害者の自宅、白昼の街中、仕事時間中の女性用洗面所です」

「お見事だ、ベアーテ」ハリーは言い、彼女の頬がまた赤く染まった。今度は褒められて喜んでいる印だった。

「見事な観察眼だな、お嬢さん」アウネが口を挟んだ。「行動パターンの話をしているわけだから、もう一つ、付け加えておきたい。ソシオパスに分類される殺人者は自分に強い自信を持っていることが間々ある。今回の件はまさしくそう見える。彼らの特徴は捜査活動をしっかりと監視しつづけ、何であれ進行中の捜査にあらゆる機会を捉えて物理的に近づきたがるというところだ。捜査を自分と警察のあいだのゲームだと見なしているのかもしれない。警察が困惑するのを見て喜び、それを公にする場合がほとんどだ」

「それはつまり、いまもどこかでだれかがこの状況を面白がっているということだ」メッレルが手を叩いた。「今日のところはここまでだ」

「あと一つだけ、些細なことですが」ハリーは言った。「犯人が被害者に残しているダイヤモンドですが……」

「何だ？」

「どれも頂点が五つあって、ほとんど五芒星のようなんです」

「ほとんど？ 私が知る限りでは、あれはまさに五芒星のように見えるが？」

「五芒星というのは、一本の連続する線が交差しているんです、つまり一筆書きなんですよ」

「そうか！」アウネが声を上げた。「あれは五芒星だ。黄金分割を使って描かれている、非常に興味深い形だ。ところで、バイキングの時代にケルト人がノルウェーをキリスト教に改宗させようとしたとき、聖なる五芒星をノルウェー南部に当て嵌めて描いて、それを使って町と教会の場所を決めたという説があるのを知っているかな？」

「それが今度のダイヤモンドとどういう関係があるんでしょう？」ベアーテが訊いた。

「問題はダイヤモンドじゃないんだ」ハリーは言った。「形だよ、五芒星だ。どれかの犯行現場で見ているんだが、どこのどの事件だったかが思い出せない。戯言《たわごと》のように聞こえるかもしれないが、おれには重要なことに思われるんだ」

「つまり」メッレルが両手で顎を支えて言った。「はっきり思い出せない何かを憶えていて、それが重要なことだと考えているわけだ？」

　ハリーは両手で強く顔を擦った。

「犯行現場へ行くと、あまりに集中しているせいで脳が処理できないほど多くの周辺情報を取り込むことがある。それらは何かが起こるまで、何か新たなことが出てきてジグソー・パズルのピースがもう一つのピースとくっつくまで、何もしないでそこにとどまっているが、それでも、最初のピースをどこで手に入れたかを思い出すことができない。しかし、重要だと勘は言っている。これでどうです？」

「精神疾患のようだな」アウネが言い、欠伸をした。

　ほかの三人が彼を見た。

「私が面白いことを言ったら、せめて笑顔ぐらいは作れないものかな？」アウネが言った。

「ハリー、それはまったく正常な脳の働き方だ。何も心配することはない」

「今日のところはもう十分に働いた脳がここには四つあると思うよ」メッレルが言って立ち上がった。

　そのとき、彼の前の電話が鳴った。

「メッレルだ……ちょっと待ってくれ」

受話器を差し出されたヴォーレルがそれを耳に当てた。

「もしもし？」

いくつもの椅子を引く音がしたが、ヴォーレルが待てと手で制した。

「よし、いいぞ」ヴォーレルが電話を切った。

全員が新たな関心を露わにして彼を見た。

「目撃者が通報してきた。その女性は金曜の午後、カミッラ・ローエンが殺された時間帯にウッレヴォール通りの救世主墓地近くのアパートから出てくるサイクリストの格好をした男を見たと言っている。なぜ憶えているかというと、口を白い布で覆っていたのをひどく妙に思ったからだそうだ。サンクタンスハウゲン公園にビールを飲みに行こうとしていたという宅配業者は口を白い布で覆っていなかった」

「それで？」

「ウッレヴォール通りのどこなのか正確な番地までは彼女は憶えていなかったが、スカッレが車に乗せて走ってみたら、彼女は男が出てきた建物を指さし、それはカミッラ・ローエンのアパートだった」

メッレルがテーブルの表面を力任せに叩いた。

「ようやくだな！」

オーラウグはベッドに横になって喉に手を当てていた。脈拍がゆっくりと普通に戻っていくのがわかった。

「ほんとに怖かったわ」オーラウグはささやいた。その声はいまや彼女のものとわからないほど掠《かす》れていた。

「ほんとにごめんなさい」イーナが最後のメリーランド・クッキーを拾いながら謝った。

「あなたが入ってきたのが聞こえなかったの」

「謝るのはわたしのほうよ」オーラウグは言った。「あんなふうに飛び込んできたんですもの。見えなかったのよ、その……」

「ヘッドフォンね」イーナが笑った。「たぶんかなり大きな音で聴いていたんでしょうね、コール・ポーターよ」

「知ってるでしょ？　わたしは最近の音楽に詳しくないの」

「コール・ポーターはかなり昔のジャズ・ミュージシャンよ。実際、もう死んでるわ」

「ねえ、あなたのような若い人が死んだ人の音楽なんか聴いてるはずはないんじゃないの」

イーナがまた笑った。さっき、何かが頬に触れたと感じたとたんに反射的に手を突き出し、その手がティーセットを載せた盆に当たって、そのときにこぼれた砂糖がいまもうっすらと絨毯に残っていた。

「彼のレコードを聴かせてくれた人がいるのよ」

「ずいぶん意味深長な笑顔ね」オーラウグは言った。「その人って、あなたの紳士のお友だち？」

彼女はそう訊いた瞬間に後悔した。自分をスパイしているのではないかとイーナに疑われないだろうか？

「かもね」イーナの目がきらめきはじめた。

「だったら、あなたより年上よね」オーラウグは自分がその男性を一目でも見ようなどとはしていないことを暗にほのめかしたかった。「だって、昔の音楽が好きなんでしょ？」

それも口にすべきことではなかったと、彼女はまたもや後悔した。わたしったら、いまや質問しつづけて、過去のことを探り出そうとしているじゃないの。とたんに狼狽《ろうばい》し、イーナを見て、早く何か別の話題を見つけなくてはと焦った。

「そうね、ちょっと年上ね」

イーナが悪戯《いたずら》っぽい笑みを浮かべ、オーラウグを困惑させた。

「あなたとヘル・シュヴァーべみたいな感じかもしれないわ」

オーラウグはイーナと声を揃えて面白そうに笑った。大半は安堵の笑いだった。

「ねえ、想像してみてよ。ヘル・シュヴァーべはいまあなたが坐っている、まさに同じ場所に坐っていたのよね」イーナが出し抜けに言った。

オーラウグはベッドの毛布を撫でた。

「ええ、想像してるわ」

「その日の夜、彼が泣いていたのは、あなたを自分のものにできなかったからなの？」

オーラウグはまだ毛布を撫でていた。肌理の粗いウールの手触りが心地よかった。

「わからないわ」オーラウグは言った。「訊く勇気がなかったの。その代わりに、自分で答えを作ったの、わたしが一番好きな、夜、夢で楽しめる答えをね。たぶん、わたしの恋ってそんなところじゃなかったのかしらね」

「一緒に遊びに行ったりしたの？」

「行ったわよ。一度なんか、車でビグデイに連れていってもらったわ。泳ぎにも行った。まあ、泳ぐのはわたしで、彼はそれを見ているだけなんだけどね。わたしのことを〝ぼくだけの乙女《ニンフ》〟と呼んでくれたわ」

「あなたが妊娠したとき、お腹の子の父親は自分の夫だと奥さんは気づかなかったの？」

オーラウグの顔にためらいが浮かび、やがて首が横に振られた。

「二人は一九四五年の五月にこの国を去り、それ以来、わたしは消息を知らないの。妊娠がわかったのはその年の七月よ」

オーラウグは毛布を叩いた。

「でも、わたしの昔話なんか退屈で気分が悪くなるんじゃないの？　あなたのことを話しましょう。紳士のお友だちってだれ？」

「いい人よ」

イーナの顔にはいまも夢見るような表情が浮かんでいた。オーラウグが最初で最後の恋人のエルンスト・シュヴァーベのことを語るのを聞いているときと同じ顔だった。

「彼にもらったんだけど」イーナが机の引き出しを開けて、金色のリボンで結ばれた小さな包みをかざした。

「わたしたちが婚約するまで開けちゃ駄目って言われてるの」

オーラウグは微笑してイーナの頰を撫でた。彼女のために嬉しかった。

「彼のことが好きなの？」

「彼はほかの人と違うの。どう違うかというと……昔風なのよ。待ってほしいんですって。その……何を待つかはわかるわよね？」

オーラウグはうなずいた。「真面目な人みたいね」

「そうなの」小さな吐息が漏れた。

「何であれこれ以上進む前に、彼があなたにとって間違いない人だってことを確かめなくちゃ駄目よ」オーラウグは言った。

「わかってる」イーナが答えた。「でも、それがとても難しいの。さっきまで彼がここにきていて、わたし、彼が帰る前に言ったのよ。考える時間が必要だって。そうしたら、わかってる、きみはぼくよりずいぶん若いんだからって言ってくれたの」

彼は犬を飼っているかと訊こうとして、オーラウグは危うく思いとどまった。もう十分に聞いたし、詮索した。彼女は最後に毛布を一撫でして立ち上がった。

「戻って、お茶を淹れ直すわね」

それは天啓だった。奇跡ではなく、天啓でしかあり得なかった。

ほかの者が帰って三十分後、ハリーはリスベート・バルリの向かいに一緒に住んでいる二人の女性の供述調書を読み終えたところだった。机の明かりを消し、闇のなかで瞬きをした瞬間、それがいきなりやってきた。眠ろうとするときのように明かりを消したからかもしれず、考えることを一瞬やめたからかもしれなかった。理由は何であれ、だれかが顔の前にはっきりとした鮮明な写真を突き出してくれたかのようだった。

犯行現場の鍵を保管してあるオフィスへ行き、目当ての一本を見つけた。そのあとソフィー通りへ車を走らせ、懐中電灯を持ってウッレヴォール通りへ歩いた。夜半が近かった。一階は鍵がかかっていて、コインランドリーは閉まっていた。墓石を売る店では、ショウ・ウィンドウの照明が〝安らかに眠りたまえ〟という文字を照らしていた。

ハリーはカミッラ・ローエンのアパートに入った。

家具も調度も何も取り去られていなかったが、それでも足音が反響した。持ち主が死んだことによって、それまでにはなかった物理的な空隙ができたかのようだった。その一方で、ほかにだれかいるのではないかという感じもした。ハリーは魂の存在を信じていた。取り立てて宗教的というわけではなかったが、死体を見ると必ず頭に浮かぶことが一つあった。目の前の死体には何かが、死体が経験する物理的変化の過程とは関係ない何かが欠けているということである。死体は蜘蛛の巣にとらわれた虫の抜け殻のようだった。生命体はいなくなり、明かりもなくなり、大昔に燃え尽きた星が持っていた幻のような残光もない。死体はその魂をなくしつつあり、ハリーを信じさせるのはその魂の不在だった。

ハリーは明かりをつけなかった。天窓から射し込む月明かりで十分だった。まっすぐ寝室へ行き、懐中電灯をつけて、ベッドの支柱を照らした。とたんに、はっと息を呑んだ。それは最初に思ったような三角形を封じ込めたハートではなかった。

ベッドに腰を下ろし、支柱につけられた溝に指を走らせた。褐色の年を経た木材に刻まれた溝はとてもはっきりしていて、最近のものに違いなかった。しかも、一筆で刻まれたことも明らかだった。一本の長い溝が直線を構成し、何度も折れ曲がって、互いに交差していた。五芒星だった。

懐中電灯の明かりを床に向けると、うっすらと埃が溜まり、大きな綿埃がいくつか転がっていた。カミッラ・ローエンは旅立つ前に明らかに掃除をしていなかった。が、ベッドの頭のほうの脚のそばに、探していたものが見つかった。木の削り屑である。

ハリーはベッドに仰向けになった。マットレスは柔らかくたわんでくれた。傾斜している天井を見つめながら考えようとした。ベッドの支柱に星を彫ったのが犯人なら、それは何を意味するのか？

「安らかに眠りたまえ」ハリーはつぶやいて目を閉じた。

明晰に考えるには疲労が勝ちすぎていた。もう一つの疑問が頭を掻き乱していた。実際、なぜ五芒星だと気づかなかったのか？　なぜ二つを結びつけなかったのか？　星とダイヤモンドを？　あるいは、結びつけていたのか？　それがあまりに早すぎたのかもしれず、潜在意識が五芒星をほかの何か、殺人事件の一つで見ているけれども思い出せなかった何かと結びつけたのかもしれない。

ハリーは頭のなかに犯行現場を再現しようとした。サンネル通りのリスベート、カール・ベルネル広場のバルバラ、そして、この部屋の隣りのバスルームのカミッラ。彼女はほとんど裸だ。肌が濡れている。おれはその肌に触れている。湯のせいで、死んだのが実際の死亡時刻よりも遅いように見えている。おれはその肌に触れている。ベアーテがおれを見ている。だが、おれは被害者の肌に触れるのをやめられない。温かくて滑らかなゴムを撫でているような感触だ。顔を上げると、ほかにはだれもいなくなっている。そのときようやく、シャワーから流れ出ている湯に触れているのだとわかる。もう一度視線を落とす。彼女の目が奇妙にきらめいておれを見つめているのに気づき、ぎょっとして手を引っ込める。彼女の目のきらめきが、スイッチを切ったテレビの画面のようにゆっくりと消えていく。おれは妙だと思い、彼女の頬に手を当てる。しばらく待っていると、シャワーから噴き出す湯がおれの着ているものをびしょ濡れにする。目のきらめきがゆっくりと戻ってくる。おれはもう一方の手を彼女の腹に置く。彼女の目が生き返り、おれの手の下で彼女が身じろぎするのが感じられる。彼女が生き返ったのはおれが触ったからであり、触らなければあのまま消えて死んでしまったはずだ、とおれは信じている。おれは自分の額を彼女の額に置く。湯がおれの衣服の下に入り込み、おれの肌を濡らして、着ているものと肌のあいだで温かい膜のようになる。そのとき、彼女の目が青ではなくて茶色だと気づく。彼女の唇はいまや色を取り戻し、赤く生気に満ちている。ラケル。おれは唇を彼女の唇に合わせる。そして、彼女の唇が氷のように冷たいことを発見して後ずさりする。

彼女がおれを見つめる。その口が動く。

「何をしてる？」

ハリーは心臓が止まったかと思った。それはその言葉がまだ部屋に残響として残っていて夢ではあり得ないとわかったからであり、声が女性のものでなかったからでもあるが、主たる理由は、だれかが覆い被さるようにベッドの前に立っていたからだった。

心臓がふたたび動き出して早鐘を打ちはじめると、慌てて左右を見回し、明かりをつけたままの懐中電灯をまさぐった。手に触れたとたんに床に落ちて低い音を立て、明かりが弧を描いて回転して、人影を壁に映し出した。

そのとき、天井灯がついた。

ハリーは目が眩み、とっさに両腕を顔の前に上げた。一秒が過ぎた。何も起こらなかった。銃弾は飛来せず、拳も振り下ろされなかった。ハリーは両腕を下げた。

自分の前に男が立っていることがわかった。

「ここで何をしようとしているんです？」男が訊いた。

ピンクのドレッシングガウンを着ていたが、そうでなければ寝起きには見えず、横分けにされた髪はきちんと整えられていた。

男はアンネルス・ニーゴールだった。

「物音で目が覚めたんです」ニーゴールがフィルターで淹れたコーヒーをハリーの前に置いた。「最初は上階が無人であることを知っただれかが押し入ったに違いないと考えたんです。それで、確かめに上がってきたというわけですよ」

「もっともです」ハリーは応えた。「しかし、私はここに入ったあと鍵をかけたはずなんですがね」

「管理人用の鍵を持っているんですよ。万一に備えてね」

ハリーは引きずるような足音を聞いて振り返った。

ヴィーベケ・クヌートセンがやはりドレッシングガウン姿で入口に現われた。眠そうな顔で、赤毛の髪は乱れ放題に乱れていた。化粧っ気はまったくなく、キッチンの情け容赦のない明かりの下では、この前よりもさらに老けて見えた。ハリーがそこにいるのを見てぎょっとしたようだった。

「どういうこと？」彼女の目がハリーと彼女のパートナーのあいだを忙しく往《い》き復《き》した。

「カミッラのアパートでいくつか確認作業をしていたんです」ハリーは彼女の不機嫌な様子を見て急いで弁明した。「ベッドに坐ってちょっと目を休ませていたらうとうとしてしまって。物音を不審に思って上がってきたニーゴールさんに起こしてもらったというわけです。長い一日だったんですよ」

なぜかはまったくわからなかったが、ハリーは大袈裟に欠伸をした。

ヴィーベケがパートナーをうかがった。

「何を着ているの？」

アンネルス・ニーゴールがピンクのドレッシングガウンを見た。それを着ているのにいま気がついたかのようだった。

「まいったな、これじゃ女装が趣味と思われても仕方がない」

そして、にやにや笑った。

「きみへのプレゼントにと思って買ったんだけど、まだスーツケースに入れっぱなしになっていたんだな。慌てていたから、それしか見つからなかったんだ。ほら」

彼は腰紐を緩め、ガウンを脱いでヴィーベケに放った。彼女は意表を突かれたものの何とか受け取った。

「ありがとう」彼女が困惑しながら言った。

「それにしても、きみが起きてくるとは意外だな」ニーゴールが言った。「睡眠薬は服《の》まなかったのか？」

ヴィーベケが当惑の目でちらりとハリーを見た。

「おやすみなさい」彼女はつぶやくように言うと戻っていった。

ニーゴールがコーヒーメーカーのところへ行ってポットを戻した。背中と上腕は青白いと言うよりほとんど真っ白だったが、前腕は褐色で、まさしく夏の長距離トラックの運転手のそれだった。両膝の上下も同じようにくっきりと色分けされていた。

「彼女は一晩じゅう、死んだように眠るのが普通なんですがね」ニーゴールが言った。

「しかし、あなたは違う？」

「どうしてそれを？」

「まあ、彼女が死んだように眠っているのを知っておられるわけですからね」

「それは彼女がそう言っているんです」

「では、だれかが上階の床を歩くだけで、目が覚めるんですか？」

ニーゴールはハリーを見ていたが、やがてうなずいた。

「そういうことです。眠れないんですよ。ああいうことがあったあとですからね、そう簡単ではないんです。あなたも横になっても眠るわけではなく、あり得る限りの仮説を見つけ出して検証しておられるんでしょう」

ハリーはコーヒーに口をつけた。「何か、われわれと共有したい仮説があるんですか？」

ニーゴールが肩をすくめた。

「私は大量殺人には詳しくありませんからね。まあ、実際に大量殺人であればですが」

「これは大量殺人ではありません、連続殺人です。大違いですよ」

「なるほど。でも、被害者に共通点があることに気づいておられませんか？」

「みな若い女性ですね。ほかに何か？」

「男性関係が乱れている、あるいは、乱れていたという点が同じです」

「そうなんですか？」

「新聞を読めばわかりますよ。被害者の女性の過去についての記事そのものが物語ってくれています」

「リスベート・バルリは結婚していて、私が知る限りでは、浮気はしていません」

「結婚してからはそうですが、それ以前はバンドを組んで全国を興行し、ダンス会場で演奏して回っていたんですよ。まさか、あなただってそこまで初心《うぶ》じゃありませんよね、警部?」

「ふむ。では、この類似性からどういう結論を引き出し得ると?」

「この種の殺人者は自分には人の生死を分ける資格があると考えていて、自らを神の立場へと高めています。そして、聖書の『ヘブライ人への手紙』の十三章四節にこうあります――〝神はだれであれ姦淫する者を裁かれる〟と」

ハリーはうなずき、手首を上げて時間を確かめた。

「しっかり記憶しておきましょう」

ニーゴールがカップをいじった。

「探しておられたものは見つかりましたか?」

「そう言ってもいいでしょう、五芒星を見つけました。教会の内装物を扱っておられるあなたなら、それが何であるかは知っておられますよね」

「五つの頂点を持つ星のことですか?」

「ええ、一筆書きで描かれた星です。それが象徴しているかもしれないものに心当たりはありませんか?」

ハリーはテーブルに覆い被さるように俯いていたが、目はこっそりとニーゴールの顔を観察していた。

「ありますとも」ニーゴールが答えた。「5というのは黒魔術で最も重要な数字です。頂点の一つ、あるいは二つが上を向いていませんでしたか？」

「一つが」

「では、悪の象徴ではありませんね。あなたがおっしゃっているそれは、生命力と情熱を象徴しているかもしれません。どこで見つけたんですか？」

「彼女のベッドの支柱です」

「ああ、なるほど」ニーゴールが言った。「それなら簡単です」

「そうですか？」

「それはわれわれが〝暗黒の十字架《メア・クロス》〟、すなわち、悪魔の星と呼ぶものです」

「暗黒の十字架？」

「異教徒の象徴です。昔は〝メア〟を寄せつけないためにベッドや入口に彫っていたんです」

「メア？」

「そう、メアです。悪夢《ナイトメア》と言うでしょう、あれと同じですよ。女性の悪魔が眠っている人間の胸に坐り、またがって、彼に悪い夢を見させるんです。異教徒は彼女を悪魔だと考えたんです。〝メア〟が印欧基語の〝メル〟に由来していることを考えればおかしくはありません」

「白状しなくてはなりませんが、私の印欧基語は貧しいんですよ」

「それは〝死〟という意味なんです」ニーゴールが自分のコーヒー・カップを見つめた。「もっと正確に言えば〝殺人〟です」

自宅へ戻ると、留守番電話に一本のメッセージが残されていた。ラケルからだった。明日、自分は三時から五時まで歯医者の予約があるから、フログネルのプールでオレグに付き合ってもらえないだろうかという頼みだった。オレグがそうしてもらいたいんですって、と彼女は言っていた。

ハリーはその録音を何度も再生し、何日か前に受けた電話のような息遣いが聞こえないかと耳を澄ませたが、徒労に終わった。

服を脱いで、裸でベッドに入った。昨夜は上掛けを取り去り、カバーだけかけて眠ったのだった。今夜もそのままだったので、眠っているあいだにあちこち蹴飛ばしたらしく、ついにはカバーの開口部に足を突っ込むことになり、コットンの布地が破れる音に仰天して目を覚ますことになった。暗かった外はすでに白みはじめていた。上掛けのカバーの名残りを床に投げ捨てると、壁を向いて横になった。

やがて、彼女がやってきて馬乗りになり、轡《くつわ》をハリーの口に押し込んで手綱を引っ張った。ハリーの首がぐるっと回り、彼女は彼に覆い被さると、耳に熱い息を吹きかけた。火を吐く龍。留守番電話の言葉のないメッセージ、しゅうしゅういう息遣い。彼女はハリーの横腹に、尻に鞭を当てた。痛みは心地よく、彼女は言った。おまえが愛せる女はもうすぐわたししかいなくなる、だから、最初にそれを学んだほうがいい。
太陽が最も高い屋根のタイルを照らすまで、彼女は彼を解放しなかった。

19　水曜日〈水面下《アンダーウオーター》〉

三時ちょっと前にフログネルの屋外プールの前に車を駐めたとき、オスロに残された人々がみんなどこへ行ったのかを悟った。入場券売り場の前に百メートルの列ができていたのである。ハリーは塩素と引き替えに金を払おうとのろのろと進む行列のあとについていきながら、〈ヴェルデンス・ガング〉紙に目を通した。

連続殺人事件について新しい進展は何もなかったが、新聞はそれでも四ページを埋めるだけの材料を掘り出していた。見出しは何だか謎めいていて、しばらく前から事件を追っている読者にしかわからないのではないかと思われた。事件はいまや〝宅配業者殺人事件〟と呼ばれていて、一切が公表され、もはや警察は一歩もメディアの先を行ってはいなかった。朝の編集会議は、とハリーは推測した。この事件についておれたちがやった会議と同じようなものだったんじゃないのか。新聞には記者たちが警察本部でインタビューした目撃者たちの話が載っていたが、彼らは警察に話した以上のことまで思い出していた。また、新聞はアンケート調査を行なって、市民が尋常ならず恐怖に怯えていること、宅配業者が自分たちは顧客にドアを開けてもらわなければ仕事にならないのだから相応の補償をされていいはずだと考えていること、つまるところこの犯人を捕まえるのは当局の責務であることを明らかにしていた。また、宅配業者殺人事件とリスベート・バルリの失踪との繋がりは、もはや憶測ではなくて事実として扱われていた。〝姉、妹のあとを引き継ぐ〟という見出しの下に国立劇場の前に立つトーヤー・ハランとヴィルヘルム・バルリの大きな写真が掲げられ、写真の下のキャプションはこう謳《うた》っていた――〝断固たるプロデューサー、中止の意思なし〟。

ハリーは本文を目で辿り、ヴィルヘルム・バルリの発言部分を見つけた。

〝「ショウはつづかなくてはならない」という言葉は安っぽい常套句以上のもので、われわれの業界では何としても守らなくてはならない鉄則でもある。リスベートも自分の身に何が起こっているにせよ、それについては同じ考えであるはずだ。状況はもちろん衝撃的ではあるが、それでもわれわれは前を向いて進んでいこうとしている。このショウはリスベートへの敬意を表わすものである。彼女は偉大なアーティストであり、いまだその潜在能力に自分では気づいていないが、いずれはそうなるはずである。そうでないと考えることを、私は自分に許さない〟

ハリーはようやく入口を通り抜けると、足を止めてあたりを見回した。昔このフログネルの屋外プールへきたときから二十年は経っているはずだが、建物の外装と浅いほうに作られている大きなブルーのウォーター・スライドが改修されていることを除けば、大きな変化はないようだった。いまも塩素の臭いがし、シャワーから飛び散ってプールに漂い落ちる微細な水滴が小さな虹を作り、アスファルトを打つ足音が聞こえ、売店の前の日陰では濡れたままの水着で震えている子供たちが行列を作っていた。

ラケルとオレグは子供用のプールの下の芝生の傾斜地にいた。

「やあ」

ラケルが口元を緩めて微笑したが、大きなグッチのサングラスに隠れた目がどんな表情かを見て取るのは難しかった。彼女は黄色のビキニを着ていた。黄色のビキニが似合う女性は多くないが、ラケルはその一人だった。

「ねえ、知ってる？」オレグがいきなり、耳に入った水を出そうと頭を傾けながら言った。「五メートルの高さの跳び込み台から飛び込んだんだよ」

敷物には十分な余裕があったが、ハリーはそれでも二人の隣りの芝生に腰を下ろした。

「そんなことは信じられないな」

「ほんとだってば、嘘なんかついてないよ」

「五メートルだって？　だったら、おまえさんは本物のスタントマンだな」

「五メートルから飛び込んだことがある、ハリー？」

「一度だけな」

「七メートルからは？」

「腹から落ちたけどな」

ハリーは意味ありげにラケルを見たが、彼女はオレグのほうを見ていた。そのオレグが耳の水出し作業をいきなりやめて小声で訊いた。

「十メートルからは？」

ハリーはちらりと跳び込み台を見上げた。そこからは大歓声と、監視員が拡声器で注意を促す大きな声が聞こえてきた。十メートル。Tの字の形をした白黒模様の跳び込み台が青空を背景に聳えていた。最後にここへきたのが二十年前というのは本当ではなかった。それから何年か経った夏の夜に、一度だけきていた。クリスティンと一緒にフェンスを乗り越え、跳び込み台の階段を上がって、最上段の板の上に並んで寝そべった。そして、そのままひたすら話しつづけた。表面の粗い、硬いマットが肌に痛かった。満天の星がきらめいていた。愛する人は彼女しかいないと、あのときはそう思っていた。

「ないな。十メートルから飛び込んだことは一度もない」

「一度もないの」

オレグの声に失望の響きがあった。

「ああ、一度もない。頭から突っ込んだことがあるだけだ」

「頭から突っ込んだの？」オレグが跳び上がった。「でも、そのほうがかっこいいよね。大勢の人が見てたの？」

ハリーは首を横に振った。「夜だったから、だれもいなかったよ」

オレグが呻いた。「それって何の意味があるの？　だれも見ていないのに勇気を出すことに……？」

「おれもときどき不思議なんだ」

ハリーはラケルの目を捉えようとしたが、サングラスの色が濃すぎた。すでに片づけを終わり、ビキニの上からTシャツを着て、ブルー・デニムのミニスカートを穿いていた。

「だけど、そうであることは何より難しいんだぞ」ハリーは言った。「だれも見ていないところで独りでいるのはな」

「お願いを聞いてくれてありがとう、ハリー」ラケルが言った。「ほんとに感謝するわ」

「どういたしまして」ハリーは応えた。「急ぐ必要はないから、ゆっくりやることをやってくるといい」

「それは歯医者さん次第ね」ラケルが言った。「ゆっくりやる必要がなければいいんだけど」

「どんなふうに頭から突っ込んだの？」オレグが訊いた。

「普通に頭から突っ込んだんだ」ハリーはラケルから目を離さずに答えた。

「五時には戻るわ」ラケルが言った。「どこへも行かないでね」

「ずっとここで一緒にいるさ」ハリーは言ったとたんに後悔した。いまは感傷的になるときでも場所でもない。それにはもっとふさわしい状況があるはずだ。

ハリーは姿が見えなくなるまでラケルを見送りながら、祝日に歯医者の予約を取るのは難しいんじゃないだろうかと考えた。

「五メートルから飛び込むのを見てくれる？」オレグが言った。

「もちろんだ」ハリーは答え、Tシャツを脱いだ。

　オレグが彼を見つめて訊いた。

「日光浴をしたことはないの？」

「一度もない」

　オレグが二度飛び込んだあと、ハリーはジーンズを脱いで、オレグと一緒に跳び板の上に立った。たるんだボクサー・ショーツには欧州連合の旗の模様がついていて、それに気づいた若者二人が順番待ちの列のなかから非難の目を向けたが、ハリーはかまわずジャックナイフという飛び込み方をオレグに教えようとして手を水平に伸ばした。

「肝心なのは空中で姿勢を水平に保つことだ。実際、おかしなことをしているように見えるんだ。パンケーキみたいに平たくなって水に落ちようとしているかのようだからな。だが、最後の瞬間……」

　ハリーは親指を人差し指に押しつけた。

「……ちょうどジャックナイフのように身体を真ん中で二つに折り、両手と両足が同時に水面に当たるようにするんだ」

　そして、助走をつけて宙に飛び出した。監視員の呼び子が吹き鳴らされたのと同時にジャックナイフの形を取り、額が水面を打った。

「お客さん、五メートルは立入り禁止だと言ったでしょう」ハリーが水面に浮かび上がると、拡声器の声が聞こえた。

オレグが跳び込み台から合図を送り、ハリーはわかったと親指を立てて見せた。

水から上がると心許ない足取りで階段を下り、跳び込み用プールのなかを覗くことのできる窓の一つの前に立った。そして、二本の指で冷たいガラスをなぞり、結露を拭き取って、青と緑の水面下の景色を透かし見た。上方の水面には、水着や水を蹴る脚、青い空の雲の輪郭を見ることができた。〈水面下〉が頭に浮かんだ。

そのとき、オレグがやってきた。彼は盛大に泡を立てながら急停止したが、水面へ上がっていくのではなく、二度ほど水を蹴ると、ハリーが立っている窓の前へ泳いできた。二人は向かい合う格好になり、オレグは笑顔で腕を振って指をさした。その顔は淡い緑色を帯びていた。プールの向こうの音はハリーには聞こえず、ただオレグの口が動き、黒髪が無重力のなかの海草のようにゆらゆらと漂い、指が上をさしているのが見えるだけだった。それを見て、ハリーは何かを思い出した。いまこの瞬間は考えたくない何かだった。ガラスを隔てたオレグと、空から焼けるような暑さを注いでいる太陽と、周囲の楽しそうな喧噪とともにありながら、それでも、彼は究極の静けさのなかにいた。ハリーは不意に、何か恐ろしいことが起ころうとしている予感に襲われた。

忘れていたのにまさに次の瞬間、その予感はもう一つの予感に取って代わられた。オレグが水を一蹴りして視界から消えたときである。ハリーは何も映っていないテレビ画面を依然として凝視していた。何も映っていないテレビ画面。結露に描いた方形。自分がどこでそれを見たのか、いまわかった。

「オレグ！」ハリーは階段を駆け上がった。

カールは大体において人々にそれほどの興味がなかった。二十年以上もカール・ベルネル広場でテレビ販売店をやっているにもかかわらず、たとえば、その広場の名前の元になったのがどういう人物であるかを知ることにさしたる興味はなかったし、警察の身分証を持っている自分の前に立っている長身の男についても、その男の隣りに立っている濡れた髪の少年についても、特に何かを知りたいと思わなかった。その警官が話している、通りを隔てた事務弁護士事務所の女性用洗面所で見つかった娘についても、それは同じだった。いまカールにとって興味がある人物は一人だけ、〈ヴィー・メン〉の表紙の娘しかいなかった。年齢《とし》はいくつだろう？　本当にテンスベルグの出身だろうか？　通りかかった男たちに見えるようにアパートのベランダで裸で日光浴をするのが好きなのだろうか？

「バルバラ・スヴェンセンが殺された日、ここにお邪魔したんですがね」警察官が言った。

「あんたがそう言うんなら、そうなんでしょう」カールは言った。

「窓際の、電源につながっていないあのテレビですが、そこから見えますか？」警察官が指さした。

「フィリップス製ですよ」カールは〈ヴィー・メン〉を脇へ押しやった。「いいでしょ？　五十ヘルツ、フラット・スクリーン、サラウンド・サウンド、文字多重放送とラジオにも対応してますからね。本来なら七・九で売るんだが、あんたなら五・九でいいですよ」

「だれかが画面の埃をなぞってますね、見えますか？」

「そういうことなら仕方がない」カールはため息をついた。「五・六に負けておきます」

「テレビはどうでもいいんです」警察官が言った。「だれがなぞったかを知りたいんです」

「なぜ？」カールは訊いた。「そんなことを警察に知らせなくちゃならないなんて、思いもよりませんでしたがね」

警察官がカウンターに身を乗り出した。その顔色が、いまの答えに満足していないと言っていた。

「しっかりと聞いてもらいたいんだが、われわれは殺人犯を見つけようとしていて、私にはその犯人がここにきてあのテレビの画面の埃をなぞったと信じる理由があるんですよ。どうです、わかりましたか？」

カールは黙ってうなずいた。

「素晴らしい。それでは、よく考えてもらいましょう」

背後でベルが鳴って、警察官が振り返った。金属の容器を持った女性が入口に立っていた。

「あのフィリップスのテレビだ」警察官が指さした。

その女性は一言も発しないままうなずくと、テレビを置いてある壁の前でしゃがんで容器を開けた。

カールは目を丸くして二人を見つめた。

「どうです？」警察官が訊いた。

これはテンスベルグのリズより重要だと、カールもさすがにわかりはじめた。「ここにくる全員を憶えているのは無理ですよ、そうでしょう?」カールは口籠もった。それは誰一人憶えられないということでもあった。

事実そのとおりで、カールにとって顔は何の意味もなさなかった。リズの顔でさえもう忘れていた。

「私も全員のことを知る必要はないんです」警察官が言った。「この一人だけでいいんですよ。今日は暇なようですね」

カールは諦めて首を振った。

「何枚か、写真を見てもらえますか?」警官が訊いた。「この人物に心当たりはありませんか?」

「ありません。あんたのことだってわからなかったのに……」

「ハリー……」少年が言った。

「しかし、テレビの画面をなぞったんですよ、憶えていませんか?」

「ハリー……」

あの日、カールは店にだれかがいるのを見ていた。それが頭に浮かんだのは、警察がやってきて不審な何かを見なかったかと訊いたときだった。問題は、その人物がそこに立ってテレビ画面を見つめているだけで、ほかには特に何もしなかったということだった。だとすれば、警察に何を話さなくてはいけないというのか。顔を憶えていないだれかが店にいて怪しげな振る舞いをしたと言えというのか？　厄介な面倒に巻き込まれて、そのうえ、余計な注目を浴びろというのか？

「いや」カールは言った。「テレビ画面の埃をなぞっただれかなんて見ていませんね」

警察官が何かをつぶやいた。

「ハリー……」少年が警察官のTシャツをつかんだ。「五時だよ」

カウンターに身を乗り出していた警察官が背筋を伸ばし、腕時計を見た。

「ベアーテ」彼は言った。「何か出てきたか？」

「その答えを出すには早すぎます」女性が答えた。「跡は十分に鮮明に残っていますが、指を引きずっているせいで完全な指紋を採取するのが難しいんです」

「電話してくれ」

ふたたび入口のベルが鳴り、カールは金属の容器を持ってきた女性と二人きりで店に取り残された。

彼はテンスベルグ出身のリズをふたたび手に取ったが、思い直して彼女の顔を伏せると、女性警察官のところへ行った。彼女は小さなブラシを使い、繊細な手つきで、その前に画面に振りかけた粉のようなものを払っていた。画面の埃をなぞって描かれた形はいまも見ることができた。カールは昔から節約を旨としていたから、掃除についても同じであり、そこに描かれたものが何日か経ったあとでそのまま残っていても、驚くには当たらなかった。だが、そこに描かれているものは驚きだった。

「何だろう？」彼は訊いた。

「わかりません」女性が答えた。「ただ、何と呼ばれているかは教えてもらいました」

「何と呼ばれているんだ？」

「悪魔の星です」

20　水曜日　聖堂建築者

ハリーとオレグはフログネル公園の屋外プールから出てこようとしていたラケルと遭遇した。彼女はオレグに駆け寄り、息子を抱き締めながらハリーを睨みつけた。

「あなた、自分が何をしてると思ってるの？」ラケルが小声で咎めた。

ハリーはだらりと両手を下げたまま、もじもじした。答えることはできなくはない。この街にいる人々の命を救おうとしているのだ、と。だが、それでさえ嘘なのではないか。実は自分がしているのは自分勝手なことであり、周囲にいる全員に犠牲を強いることだ。これまでもいつもそんなふうだったし、これからもいつもそんなふうであるだろう。たまたま人の命を救ったとしても、それはおまけでしかない。

「申し訳ない」ハリーは答える代わりに謝った。いずれにしても、それは嘘ではなかった。

「連続殺人事件の犯人が立ち寄ったところに行ってたんだよ」オレグが興奮して報告したが、母が信じられないという表情に変わるのを見て口をつぐんだ。

「いや――」ハリーは弁明しようとした。

「やめて」ラケルがさえぎった。「そんなこと、やろうとすらしないでちょうだい」

ハリーは肩をすくめ、悲しげに微笑してオレグを見た。

「ともかく、家まで送るよ」

どういう返事が返ってくるかはわかっていた。ハリーはそこに立ち尽くして二人を見送った。ラケルが先に立って足早に歩いていき、オレグは振り返って手を振った。ハリーは手を振り返した。

瞼の裏で太陽が脈打っていた。

職員食堂は警察本部の最上階にあった。ハリーは入口に立ち、広い室内を見渡した。一人が背中を向けてテーブルについているだけで、ほかにはだれもいなかった。フログネル公園からまっすぐ警察本部へ戻ってきて六階の廊下を歩いているとき、トム・ヴォーレルのオフィスが空だけれども明かりがついたままであることは確認済みだった。

すでに金属のシャッターが下りているカウンターへ行った。隅に吊されているテレビでは、宝くじの抽選が行なわれていた。漏斗状の筒をボールが転がり落ちてきた。ボリュームは絞ってあったが、女性の声がこう言うのが聞こえた。「五です、当たりの数字は五」だれかが運がよかったということだった。テーブルのそばで椅子を引く音がした。

「やあ、ハリー。ここはもう営業終了だぞ」

ヴォーレルだった。

「わかってる」ハリーは言った。

ハリーはラケルに訊かれたことを考えた。実際のところ、おれは何をしているんだろう。

「ちょっと煙草を喫おうと思って」

ハリーはルーフ・テラスへつづくドアのほうへ顎をしゃくった。事実上、通年喫煙室の役割をしている場所だった。

ルーフ・テラスからの眺めは素晴らしかったが、まったく風がなくて暑いのは下の通りと同じだった。午後の陽差しが斜めに街に射し込んでビョルヴィーカを照らしていた。そこはいまは高速道路や貨物船のコンテナ置き場、ジャンキーの溜まり場だが、もうすぐオペラ・ハウスやホテル、大金持ちのためのアパートが建つことになっていた。富はいきなりやってきて、街全体を呑み込みはじめていた。それはハリーにアフリカの川にいる鯰《なまず》を連想させた。その大きな黒い魚は深く潜るという感覚を持ち合わせず、日照りがつづいて水がなくなると最終的には泥水の溜まったところから逃げられなくなり、ゆっくりと干上がってしまうのである。至るところで建設工事が始まっていて、聳えるクレーンが午後の陽を受けてキリンの影絵のように見えていた。

「実際、すごいことになりそうだな」

いつの間にか、ヴォーレルがやってきていた。

「いずれわかるさ」

ハリーは煙草を喫った。どう返事をしたか定かでなかった。

「おまえさんだって気に入るさ」ヴォーレルが言った。「慣れの問題に過ぎんよ」

ハリーは鯰が目の前にいるのが見えるような気がした。すっかり水がなくなったあと、泥にまみれて、尾をばたつかせ、空気を吸うことに慣れようと口を大きく開けている鯰が。

「だが、おれは答えを必要としているんだ、ハリー。おまえさんがなかにいるのか、そうでないのか、それを知らなくちゃならない」

空気のなかでの溺死。この鯰の死に方は何かほかの死に方より悪いとは限らないのではないか。溺死は比較的楽なはずだ。

「ベアーテから電話があった」ハリーは言った。「テレビ販売店で指紋を採取してもらった」

「それで？」

「部分的なものしか採れなかったそうだ。それに、店主は何も憶えていない」

「くそ。スウェーデンでは物忘れしがちな目撃者に催眠術を使って効果を上げているとアウネが言っていたが、われわれもそれを試してみるべきかもしれないな」

「そうだな」

「今日の午後、鑑識課からちょっと興味深い情報が上がってきた。カミッラ・ローエンについてだ」

「ほう？」

「彼女は妊娠していたことが判明した。二カ月だ。だが、彼女と仲がよくてわれわれが事情聴取した者たちのなかに、父親がだれであるかについて心当たりのある者はいなかった。それと彼女の死に関係があるとは思いにくいが、知っておいても損はあるまい」

「ふむ」

沈黙がつづき、ヴォーレルが手摺りに寄りかかって身を乗り出した。

「おまえさんがおれを好いていないのはわかってるよ、ハリー。それに、一晩で好きになりはじめてくれと頼むつもりもない」

一呼吸あった。

「だが、一緒に仕事をするのであれば、そろそろ、お互いにもう少し胸襟を開こうとする必要があるかもしれんな」

「胸襟を開く？」

「そうだ。その気になれないか？」

「まあな」

ヴォーレルが苦笑した。「そうだろうな。だが、やってみてもいいんじゃないか？　まずはおまえさんから訊いてもらおうか、おれについて何か知りたいことがあるか？」

「知る？」

「そうだ、何でもいいから訊いてくれ」

「撃ったのはおまえ……？」と訊こうとして、ハリーは途中でやめた。「そうだな」質問を変えた。「何がおまえをそうさせているのかを教えてもらおうか」

「どういう意味だ？」

「おまえは朝起きて、やるべきことをやるだろう。そうすることで何を求めているのか、なぜそれを求めているのかを教えろということだ」

「わかった」

ヴォーレルはちょっと時間をかけて考えていたが、やがて、クレーンを指さした。

「あれが見えるか？　おれの曾祖父は六頭のサザーランド羊を連れ、アバディーン煉瓦職人組合の推薦状を持ってスコットランドから移民してきた。そして、アーケル川や線路の東側に沿って見えている家々を建てる手伝いをした。そのあと、息子たちが跡を継ぎ、その息子たち──おれの父親もだ──も跡を継いだ。祖父は苗字をノルウェー風に変えたが、オスロの西へ引っ越したときに、おれの父親が元に戻した。ヴォーレルだ。〝壁〟だよ。それにはプライドが関係していなくもないだろうが、アンネルセンという苗字は未来の判事には陳腐に過ぎるとも親父は考えたんだ」

ハリーはしげしげとヴォーレルを見て、頬の傷を突き止めようとした。

「それじゃ、おまえは判事になる訓練を受けていたのか？」

「法律を勉強しはじめたときはそのつもりだった。何事もなければ、たぶんそのつもりでいつづけただろうな」

「何があったんだ？」

ヴォーレルが肩をすくめた。

「親父が仕事中に事故で死んだんだ。妙なことだが、人というのは父親がいなくなったとたんに、自分がした選択は自分自身のためと同じぐらい父親のためでもあったことに気づく。自分と法律を学んでいるほかの学生のあいだに共通点がまったくないことが、おれはすぐにわかった。おれはナイーブな理想主義者みたいなものだったんだろう。正義の旗を掲げて近代民主主義国家を前に進めることがすべてだと考えていた。しかし、大抵の連中にとって、それは肩書と職を得て、ウッレーンの隣りの娘に気に入ってもらえるようになることだとわかった。まあ、おまえさんは自分が法だと考えて、そう振る舞っているようだが……」

ハリーはうなずいた。

「それは遺伝子のなせる業かもしれない」ヴォーレルが言った。「いずれにせよ、おれは昔から物を作るのが好きだった。大きな物だ。ほんの子供だったときから、レゴ・ブロックで大きな宮殿をいくつも作った、ほかの子供たちが作るのよりはるかに大きなやつをな。法律を学んでいるとき、おれはちっぽけな考えしか持ち合わせない志の低い連中とは自分が遺伝的に異なっていることに気がついた。それで、父親の葬式から二カ月後に警察学校に入った」

「ふむ。噂によればトップの成績で卒業したとか」

「二番目だ」

「そして、この警察本部でおまえの宮殿を造らなくちゃならなかったのか？」

「そんな必要はなかった。〝造らなくちゃならなかった〟なんてことはないんだ、ハリー。おれは子供のとき、ほかの子供のレゴ・ブロックを奪い取って自分の宮殿をでかくしていた。問題は何を欲するかだ。ちっぽけでみすぼらしい生活をする連中のためのちっぽけでみすぼらしい家を欲するか、それとも、オペラ・ハウスや大聖堂、壮大なビルを持つことを欲するか。それが自分自身より大きな何かへの道を目指し、そのために努力できるものなんだ」

ヴォーレルが鉄の手摺りを撫でた。

「大聖堂を建てるのは神の思し召しなんだ、ハリー。イタリアでは、教会を建てているときに死んだ石工は殉教者に列せられる。たとえ大聖堂建築者が人類のために建てたのだとしても、人類の骨と人類の血の上に建っていない大聖堂は人類史上一つもない。おれの祖父は口癖のようにそう言っていたよ。そして、それはこれからも常にそうであるはずだ。ここから見える大半の建物のモルタルには、おれの一族の血が使われている。おれはさらなる正義を欲しているだけだ。全員にとってのな。そして、そのために必要な建築資材を使うつもりだ」

ハリーは煙草の火先を見つめた。

「で、おれは建築資材なのか？」

ヴォーレルが微笑した。

「そういう言い方もあるが、答えはイエスだ。おまえさんがそれを欲すれば、だがね。おれはどっちでもいいんだが……」

ヴォーレルは最後まで言わなかったが、ハリーにはどう締めくくられるかわかっていた。

「……おまえさんはそれを欲しないだろうな」

ハリーはゆっくりと煙草を吸うと、小声で訊いた。「おれがおまえの船に乗ることに同意したらどうなるんだ？」

ヴォーレルが意外そうに片眉を上げ、じっとハリーを見つめて答えた。

「最初の仕事を受け取ることになる。それを一切の質問なしで単独で実行する。おまえさんの前の人間は例外なくそうしてきた。忠誠の印としてな」

「それで？」

「いずれわかる。だが、引き返すことは不可能になるぞ」

「ノルウェーの法律を犯すということか？」

「たぶんな」

「なるほどな」ハリーは言った。「それでおれに枷《かせ》を嵌めようというわけだな。おまえを裏切ることができないようにするわけだ」

「おれなら別の言い方をしただろうが、まあ、そういうことだと思ってもらってかまわない」

「それで、何の話をしているんだ？　密輸か？」

「それはまだ言えないな」

「おれが公安部やＳＥＦＯのスパイでないと、どうしてそこまで確信が持てるんだ？」

ヴォーレルが手摺りからもっと身を乗り出して下を指さした。

「彼女が見えるか、ハリー？」

ハリーはテラスの端まで行って公園を覗いた。人々がいまも緑の芝生に寝そべり、最後の陽差しを浴びていた。

「黄色いビキニの彼女だ」ヴォーレルが言った。「ビキニにぴったりの色じゃないか?」

ハリーは胃袋が縮み上がり、上半身を引いて直立した。

「おれたちは馬鹿じゃない」ヴォーレルが芝生を見下ろしたままで言った。「仲間に加えたい人間を追跡している。彼女はいまも若々しい。おれが見る限りでは、頭もいいし、自立している。だが、すべての女性が相応に欲するものを欲している。自分を扶養してくれる男だ。生物学的に至極まっとうなことだ。そして、おまえさんにはあまり時間がない。彼女のような女性がいつまでも独りでいるはずはないからな」

ハリーの煙草がテラスの端を越えて落ちていき、火花を散らした。

「昨日、エストラン全域に森林火災警報が出てるぞ」ヴォーレルが言った。

ハリーは応えず、ヴォーレルの手が肩に置かれた瞬間に身震いした。

「厳密に言うと、締切はすでに過ぎているんだ、ハリー。だが、われわれが寛大であることを示すために、あと二日待つことにしよう。そのあいだに返事をもらえなかったら、この申し出は失効する」

ハリーはごくりと唾を呑み、一つの言葉を口にしようとした。が、舌が従うことを拒否し、唾液腺がアフリカの干上がった川床のように感じられた。

そして、ようやく声を絞り出した。

「感謝する」

ベアーテ・レンは仕事が楽しかった。手順が決まっていることも、危険を感じないですむことも、自分が有能だとわかったことも気に入っていたし、ヒェルベルグ通り二一Aの鑑識科学研究所の全員がそれを知っていることもわかっていた。自分の人生で重要なのは仕事だけだと考えていたから、それが朝起きるための十分な理由になった。ほかのすべてはその合間のことでしかなかった。住んでいるのはウップサールの母の家で、上階全体が彼女のものになっていた。母との関係はこの上なく良好だった。父親が生きているときは完全な父親っ子で、だから父親のように警察官になったのだろうと思っていた。趣味はなかった。ハリーとオフィスを共有しているハルヴォルセンとはカップルのようになっていたが、自分では納得していなかった。女性雑誌にはそういう疑問を持つのは自然なことであり、危険を冒すべきだと書いてあった。ベアーテは危険を冒すのが好きではなかったし、疑問を抱えているのも好きではなかった。それが仕事が楽しい理由だった。

成長するにつれて、だれかが自分のことを考えているかもしれないと思うと顔が赤くなるようになり、それを隠す方法を時間の大半を使って色々と考えた。それでも顔は赤くなったが、それを隠すいい場所を見つけていた。鑑識課の古びた煉瓦の壁の内側に何時間でも閉じこもり、完全な平穏と静寂のなかで、重要で複雑な、異論の多い事件を解決できるかもしれない指紋、弾道報告書、録画ビデオを分析し、音声を比較し、DNA、衣服の繊維、足跡、血液、無数の専門知識の必要な手掛かりを解析していればよかった。それに、この仕事が一見そう思われるより危険ではないことにも気づいていた。大きな声ではっきり発言し、理由がわからないまま赤くなったり、面子《めんつ》を失ったり、恥部を暴かれたり、晒し者にされていると感じてパニックになりさえしなければいいのだ。ヒェルベルグ通りのオフィスは彼女の城だった。制服と職業的義務が精神的な鎧となってくれていた。

時計が夜中の十二時三十分を指したとき、ベアーテのオフィスの机の電話が鳴った。リスベート・バルリの指の検査報告書を読んでいた彼女は、また心臓の鼓動が速くなりはじめた。発信者が〝番号未登録〟とディスプレイに表示されている電話からかけてきていたからである。それはつまり、彼だということだった。

「ベアーテ・レンです」

やはり、彼だった。咎めるような強い口調だった。

「指紋のことだが、どうしておれに電話をしなかった？」

ベアーテは一瞬息を呑んでから答えた。

「自分が伝えるとハリーが言ったんです」

「ありがとう、それは受け取ったよ。次からは、まずおれに教えるんだ。わかったか？」

ベアーテはまた息を呑んだ。それが恐怖のせいなのか、腹立ちのせいなのかは判然としなかった。

「いいでしょう」

「ほかに、彼には伝えたがおれにはまだ教えてくれてないことはないのか？」

「ありません。でも、郵便で送られてきた指の爪のあいだの残留物の正体について、検査結果が出ています」

「リスベート・バルリの指だな？　で、何だったんだ？」

「排泄物でした」

「何だって？」

「糞便です」

「ありがとう。わかったよ。で、出所はわかったのか？」

「ええ、まあ」

「いや、質問を訂正する。だれのものかわかったのか？」

「確答はできませんが、推測は可能です」

「よかったら、その推測を聞かせてもらえるかな……」

「糞便には血液が混じっています。痔疾《じしつ》だったのかもしれません。血液型はBです。わが国でB型の血液を持っているのは人口の七パーセントです。ヴィルヘルム・バルリは献血をしていましたから血液型はわかっていて――」

「よし。それで、きみはどういう結論を導き出しているんだ？」

「わかりません」ベアーテは即座に答えた。

「しかし、肛門が性感帯であることは知っているだろう、ベアーテ？　男でも女でもそうだ。それとも、忘れたのか？」

ベアーテは固く目を閉じた。二度と聞きたくない。絶対に。あれははるか昔のことで、ようやく心も身体もあのことを忘れはじめているのに。しかし、彼の声はそこにあって、しかも蛇の外皮のように滑らかで硬かった。

「きみはまったく普通の娘を演じるのが上手だな、ベアーテ。おれはあれが好きなんだよ。きみが欲していない振りをしているときのあれも好きだったけどな」

それはあなたも知ってるし、わたしも知ってる。でも、ほかにはだれも知らないことよ。

「ハルヴォルセンもしたか？　おれだけじゃなくて？」

「切りますよ」ベアーテは言った。

笑い声が耳に不快だった。その瞬間、ベアーテは悟った。隠れるところなどないんだ。どこにいても見つかるときは見つかるんだ。最も安全だと感じる場所にいた三人の女性が見つかってしまったように。城などないし、鎧もないんだ。


エイステインはテレーセ通りのタクシー溜まりに駐めた自分のタクシーの運転席にいて、ローリング・ストーンズのテープを聴いていた。そのとき、電話が鳴った。

「オスロ・タクシー――」

「やあ、エイステイン、ハリーだ。いまはだれか乗せているのか？」

「ミックとキースだけだ」

「何だって？」

「世界一のバンドだよ」

「エイスティン」

「何だ？」

「ストーンズは世界一のバンドじゃない。二番ですらない。世界一過大評価されてるバンドというのが本当のところだ。それに、『ワイルド・ホース』を書いたのはキースでもミックでもない、グラム・パーソンズだ」

「そんなのは嘘っぱちだ、おまえだって知ってるくせに。切るぞ――」

「もしもし？　エイスティン」

「もう少しましなことを言えよ、さっさとな」

「『アンダー・マイ・サム』は悪くない。『メイン・ストリートのならず者』も取り柄がなくもない」

「いいだろう。で、何の用だ？」

「手助けが必要なんだ」

「夜中の三時だぞ。そろそろ寝たらどうだ？」

「それが眠れないんだ」ハリーは言った。「目をつぶるたびに恐ろしくなる」

「昔と同じ悪夢か？」

「ラジオネーム〝地獄〟からのリクエストだよ」

「あのエレベーターの夢か？」

「どんな夢か見る前にわかっていて、そのたびに怖くなるんだ。どのぐらいでこっちへこられる？」

「あんまり行きたくないな」

「どのぐらいできてくれるんだ？」

エイステインは嘆息した。

「六分かな」

エイステインが階段を上がっていくと、ハリーはジーンズを穿いただけの格好で入口に立っていた。

二人は明かりもつけないまま居間に腰を下ろした。

「ビールはあるか？」エイステインは〝プレイステーション〟のロゴの入った黒い帽子《キャップ》を脱ぎ、汗ばんでいる薄くなりはじめた髪を撫でつけた。

ハリーが首を横に振った。

「これを服《の》めよ」エイステインは黒いカメラ・フィルム容器をテーブルに置いた。

「おれのおごりだ。フルニパムだ。一発で効くぞ。一錠でも効きすぎるぐらいだ」

ハリーが容器を見つめた。

「きてくれと頼んだのはこれが理由じゃないんだ、エイステイン」

「違うのか？」

「違う。暗号の解読の仕方を知る必要があるんだ。おまえはそれを仕事にしてたからな」

「ハッキングってことか？」エイステインは驚きを露わにしてハリーを見た。「パスワード破りをやらなくちゃならないってことか？」

「ある意味ではな。連続殺人事件のことは新聞で知ってるだろ？　犯人はわれわれに暗号を送ってると、おれはそんな気がしてるんだよ」

ハリーがテーブルの明かりをつけた。「これを見てくれ」

エイステインはハリーがテーブルを滑らせて寄越した紙に目をやった。

「星か？」

「五芒星だ。二つの犯行現場にそれが残されていた。一つはベッドの支柱に彫られていて、もう一つは犯行現場の向かいの販売店のテレビ画面についた埃をなぞって描かれていた」

エイステインはその星を検め、うなずいた。「で、おれならこの意味を突き止められると考えてるんだな？」

「そうじゃない」ハリーは両手で頭を抱えた。「だが、おまえなら暗号解読の原則について何かを教えられるんじゃないかと思ってはいる」

「おれが解読してきたのは数字からなる暗号だぞ、ハリー。人間が人間に宛てて送る暗号とは、使われている文法がまったく違うんだ。たとえば、女どもが本当は何を言っているか、おれはいまだに解読できないんだ」

「この場合は両方だと想像してくれ。単純な論理と言外の意味の両方だ」

「いいだろう、暗号の解読について話そう。暗号を解くのに必要な鍵は、論理的思考と類推思考と呼ばれるものの両方を理解することなんだ。後者が意味するのは潜在意識や勘、言い換えれば、いまはまだ認識されていないものを用いるということだ。そしてそのあと、線形思考とパターン認識とを組み合わせる。アラン・チューリングって聞いたことがあるか？」

「ないな」

「イギリス人だよ。戦争中、ドイツの暗号を解読したんだ。要するに、第二次大戦でドイツを負かした男だ。彼が言うには、暗号を解読するためにはまず敵がどの次元で活動しているかを知らなくてはならない」

「で、その意味は？」

「こういう言い方をしてもいいのなら、それは文字や数字の上位にあるレベルだ。言語の上位のレベルで、答えは〝どうやって〟ではなくて〝なぜ〟を教えてくれる。わかるか？」

「わからんな。だが、おまえの方法を教えてくれ」

「方法なんかだれにもわからんよ。宗教的啓示と同じだ。才能というほうが近いかな」

「〝なぜ〟はわかったとしよう。そのあとはどうなるんだ？」

「そこからが長い旅路だ。死ぬまで延々と順列組合わせを試すことになる」

「死ぬのはおれじゃない。おれには短い旅の時間しかないんだ」

「おれが知ってる方法は一つだけだ」

「それは？」

「没我だよ」

「そうじゃないかと思った、没我だ」

「冗談を言ってるんじゃないんだ。意識的思考が停止するまでデータを凝視しつづけるんだよ。筋肉を緊張させつづけていると勝手に痙攣《けいれん》しはじめて自分ではどうにもならなくなるだろう、あんなような状態だと思ってくれ。山のなかでどうにもならなくなったときに登山家の脚が痙攣するのを見たことがないか？　ない？　まあ、あれに似てるんだ。八八年に、おれはデンマーク銀行の口座に四夜つづけて忍び込んだんだが、あのときは数滴の冷凍ＬＳＤに助けてもらった。潜在意識が暗号を解読すれば、おまえはそこにたどり着くだろう。そうでなければ……」

「そうでなければ？」

エイステインは笑った。「頭がやられるのさ」

「ふむ。没我か」

「没我だ。直感だよ。そして、ちょっと薬の助けを借りれば……」

ハリーがフィルムの容器を手に取って顔の前にかざした。

「いいことを教えてやろうか、エイステイン？」

「何だ？」

ハリーがテーブル越しに容器を放り、エイステインはそれを受け止めた。

「さっき『アンダー・マイ・サム』は悪くないと言ったよな、あれは嘘だ」

エイステインは容器をテーブルの端に置くと、はるか以前に流行遅れになっている、尋常でなくくたびれ果てたプーマのスニーカーの紐を結んだ。

「わかってるさ。最近、ラケルとはどうなんだ？」

ハリーが首を横に振った。

「それが引っかかってるんだろ、ちがうか？」

「そうかもしれん」ハリーが言った。「実は仕事の申し出があるんだが、それを断わっていいものかどうかわからないんだ」

「まあ、おまえさんが言ってるのは、わかりきったことだが、おれのボスがおまえに申し出た仕事じゃないんだろ」

ハリーが微笑した。

「すまん、仕事の助言なんておれの柄じゃないからな」エイスティンは立ち上がった。「その容器は置いていくよ。好きにしてくれてかまわない」

21　木曜日　ピュグマリオーン

ボーイ長は頭のてっぺんから爪先まで、その男に目を凝らした。この仕事に就いて三十年の経験からトラブルの臭いを嗅ぎ取ることができるようになっていたが、この男は遠くからでもはっきりわかるほど臭っていた。すべてのトラブルが悪いわけではない。ときどきは、ここ、〈シアター・カフェ〉に客が押し寄せることを期待できるような、いいスキャンダルもないわけではない。しかし、それはたとえば野心満々の若い歌手がこのウィーン風カフェのバルコニーで自分は次の大スターだと叫んだり、国立劇場でかつて主役を張っていた俳優が酔っぱらって、近くのテーブルに坐っている有名な投資家について、唯一はっきり言えるのはあの男はホモセクシュアルだ云々かんぬんと声高に公言したりするといった類いのものでなくてはならなかった。だが、いまボーイ長の目の前に立っている男は気の利いた面白いことを言うようなタイプには見えず、外見から判断する限りでは、むしろ、借金を抱えていて、酔っぱらいで、やっとのことで生きている、トラブルの塊であることを示唆していた。黒のジーンズ、赤い鼻、短髪が、〈バーンズ〉の地下で舞台の裏方をしているのではないかと思わせた。しかし、ヴィルヘルム・バルリに会わせてほしいと頼まれたときには、新聞記者の溜まり場になっている〈トストループヒェラン〉というパブに巣くっているろくでなしの一人に違いないと見当をつけた。そのパブは〈ルー・リード〉という立派な名前の屋外レストランの地下に潜っていた。気の毒なバルリの魅力的な妻があんなに悲劇的に失踪したことをいまでも根掘り葉掘り詮索し、慎みのかけらもなく貪り食らう獣どもに、ボーイ長は一片の敬意も持ち得なかった。

「件《くだん》の紳士が当店にいらっしゃるのは間違いありませんか？」ボーイ長は訊きながら予約名簿を見たが、バルリがいつものとおり十時きっかりにやってきて、国会《ストルティング》通りに面したガラス張りのベランダのいつものテーブルに腰を下ろしたことは完璧に把握していた。いつものとおりでないのは――それがバルリの精神状態についてボーイ長が懸念する理由でもあったのだが――、あの陽気なプロデューサーが日にちを間違え、いつもの水曜日ではなくて木曜日にきたことだった。

「いや、もういいんだ、あそこにいるのがわかった」男はそう言って歩き出した。

たてがみのような長い髪からしてヴィルヘルム・バルリに違いないと思われたが、近づくにつれて人違いではないかという気がしはじめた。

「ヘル・バルリ？」ハリーは訊いた。

「ハリー！」

ヴィルヘルムの目が一瞬輝いたが、それはすぐに消えた。頰がこけ、つい何日か前は日焼けして健康的だった肌は、いまや生気のない白い粉が吹いていた。ヴィルヘルム・バルリは縮んでしまったかのようで、がっちりしていた肩までが細くなったかに見えた。

「鰊《にしん》はどうです？」バルリが自分の前のテーブルを指さした。「オスロで一番ですよ。毎週水曜日にこれを食べると決めているんです。心臓にいいとも言われてますよね。だけど、そのためにはあなたがそれを食べ、このカフェにくる人たちが……」バルリが腕を広げてほとんど店内に人気がないことを示した。

「いや、結構」ハリーはそう言って腰を下ろした。

「では、パンはどうです？」バルリがパン籠を差し出した。「茴香《ういきょう》の種子を実のまま使った茴香パンで、ノルウェーではここでしか食べられないんですよ。鰊に実によく合うんです」

「いや、コーヒーだけで結構です」

バルリがウェイターを呼んだ。

「どうして私がここにいるとわかったんです？」

「劇場へ行ったんですよ」

「そうですか？　劇場の者たちには、私は街にいないと言ってくれと頼んであったんですがね。新聞記者たちが……」

バルリが自分の喉を絞める格好をして見せた。それがバルリ自身の状況を表わして見せているのか、新聞記者たちをこうしてやりたいという意味なのか、ハリーにはよくわからなかった。

「警察バッジを見せて、重要な用件だと言ったんです」ハリーは応えた。

「なるほどね」

バルリの視線がハリーの前のテーブルへ移ったと思うと、ウェイターがやってきて二つ目のカップをそこに置き、すでにテーブルにあったポットからコーヒーを注いだ。ウェイターが下がると、ハリーは咳払いをした。バルリがぎょっとして視線をハリーに戻した。

「悪い知らせなら、ハリー、単刀直入にお願いします」

ハリーはコーヒーを飲みながら首を横に振った。

バルリが目をつぶり、聞き取れない声で何かつぶやいた。

「ミュージカルのほうはどんな具合ですか？」ハリーは訊いた。

バルリが気弱に微笑んだ。

「昨日、〈ダーグブラーデ〉の文化担当の女性記者が電話をしてきて、まったく同じ質問をしてくれましたよ。それで、芸術的な側面でのことを説明したんですが、彼女が本当に知りたがっているのは、実は、リスベートの謎の失踪と彼女の姉が代役をつとめると喧伝されていることがチケットの売行きにいい影響を及ぼしているかどうかだったんです」

バルリがいやはやというようにぐるりと目を回して見せた。

「それで」ハリーは訊いた。「そうなっているんですか？」

「あんた、頭がおかしいんじゃないですか？」

バルリの声がいきなり大きくなり、口調もぞんざいになった。

「いまは夏ですよ。人々が求めているのは楽しむことで、知りもしない女を憐《あわ》れんで心配することじゃないんです。われわれは客を引き寄せるべき主役、リスベート・バルリを失った。彼女はカントリー&ウェスタンの国からきた未知のスターだったんですよ。その歌う星を開演初日の直前に失ったんだ、ビジネスにとっていい影響があるわけがないでしょう！」

カフェの奥のほうにいた客が振り向いたが、バルリはそのままの大きな声でつづけた。

「チケットなんかほとんど売れていません。ただし、初日の夜は別で、それこそ飛ぶように捌《さば》けましたよ。人というのは残酷で、血の臭いを嗅ぎつけることができるんです。それなくしては望みはないんです。この公演を成功させるには絶賛されることが大前提で、基本的に、それなくしては望みはないんです。しかし、いまの私には……」

バルリが白いテーブルクロスを拳で殴りつけ、コーヒーが飛び散った。

「……このろくでもないビジネスより重要でないものがあるとは思えないんですよ！」

バルリがハリーを見つめた。怒りの噴出がつづくとしか思えなかったそのとき、何の前触れもなく、見えない手が彼の顔から怒りを拭い去った。一瞬呆然として、自分がどこにいるのかわからないかのようだったが、その顔がいきなり歪んだと思うとすぐさま両手で覆われた。ハリーはボーイ長が何事もなければいいがというような奇妙な目で自分たちを見ていることに気がついた。

「申し訳ない」バルリが顔を覆ったまま謝った。「普段はこんなことはないんですが……このところ眠っていなくて……ああ、くそ……何て大仰な！」

バルリが笑っているとも取れるような声で啜《すす》り泣きをはじめ、ふたたびテーブルを叩いて顔をしかめると、絶望していると見えなくもない歪んだ笑みを浮かべた。

「それで、あなたは大丈夫ですか、ハリー？　だいぶ落ち込んでおられるようですが？」

「私が落ち込んでいる？」

「悲しみと憂鬱と陰気が見て取れますよ」

バルリが肩をすくめ、鰊とパンを口に押し込んだ。魚の肌がぎらりと光った。ウェイターが音もなくやってきて、シャトラン・サンセールをボトルからバルリのグラスに注いだ。

「不快な思いをさせるかもしれませんが、立ち入ったことを訊かなくてはならないんです」

ハリーは言った。

白ワインで鰊を飲み下しながら、バルリが頭を振った。

「立ち入ったことであればあるほど不快ではなくなるんですよ、ハリー。いいですか、私は芸術家なんです」

「結構」

ハリーはもう一度コーヒーを飲み、気持ちの準備をした。

「リスベートの爪のあいだから血液と排泄物の残滓が検出されたんです。初期の分析では血液型があなたのものと一致しました。それについてDNA鑑定が必要かどうかを知りたいんです」

バルリが咀嚼をやめ、右手の人差し指を唇に当てて物思わしげに宙を見つめた。

「いや」彼が言った。「そんな手間をかける必要はありません」

「では、彼女の指は触れたわけですね、あなたの……排泄物に」

「彼女が姿を消す日の前夜、私たちは身体の交わりを持ちました。毎晩そうするんです。あの日も、アパートがあんなに暑くなかったら日中からしたでしょうね」

「それで……」

「私たちが肛門愛撫をするかどうかを知りたいんですよね？」

「はい……？」

「彼女が私の尻に指を突っ込むかどうかを知りたいということであれば、できるときはいつでもしていますよ。ただし、慎重にね。私と同年配のノルウェー人男性の六十パーセントがそうであるように、私も痔持ちでしてね。だから、リスベートは爪を伸ばしすぎないんです。あなたも肛門愛撫をするんですか、ハリー？」

ハリーはコーヒーを飲もうとして噎《む》せた。

「自分で？　それとも、だれかにしてもらうんですか？」バルリが訊いた。

「するべきですよ、ハリー。男なら特にね。自分自身を貫かれるのは究極の基本とも言うべきことですからね。勇気を出して一度やったら、想像していたよりもはるかに大きな感情の広がりを自分が持っていることがわかるんです。自分を固く閉じていれば、他人を閉め出し、自分を閉じ込めることになる。しかし、あなたが自分を開いて、無防備になり、信頼を示せば、あなたのなかにまったく文字どおりに入ってくるチャンスを他人に与えることになるんです」

バルリがフォークを振った。

「もちろん、危険がなくはありません。彼らはあなたを破壊し、内側から切り刻むかもしれない。しかし、あなたを愛する可能性もあるんです。そうなったら、あなたは彼らの愛をすべて抱き締めるんですよ、ハリー。それはあなたのものなんです。性的交渉のあいだは男が女を占有しているとよく言われていますが、果たして本当でしょうか。だれがだれの性を占有しているんでしょう？　それを考えてみてください、ハリー」

ハリーはそれを考えてみた。

「芸術家にとっては、それは同じなんです。私たちは自分を開いて、無防備になり、受け容れなくてはならないんです。愛されるチャンスを得るためには、内側から破壊される危険を冒さなくてはならないんです。私たちはいま、ハリー、非常に危険なスポーツの話をしているんです。私はもう踊らなくてすむことが嬉しいんです」

バルリが微笑し、涙が二条、それぞれの目から順番にこぼれたと思うと、ちぐはぐな平行線を描いて頰を伝い落ちていって、髭のなかに消えた。

「私は彼女がいなくなって寂しいんですよ、ハリー」

ハリーはテーブルクロスを睨みつけ、立ち去るべきか、とどまるべきかを思案した。

バルリはハンカチを出し、大きな音を立てて洟をかむと、ボトルに残っているワインをすべてグラスに注いだ。

「でしゃばりたくはないんですが、ハリー、あなたも落ち込んでいるようだと言ったとき、私は気がついたんですよ。あなたはいつも落ち込んでいるように見えることにね。原因は女性ですか？」

ハリーはコーヒー・カップを弄んだ。

「複数の？」

ハリーはさらなる質問を防ぐような答えを返そうとしたが、何かのせいで考えが変わり、うなずいた。

バルリがグラスを挙げた。

「常に女性たちなんです。それに気づいてますか？　だれを失ったんです？」

ハリーはバルリを見た。髭面のプロデューサーの表情のなかに何かがあった。それが痛みを伴った誠実さであり、無防備な開けっぴろげさであることに気づいて、彼を信頼してもいいだろうとハリーは結論した。

「子供のときに母が病に罹《かか》り死んだんですよ」ハリーは言った。

「で、母上が懐かしい？」

「そうですね」

「しかし、複数ですよね？」

ハリーは肩をすくめた。

「三年前、同僚の女性が殺されました。それから、ラケルは私のガールフレ……」

ハリーは口をつぐんだ。

「どうしました？」

「大して面白い話じゃありません」

「問題の核心にたどり着いたと思いますよ」バルリがため息をついた。「あなたたちは別々の道を進もうとしているんでしょ？」

「私たちじゃありません、彼女がです。私は彼女の気持ちを変えさせようとしているんです」

「なるほど。それで、彼女はなぜあなたと別れたがっているんです？」

「なぜなら、私がいまのような私だからです。話せば長い物語ですが、要約すると私が問題なんです。そして、彼女は私に変わってほしいと思っているんです」

「いいことを教えましょうか？　私に考えがありますから、彼女を連れて、これから幕を開ける私のミュージカルを見にきてください」

「なぜですか？」

「『マイ・フェア・レディ』はピュグマリオーンという彫刻家に関するギリシャ神話を基にしているんです。ピュグマリオーンは自らが制作した彫像に恋をします。ガラテイアという美女の像です。彼はその像に命を吹き込んでくれるようヴィーナスに頼みます。そうすれば彼女と結婚できる、と。そして、その祈りは叶えられます。あのミュージカルをラケルが見れば、人を変えようとすると何が起こる可能性があるかをわかってくれるかもしれませんよ」

「だけど、悲劇で終わるんじゃないですか？」

「逆です。ピュグマリオーンは『マイ・フェア・レディ』ではヒギンズ教授という形で登場するんですが、まったく自分の思いどおりに成功して終わるんです。私はハッピー・エンドの芝居しかやらないんです。それが私の生涯のモットーなんです。ハッピー・エンドがないのなら、私が作るまでです」

ハリーは首を左右に振り、にやりと笑った。

「ラケルは私を変えようとなんかしていませんよ。頭のいい女性ですからね、私を変えるなんて手間を省いて、自分だけの道を歩き出すでしょう」

「あなたに戻ってきてほしいと、彼女はそう思っているような気がしますがね。とにかく、初日のチケットを二枚、お送りしましょう」

バルリが勘定してくれとウェイターに合図をした。

「彼女が私に戻ってきてほしいと思っているとあなたが考える根拠は何なんです？」ハリーは訊いた。「彼女のことなんか何も知らないでしょう」

「確かに彼女のことは知りません。まあ、戯言だと思ってください。ブランチに白ワインはいい考えだが、それは理屈の上のことでね。いまは飲み過ぎです。申し訳ない」

ウェイターが請求書を持ってやってきた。バルリはそれを検めもしないでサインをし、つけておいてくれと頼んだ。

「だけど、特等席のチケットを持って芝居の初日に女性を連れてきたら、そのあとが不首尾に終わるなんてことは絶対にありませんよ」バルリが笑顔で言った。「嘘じゃありません。すでに徹底的に検証済みです」

バルリの笑顔を見て、ハリーは父親の笑顔を思い出した。過去を振り返ってそういう笑みを浮かべざるを得ないが故の悲しげな諦めの笑顔。

「感謝しますが、しかし――」

「〝しかし〟はなしです。いまのところ彼女と話す用がなくて、ほかに手立てもないのなら、電話する口実にはなるでしょう。ともかく、チケットを二枚送りますよ、ハリー。リスベートも気に入ってくれるはずだし、トーヤーもずいぶんうまくなっています。いい作品になるでしょう」

「考えてみます」

ハリーはテーブルクロスをいじった。

「素晴らしい。では、昼寝の前に片づけることがあるので」バルリが立ち上がった。

「ところで」ハリーは上衣のポケットに手を入れた。「二件の犯行現場の周辺でこのシンボルが見つかったんですよ。〝悪魔の星〟と呼ばれているものです。リスベートが失踪したあと、どこかで見た記憶はありませんか？」

バルリが写真を見た。

「ありませんね」

ハリーは写真を引っ込めようとした。

「ちょっと待って」バルリが髭を掻きながらもう一度写真を見た。

ハリーは待った。

「見たぞ」バルリが言った。「だけど、どこだったかな？」

「アパートですか？　階段のそばとか、下の通りとかではありませんか？」

バルリが首を振った。

「そういうところでもないし、最近でもありません。ずいぶん前の、どこか別のところです。しかし、どこだったかな？重要なことですか？」

「かもしれません。何か思い出したら電話をください」

バルリと別れたあと、ハリーはドラムメン通りを見上げた。太陽の光が路面電車をきらめかせ、暑さのあまり揺らめきたつ陽炎《かげろう》のせいで路面電車が宙に浮いているように見えた。

22　木曜日と金曜日　天啓

ジムビームはライ麦と大麦、そして、ストレート・ウィスキーとは違う甘さとまろやかさをバーボンに与える、七十五パーセントのとうもろこしからできている。ジムビームに使われる水はケンタッキー州クレアモントの醸造所に近い水源から取られたものであり、そこではまた、一七九五年にジェイコブ・ビームが使ったのと同じレシピによる特殊な酵母も作られている。そうやってできた酒は少なくとも四年は寝かされ、そのあと世界じゅうへ送り出されて、ハリー・ホーレに買われることになる。ハリー・ホーレはジェイコブ・ビームのことに興味はなかったし、その水源が、ノルウェーのミネラル・ウォーターのファリスがファリス水源で採られたものであるというのと同じく、売り手の側が仕組んだ嘘だという噂も知らなかった。彼に関心があるのは、ラベルに小さな文字で印刷されているたった一つのこと——アルコール度数——だけだった。

ハリーは折りたたみナイフを手に冷蔵庫の前に立ち、金褐色の液体のボトルを見つめていた。裸だった。寝室のあまりの暑さに、まだ湿って塩素の臭いのしている下着まで、すっかり脱いでしまわずにいられなかったのだ。

　禁酒して四日目だった。最悪のときは過ぎたと自分では思っていたが、実はそうではなかった。最悪のときは過ぎてなどまったくいなかった。どうして酒を飲むことを考えるのかと、かつてアウネに訊かれたことがあった。そのとき、ハリーは即答した――「喉が渇いているからだよ」。ハリーはさまざまな意味で、飲酒については常に不利が有利を上回っている社会、そういう時代に生きていることを憾《うら》みに思っていた。素面でいつづけるのはそうあるべきだと考えるからではなく、現実にそうせざるを得ないからだった。大酒飲みであるのはひどく疲れることであり、その報いは退屈と肉体的苦痛という短くて惨めな人生だった。アルコール依存症の人間にとって、人生は酔っているときと、次に酔うまでのあいだからなっていた。どちらの部分が現実の人生であるかということは哲学的命題であり、ハリーはそれについて十分に時間をかけて考えたことがなかった。なぜなら、その答えがいかなる形であれ多少なりとましな人生を、あるいはもっと悪い人生さえも、提供してくれ得ないからである。アルコール依存症者の基本法則――大いなる渇き――に従うなら、いいものはすべて、一つ残らず、早晩失われるのである。ハリーもその法則を疑っていなかったが、それはラケルとオレグに出会うまでのことだった。二人との出会いが、禁酒に新しい次元を与えてくれた。が、アルコール依存症者の法則が誤りであることを示してくれたわけではなかった。そしていま、ハリーはもう悪夢に耐えられなくなっていた。彼女の悲鳴を聞くことに、エレベーターの天井へとのけぞる彼女の顔のなかの、生気のないこわばった目に表われるショックを見ることに。手が食器棚へ伸びた。できることはすべてやらなくてはならなかった。ハリーは折りたたみナイフをジムビームの横に置くと、食器棚の戸を閉め、寝室へ戻った。

明かりはつけなかった。カーテンの隙間から、月明かりが一本の条になって射し込んでいた。

枕とマットレスがじっとりと湿って乱れているベッド・リネンから逃れようとしているかのようだった。

ハリーは這うようにしてベッドに横になった。この前悪夢を見ないで眠ったのは、カミッラ・ローエンのベッドで何分か眠り込んだときだった。そのときも死の夢は見たが、怖くないところが違っていた。男は閉じこもることはできる。だが、眠らなくてはならない。眠りのなかでは、だれも隠れられない。

ハリーは目をつぶった。

カーテンが揺れ、月明かりの条も揺れた。その明かりがベッドヘッドの上の壁を照らし、ナイフがつけた傷痕を黒く浮かび上がらせた。相当な力でなされたに違いなく、傷の深さは白い壁紙の奥の木材にまで達していた。傷は切れ目なくつづいて、頂点が五つある大きな星形を作り上げていた。

彼女は横になったまま、窓の外のトロイスカー通りを行き交う車の音と、隣りで眠っている彼の規則的な深い息遣いを聞いていた。ときどき動物園から叫びが聞こえるような気がしたが、夜行列車が川の向こうで中央駅に入る前にブレーキをかける音かもしれなかった。列車の音が好きだと彼が言ったのは、二人でトロヤへ引っ越したときだった。トロヤはプラハを貫くヴルタヴァ川がその途中で形作っている、褐色のクエスチョン・マークのてっぺんにあった。

雨が降っていた。

彼は一日じゅう留守にしていた。ブルノにいる、と言っていた。アパートの玄関のドアが開く音がようやく聞こえたとき、彼女は気持ちが落ち着いた。廊下でスーツケースを引きずる音がし、彼が寝室に入ってきた。眠った振りをしてこっそりうかがっていると、彼は静かにゆっくりと衣服をハンガーに掛け、彼女を見ようと、ときどき食器棚の横の鏡に目を走らせた。そのあとベッドに潜り込んできた彼の手は冷たく、肌は汗が乾いてねばついていた。二人は瓦屋根を打つ雨音を聴きながら愛を交わした。彼は塩の味がし、終わったらすぐに眠ってしまった。彼女もセックスのあとは眠くなるのが普通だったが、いまは目を開けたまま横になり、彼の精液が自分の体内から流れ出てシーツを濡らすに任せていた。

なぜ眠くならないのかわからない振りをしていたが、頭は常に同じことへと戻っていった。彼がオスロから自宅へ戻ってきた翌日、彼女がスーツの上衣にブラシを掛けていると、その袖に長いブロンドの髪の毛を見つけたこと、土曜にオスロへ戻っていること、それが四週間で四回目であること、そこで何をしているのかをいまだに教えてくれないこと、である。もちろん、その髪の毛が何でもない何かのもの、たとえば男のものかもしれないし、犬のものだという可能性だってあるのだけれど。

彼が鼾《いびき》をかきはじめた。

彼と出会ったときのことに思いを戻した。率直そうな顔と寛大な自信、それが彼は隠し立てするような人ではないとわたしを誤解させたのだ。それに、ヴァーツラフ広場でわたしを春の雪のように溶かしてくれた。だけど、あんなに簡単に男性を好きになったときというのは、一つの疑いが頭に浮かぶのが常であるはずだ。こんなふうにこの人を好きになったのはわたしだけではないはずだという疑いが。

だが、彼はわたしに敬意を表わし、ほとんど対等に扱ってくれている。ペルロヴァー通りの売春婦を買うのと同じようにしてわたしを買うことだってできたのに。わたしにとって、彼はたまたま現われ、たまたま自分のものになり、失う心配をしなくてはならない唯一初めての男性だ。まさしくそのことが、わたしを用心深くさせ、どこに行って、だれと一緒に、本当は何をしていたのかと訊くのを避けさせているのだ。

だが、あることが起こり、そのせいで彼を信用してもいいのだと確認する必要が生じた。失う心配をしなくてはならないもっと大切なものがわたしにできたのだ。でも、彼にはまだ何も話していない。だって、三日前に医者に診てもらうまで、自分でもはっきりしたことはわからなかったのだから。

彼女はそっとベッドを抜け出し、忍び足で部屋を横切ると、化粧台の鏡で彼の顔をうかがいながら用心深くドア・ハンドルを押し下げた。そして廊下へ出ると、またもや用心深くドアを閉めた。

スーツケースは鈍い灰色で、最新式で、サムソナイトのトレードマークがついていた。まだ新品と言ってよかったが、両面に引っ掻き傷がついて、保安検査のために破られたステッカーや彼女が聞いたことのない目的地を記したステッカーに覆われていた。

ぼんやりと薄暗いなかで、コンビネーション・ロックの組合わせ数字が〝0‐0‐0〟になっているのがわかった。常にそうだった。開かないとわかっていたから、触ってみる必要もなかった。自分がベッドに寝そべり、彼が引き出しから着るものを取り出してそれにしまうとき以外、このスーツケースが開いているのを見たことがなかった。この前、彼が荷造りをしているときにそれを見たのは、まったくの偶然だった。幸運にも、コンビネーション・ロックの組合わせ数字の配列がスーツケースの内側に記載されていたのだ。三つの数字を記憶するのは特に難しいことではない。記憶する必要がある場合は尚更だ。電話がかかってきて、どういうサービスが求められ、どういう服装をしなくてはならないかを教えられ、それ以外の特別な要求について指示されているとき、ほかのことをすべて忘れてホテルの三桁の部屋番号を記憶するのは難しくなかった。

彼女は耳を澄ませた。ドアの向こうで、鋸《のこぎり》を引くような低い鼾がしていた。彼の知らないことがあった。知る必要のないこと、彼女が仕方なしにやっていたけれども、いまや過去になってしまったことである。彼女は数字の書かれたダイヤルを指で回した。この先がどうなるのか、これからはそれだけが問題だった。

かちんと低い音がして鍵が開いた。

彼女はうずくまったまま目を凝らした。

鍵の下、白いシャツの上に、黒くて不格好な金属の物体があった。

手に取ってみるまでもなく、その銃は本物だとわかった。以前、人生のもっと早い段階で見たことがあった。

彼女はごくりと唾を呑んだ。涙がこみ上げるのがわかった。目を押さえ、母の名を二度ささやいた。

それは何秒かつづいただけだった。

やがて、彼女は気を取り直して深呼吸をした。わたしは、わたしたちは、何とか乗り切らなくてはならない。少なくともこれで、職業が何であるか、いまのような大金を——おそらく大金に違いない——どうやって得ているのか、彼が多くを語れないことの説明はついた。でも、そうではないかと疑ったことはあったわよね？

彼女は決心した。

わたしの知らないこと、知る必要のないことはあるのだ。

彼女はスーツケースを閉じると、ダイヤルをすべて〝0〟に戻して鍵をかけ直した。そして、ドアのほうへ聞き耳を立ててから慎重にドアを開け、そうっとなかに入った。四角い明かりがベッドに落ちていた。ドアを閉める前に鏡を一瞥していたら、彼の片目が開いているのが見えたはずだった。だが、彼女は自分の考えに没頭しすぎていた。というか、彼女がベッドに横になって車の音や動物園の叫び声、彼の深い寝息を聞きながら何度も戻っていったあの一つの考えに。この先がどうなるのか、これからはそれだけが問題だった。

悲鳴、ボトルが舗道で砕ける音、それにつづく耳障りな笑い声。悪態とだれかが走る足音が、ソフィー通りを上ってビスレット競技場のほうへ遠ざかっていった。

ハリーは天井を見つめ、外の夜の音を聴いていた。三時間、夢を見ないで眠ったあと、目を覚まして考えはじめていた。三人の女性、二つの犯行現場、魂を売れと結構な金額を提示してきた一人の男のことを。そのなかの法則を突き止めようとし、暗号を解読しようとし、パターンを見つけようとし、エイスティンが言ったパターンの上位の次元、〝どうやって〟の前にくる疑問、〝なぜ〟を理解しようとしていた。

犯人はなぜ宅配業者の服装をし、二人の女性と、そして、おそらく三人目の女性をも殺害したのか？　なぜ犯行現場を自分にとって難しいところにしたのか？　なぜメッセージを残したのか？　過去の典型的な連続殺人事件の犯人がみな性的な動機で犯行を行なったことを示唆しているときに、カミッラ・ローエンとバルバラ・スヴェンセンについては性的暴行を加えた形跡がないのはなぜか？

頭痛が始まろうとしているのがわかった。ハリーは上掛けのカバーを蹴り飛ばすと、寝返りを打って横になった。赤く光る目覚まし時計の数字が二時五十一分を示していた。最後の二つの疑問は、自分自身に関するものだった。魂が心を破壊するとすれば、なぜそんなに必死に魂にしがみつくのか？　あれほどおまえを嫌っている体制をなぜそんなに気にするのか？

ハリーはベッドを出るとキッチンへ行き、流しの上の食器棚を見つめた。蛇口を捻って水を出し、グラスの縁ぎりぎりまで満たした。そして、ナイフやフォークをしまってある引き出しを開けると、黒い容器を手に取り、灰色の蓋を外して、中身を掌に出した。一錠なら眠るのに十分だった。二錠にジムビームを加えたらすごいことになる。三錠以上なら、その結果は予測がつかない。

ハリーは口を大きく開けて三錠を放り込み、生ぬるい水で嚥《の》み下した。

そのあと居間へ行って、デューク・エリントンのレコードをかけた。『カンバセーション…盗聴…』で深夜バスに乗っているジーン・ハックマンを見たあとで買ったもので、儚いピアノの調べは、ハリーがこれまでに聴いたなかで最も孤独だった。

彼はウィングチェアに腰を下ろした。

「おれが知っている方法は一つだけだ」と、エイステインは言っていた。

ハリーは発端から考えを進めていくことにした。まずは〈水面下〉の前をおぼつかない足取りで通り過ぎてウッレヴォール通りの住所へ向かった日。金曜日。サンネル通り。水曜日。カール・ベルネル広場。月曜日。三人の女性。三本の切断された指。左手。最初は人差し指、次は中指、最後は薬指。三つの場所。三カ所とも、近所付き合いがまったくなくはないけれども親密とは言えない。十九世紀の終わりに建てられた古いアパート、三〇年代に建てられたアパート、四〇年代に建てられたオフィス・ビル。エレベーター。ハリーはエレベーターのドアの上に表示される階数をはっきりと憶えていた。スカッレはオスロ市内と周辺の専門宅配業者から事情聴取をしていた。自転車の装備や黄色と黒のジャージという材料だけでは、有益な情報を引き出すことはできなかった。しかし、万一の事故に備えて救急隊に提供されていた情報から、過去六カ月のあいだに宅配業者が使うタイプの高級な自転車を購入した者全員の一覧表を得ていた。

ハリーは痺れの感覚が現われはじめているのがわかった。椅子の粗い織りのウールが裸の腿と尻をちくちくと刺していた。

被害者：カミッラ、広告代理店のグラフィック・デザイナー、独身、二十八歳、黒髪、やや太り気味。リスベート、歌手、既婚、三十三歳、金髪、痩身。バルバラ、受付係、二十八歳、両親と同居、ミディアム・ブロンド。三人とも美人だが、傑出しているわけではない。犯行時刻。リスベートが即刻殺されたのだとすれば、三件とも平日の午後、就業時間を終えたあと。

デューク・エリントンの演奏が速くなっていった。頭のなかが音符でいっぱいで、急いで旋律にしてしまわなくてはならないかのようだった。そしていま、その作業は完全に終わりつつあって、あとは本当に終止符を付け加えるだけになろうとしていた。

被害者の過去にはまだ手をつけていなかった。親類縁者も友人も事情聴取しておらず、報告書をざっと読んだだけで、気になるようなことはそこには一つもなかった。被害者の過去を調べても、そこに答えはないだろうと思われた。問題は被害者がだれなのかではなく、彼女たちが何なのか、何を代表しているのかだった。今回の犯人にとって、被害者はせいぜいが多かれ少なかれ任意に選ばれた、どこにでもいるようなありふれた外見に過ぎない。重要なのはその内側にあるものをちらりとでも見ること、パターンを知ることだった。

そのとき、あの化学物質が猛然と襲いかかってきた。その効果は睡眠薬というよりも幻覚剤のそれで、理性は考えることを諦め、まるっきり制御能力を失って、ハリーはなすすべもなく川を漂い下っている樽のなかにいるような気がした。時間が拍動し、膨張する宇宙のように膨らんでいった。そうなると、周囲のすべてが静止し、あるのはプレイヤーの上で回転するレコードの溝を擦る針の音だけになった。

寝室に戻るとベッドの足元で胡座《あぐら》をかき、悪魔の星を凝視した。しばらくすると、それが目の前で踊り出した。ハリーは目をつぶった。大事なのはそれを見えるようにしつづけることだけだった。

外が明るくなったとき、ハリーはすべてを超えていた。そこに坐り、聞き、見ていたが、いるのは夢のなかだった。〈アフテンポステン〉紙が階段に落ちる音で目が覚めた。顔を上げ、悪魔の星に焦点を合わせた。それはもはや踊っていなかった。

何一つ踊っていなかった。終わったのだ。そして、パターンもわかっていた。

純粋な感覚を必死で探し求める麻痺した男のパターン。愛する人がいる、愛はある、疑問はある、答えはあると信じている、初心《うぶ》な阿呆。ハリー・ホーレのパターンだ。彼は怒りに駆られ、思わず壁の十字架に頭突きを食らわせた。目の前で火花が飛び、彼はベッドに崩れ落ちた。時計に目をやると、5・55だった。上掛けのカバーは湿って温かかった。
その瞬間、だれかがいきなり明かりを消したかのように、ハリーは意識を失った。

彼女は彼のカップにコーヒーを注いだ。彼は「ありがとう《ダンケ》」とつぶやいただけで〈オブザーヴァー〉をめくった。地元のパン屋の〈フリンカ〉が作りはじめた焼きたてのクロワッサンと一緒に、いつも角のホテルで買っている新聞だった。彼女は一度も外国へ行ったことがなく、スロヴァキアは例外だったが、それは事実上外国ではなかった。だが、いまのプラハにはヨーロッパの大都市にあるものは何でも揃っていると彼が保証してくれていた。彼女は旅行がしたかった。彼と出会う前、彼女はアメリカ人ビジネスマンに好きになられたことがあった。アメリカ人と仕事の繋がりがあるプラハの製薬会社の重役が、彼へのプレゼントとして彼女を買ったのだ。彼は優しくて、人がよくて、かなり肥っていて、故郷のロサンジェルスへ一緒に行ってさえいれば何でも与えてくれたはずだった。もちろん、彼女はイエスと答えた。しかし、彼女のポン引きで父親の違う兄でもあるトマーシュにそのことを告げると、彼はそのアメリカ人の部屋へ行き、ナイフで脅したのだった。アメリカ人は次の日にプラハを去り、それっきりになった。四日後、意気消沈してグランド・ホテル・エウロパでワインを飲んでいると、いまの彼が現われた。彼は部屋の奥の椅子に腰を下ろし、しつこく言い寄る男たちを拒絶しつづける彼女を見ていた。そこが気に入ったんだ、と彼は口癖のように言っていた。男どもにとても人気があるところではなくて、あいつらの懇請にもびくともせず、苦もなく冷たくあしらい、まったく寄せつけないところがね、と。

彼女はワインを一杯奢ってもらい、礼を言って、独りで歩いて自宅に帰った。

翌日、彼がストラシュニツェにある彼女の小さな地下アパートのドアベルを鳴らした。どうやって彼女の住まいを見つけたのか、彼は明らかにしなかった。しかし、生活は瞬く間に灰色から薔薇色に変わった。彼女は幸せだった。あのときからずっと。

彼が新聞をめくり、紙が擦れる音がした。

彼女はわかっているはずだった。スーツケースに銃が入っていなかったら、思い出しもしなかっただろうということを。

彼女は忘れることにした。憶えているのは大事なことだけでいい。わたしたちは幸せだ、わたしは彼を愛している、ということだけでいいのだ。

彼女は椅子に腰を下ろした。まだエプロンを着けたままだった。エプロン姿を彼が好きなのはわかっていた。結局のところ、彼女は男性を動かすものは何かを多少なりと知っていたし、秘訣を明かすことはない。彼女は膝に目を落とした。笑みが浮かびはじめた。抑えようにも抑えられなかった。

「話があるの」彼女は言った。

「ん――何だ？」新聞が風に煽られた帆のようにはためいた。

「怒らないって約束して」彼女は言った。微笑みが大きくなっていくのが自分でもわかった。

「それは約束できないな」彼が顔を上げないまま答えた。

彼女の笑みが強ばった。「何の話か、まだ……」

「ゆうべ、目が覚めたときぼくのスーツケースを調べたって話じゃないのか？」

彼の話し方が違っていることに、彼女は初めて気がついた。歌うような感じではもはやなかった。彼が新聞を置き、正面から彼女を見た。

神さま、ありがとうございます、これで彼に嘘をつかなくてすみます。もちろん、嘘なんてつけっこないんですけど。だって、いまやはっきりした証拠があるんですから。彼女は首を振ったが、表情をコントロールできないことに気がついた。

彼が訝しげに片眉を上げた。

彼女はごくりと唾を呑んだ。

彼女が彼のお金でイケアで買った、大きな台所の時計の秒針が音もなく動いていた。

彼が笑顔になった。

「そして、ぼくの愛人からの手紙の山を見つけたんだよな？」

彼女はまったく途方に暮れて瞬きした。

彼が身を乗り出した。「冗談だよ、エヴァ。何か悪い話なのか？」

彼女はうなずいた。

「妊娠したの」彼女はいきなり何かに急《せ》かされたかのように口早にささやいた。「わたしに……わたしたちに……赤ちゃんができるの」

どうも疑わしいと思ったので医者へ行ったこと、その結果、間違いないとわかったことを彼女が説明しているあいだ、彼は呆然として正面を見つめてただ坐っていたが、話を聞き終えるやキッチンへ行き、黒い小箱を持って戻ってきた。

「母のところへ行こう」彼が言った。

「何ですって？」

「ぼくがオスロへ何しに行っているかを知りたかったんだろ？　母を訪ねているんだよ」

「あなた、お母さまが……」

　これまで思ってもいなかったことだった。本当にお母さんなの？　しかし、彼女はうなずいた。「……オスロにいらっしゃるの？」

　彼がうなずき、黒い小箱へ顎をしゃくった。

「開けてくれないか、愛しい人《リーブリング》。きみのために買ったんだ。子供のためにね」

　彼女は二度瞬きをし、しっかり気を取り直してから、箱を開けた。

「何て美しいの」涙がこみ上げてくるのがわかった。

「きみを愛しているよ。エヴァ・マルヴァノワ」

　歌うような話し方が戻っていた。

　目に涙を浮かべて微笑んでいると、彼が両腕を広げて彼女を抱擁した。

「ごめんなさい」彼女はささやいた。「許してちょうだい。あなたが愛してくれていることさえわかれば、わたしはそれだけでいいの。あとはすべてどうでもいいの。お母さまのことも話してもらわなくていいし、銃のことも……」

彼女の腕のなかで彼の身体が強ばるのがわかった。彼女は彼の耳に口を当てた。「わたし、あの銃を見たのよ」彼女はささやいた。「でも、もう何も知る必要はないの。何一つね、わかった？」

彼が彼女の抱擁から逃れた。

「ああ、よくわかった」彼が言った。「すまない、エヴァ。だけど、出口がないんだ。今のところはね」

「どういう意味？」

「ぼくがだれかを知ってもらわなくちゃならないという意味だ」

「でも、もう知ってるわよ、ダーリン」

「何をしているかは知らないだろう」

「知りたいかどうかわからない」

「知らなくちゃ駄目だ」

彼は彼女の手から黒い小箱を取ると、なかからネックレスを取り出してかざして見せた。

「これがぼくのしていることだ」

キッチンの窓から射し込む朝の光を受けて、星形のダイヤモンドが恋人の目のようにきらめいた。

「そして、こうだ」

彼は上衣のポケットに入れていた手を抜いた。その手には、スーツケースにあったのと同じ銃が握られていた。しかし、それはもっと長くなっていて、銃身の先端に大きな黒い金属の部品が取り付けられていた。エヴァ・マルヴァノワは武器に詳しくなかったが、それが何であるかぐらいは知っていた。消音器《サイレンサー》というのが正しい名前だった。

ハリーは電話の音で目を覚ました。口にタオルを突っ込まれているような気分だった。それを舌で湿らせようとしたが、口蓋を干からびたパンのようにざらざらと擦るばかりだった。ベッドサイド・テーブルの時計は十時十七分を示していた。記憶が半分、想像が半分、脳に入ってきた。居間へ行った。電話が六度目の音を立てた。

ハリーは受話器を取った。

「ハリーだ。だれだ？」

「どうしても謝りたかったの」

いつだって聞きたいと思っている声だった。

「ラケルか？」

「あれがあなたの仕事ですものね」彼女が言った。「腹を立てる権利はわたしにはないわ、ごめんなさい」

ハリーは椅子に坐った。半分忘れてしまった夢の下生えから、何かが出てこようとしてもがいていた。

「きみには腹を立てるあらゆる権利があるよ」ハリーは言った。

「あなたは警察官だものね。だれかがわたしたちを見守っていなくちゃならないんですものね」

「ぼくが言っているのは仕事のことじゃないよ」ハリーは言った。

彼女は答えなかった。ハリーは待った。

「わたし、あなたを待ち望んでいるの」完全な涙声だった。

「きみが待ち焦がれているのは、こうなってくれればいいときみが願っているぼくで」ハリーは言った。「それなのに、ぼくが待ち焦がれているのは――」

「さよなら」ラケルが言った。まだ前奏だというのに歌うのを諦めたかのようだった。

ハリーは受話器を見つめたまま、高揚と落胆を同時に感じていた。昨夜の夢のかけらが水面に出ようと最後の企てをし、刻々と温度が下がって厚さを増しつつある氷の下側にぶつかっていた。ハリーはコーヒー・テーブルを引っ掻き回して煙草を探し、灰皿に残っている吸いさしを見つけた。舌はいまも半分痺れていた。彼の朦朧《もうろう》とした話し方を聞いて、また酒に負けたと、たぶん彼女は結論したのかもしれなかった。まあ似たようなものではあったが、いまのハリーは同じ毒をさらに体内に取り込みたい気分ではなかった。

寝室へ戻ると、ベッドサイド・テーブルの上の時計を一瞥した。仕事に行く時間だった。何か……。

ハリーは目をつぶった。

デューク・エリントンの谺《こだま》が耳のなかにいまも居坐っていた。それはそこにはなかった。

もっと入り込まなくては駄目だ。耳を澄ませつづけた。聞こえるのは、路面電車の苦悶の悲鳴、屋根を歩く猫の足音、庭で一斉に緑になりはじめた樺《かば》の木の不気味な葉擦れの音だった。もっと入り込まなくては。今度は、庭の呻き、窓枠のパテがひび割れる音、底知れぬ深みへ沈み込んでいく空っぽの地下室の轟《とどろ》き、自分の肌とシーツが擦れる鋭い音、廊下で苛立つ自分の靴の音、そして、昔、眠る前に母が小声で歌ってくれた子守歌が聞こえた――「大工《バーク》のおかみさんのたんすの奥のたんすの奥のたんすの奥に《スカーペ・パケンフォル・スカーペ・パケンフォル・スカーペ・ティル・ハンス・マダム》……」。やがて、ハリーはまた夢のなかへ戻った。

あの夜の夢。あのとき、ハリーは目が見えなかった。たぶん、聞くことしかできないから見えないのだった。

だれかが低い声で詠唱し、その後ろで複数の祈りのつぶやきのようなものが聞こえていた。音の響き方から判断して、教会のような大きな部屋のはずだったが、間断なく何かが滴っていた。高い丸天井――実際にそうであるかどうかはよくわからないが――の下で、羽音が谺していた。鳩だろうか？　司祭か牧師が集まりを主導しているのかもしれないが、その内容は奇妙で馴染みのないものだった。聞こえているのはほとんどがロシア語のような、まったく知らない言語だった。会衆が讃美歌に加わった。短い、酩酊《めいてい》したようなメロディの、奇妙な調べだった。イエスとかマリアとかのような、知っている言葉はまったく出てこなかった。いきなり会衆が歌い出し、オーケストラが演奏を始めた。聞いたことのあるメロディだった。テレビで聞いたはずだ。ちょっと待ってくれ。何かが転がる音が聞こえた。ボールだ。それが止まった。

「五です」女の声だった。「当たりの数字は五」

暗号だった。

（下巻に続く）

●集英社文庫

ザ・バット　神話の殺人

ジョー・ネスボ　戸田裕之＝訳

オーストラリアでノルウェー人女性が殺され、オスロ警察の刑事ハリーは捜査協力のため単身赴く。ハリーも加わった捜査班の前に次第に浮かび上がる、隠れていた一連のレイプ殺人。犯人の目星は二転三転し、さらに自身の過去にも苦しめられるハリー……。「ガラスの鍵」賞受賞のデビュー作。

●集英社文庫

ネメシス　復讐の女神　上・下

ジョー・ネスボ　戸田裕之＝訳

オスロ中心部の銀行に白昼強盗が押し入り、銀行員一人を射殺、金を奪って逃走した事件は、手がかりひとつなく難航が予想された。一方、かつてのガールフレンド、アンナと食事をしたハリーは、翌朝前夜の記憶がない状態で目覚めた。そしてアンナが死体で見つかり……。エドガー賞候補作。

●集英社文庫

ザ・サン　罪の息子　上・下

ジョー・ネスボ　戸田裕之＝訳

サニーの父は警察官だったが、突然、拳銃で自殺した。自分は警察の内部情報を犯罪組織に売る内通者だった、という遺書を残して。母も亡くなり、サニーは薬物におぼれ、今は刑務所にいる。父の死の真相を知る受刑者がそれを明かしたとき――凄絶な復讐劇の幕が開く！　ノンシリーズ作品。

S 集英社文庫

悪魔《あくま》の星《ほし》 上《じょう》

2017年2月25日 第1刷　　定価はカバーに表示してあります。

著　者　ジョー・ネスボ
訳　者　戸田裕之《とだひろゆき》
編　集　株式会社 集英社クリエイティブ
東京都千代田区神田神保町2-23-1 〒101-0051
電話 03-3239-3811
発行者　村田登志江
発行所　株式会社 集英社
東京都千代田区一ツ橋2-5-10 〒101-8050
電話 【編集部】03-3230-6095
【読者係】03-3230-6080
【販売部】03-3230-6393(書店専用)
印　刷　中央精版印刷株式会社　株式会社美松堂
製　本　中央精版印刷株式会社

フォーマットデザイン　アリヤマデザインストア　　マークデザイン　居山浩二

ISBN978-4-08-760731-4 C0197